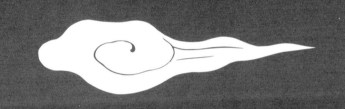

干夫长 著

红马

海天出版社（中国·深圳）

The Red Horse

序

红马让文学吃惊

胡野秋

　　时间好快，又过去了一轮岁月。当《红马》再次摆在我的案头，我立刻记起 13 年前的那个马年，当时正是这匹以黑马姿态杀出的红马，搅热了北京书市。此后又再版过一次，眼下是第三个版本了。

　　目前国内长篇小说创作的困境，已是文学界共同的焦虑，虽然数量惊人，但奇货甚缺，无论是评论家，还是读者，都在苦苦地等待，等待一部真正有价值的力作。但大家都清楚，这个愿望也许会落空，于是我们转而无奈地去阅读进口的长篇，犹如看进口大片一样。

　　就在我们几乎绝望的时候，眼见一匹红马向我们奔跃过来，它踏过荒凉的浮华，横无际涯地扑向我们，红鬃飞扬。当然，我说的是千夫长的长篇小说《红马》。

我们的绝望也找到了休止符。

这本书让所有最挑剔的人无话可说，它的开头将会在今后若干年成为评论家津津乐道的段落："我们两个灵魂，像两只鸟儿在人类的天空飞翔。……我们很忙，我们正在奔向投胎的路上。……我不能做一个迟到者，因为我要参加一场神圣的战争。而能否投胎成功，就要看我在战争中是否打赢。"

我不想引述更多的文字，因为读者自会品尝，我不想让读者喝回了锅的汤。

这样的文字，让我嗅出了一股诺贝尔的味道。而在过去，这样的感觉只能在马尔克斯、卡尔维诺、博尔赫斯那儿才能找到。而类似的文字，在千夫长的笔下比比皆是。虽然我不能因此断定，千夫长与这些大师通了灵性，但却可以预言，这是一部能够翻译成任何文字，昂然走进世界文学赛场的杰作。

我是一个极不容易被征服的读者，但我今天在写这篇序时，我已经无法驾驭我的语言，在一个赞美之词已经异化和贬值的年代，我不知道怎么来表达我的赞美，生怕一句诚实的赞美会损害这部小说。从某种意义上说，《红马》让我暂时失语。

千夫长为我们打开一幅长轴，科尔沁草原便在长轴上活着，蓝幽幽的马兰花、硬生生的老喇嘛、神秘的萨满招魂，所有的草原符号，都在这里有机地聚集着，它们急不可待、争先恐后地抢夺我们的眼球，让我们来不及思考便急于把它们生吞活剥下去。

在千夫长笔下，钢筋水泥的都市丛林，也是草原的另一个部分，他依然像一匹红马那样在左冲右突着，他的忽明忽暗的事业、他的若即若离的爱情、他的有模有样的商海之旅、他的不弃不灭的文人情怀，让他活得很沉重、很疲累，也很潇洒。他的几世情缘、生死恋情，让已经不会感动的城市有点鼻子酸酸。

我在读《红马》的时候有种奇怪的感觉，我在书中寻找自己和自己喜欢的人与物，我在作者不动声色的引导下，穿过宿命的河流，经过午夜的飘零，我终于找到了自己。找到自己的感觉真好，当时，我捧着这本书想落泪。我想说：谢谢，《红马》！

对《红马》的解读，我想会有更多人在更大的时空内进行下去，它的结构、它的语言、它的故事、它的哲思、它的内涵、它的外延、它的这个、它的那个，都会成为文学评论家的审视对象，他们会因此对重返自身的文学再获信心。

而对读者来说，则要简单许多。这些年来，多少读者被三流小说折磨得体无完肤，因此，他们有理由给小说提个要求：必须好看。好看其实是对小说最基本的要求，小说技巧无论多么高超，都必须符合这个不变的标准。因为，小说不是为评论家而写的。

《红马》在这一点上，同样显示出它的优长，它从第一句话开始，便给读者设置了一个阅读圈套，它像一个巨大的磁场，磁性很强地拽着你跟着红马奔跑，一路跑到终点，而这本书恰恰没有终点。通篇的幽默、睿智，让普通读者觉得非常受用，他们能得到的阅读快感，应该是丰富而难得的。就像在宏大的迪斯尼游乐场，他们可以从任何方向、任何地段走进去，正向反向地探索奇景。《红马》犹如迪斯尼，你可以从任意章节开始你的阅读里程。

　　写了这么多，还没有说清一个问题，《红马》是一本什么样的书？它将会给我们带来什么样的阅读震撼？也许我永远回答不了这个问题，但有一点可以预言，它在读者中刮起的红色旋风，将足以让人瞠目结舌。与此同时，中国文坛将会被这匹来历不明的红马搅得富有生气。

2015 年 12 月于深圳无为居

自　序

温 故 我 的 成 长

千夫长

　　1962 年在内蒙古科尔沁草原长满神秘传说的牧场，一个马兰花蓝幽幽开放的夜晚，一个灵与肉的结合体，形成了生命，那就是现在长大成人的我。我十七岁的那一年，草原上发生了一件不同寻常的事，远方一座城市的师范学校，向我洞开了文明的大门，于是我告别牛羊和亲如手足兄弟的牧羊犬，离家远行。

　　我开始写诗，激扬文字。就在那一年，我又喜新厌旧，想写小说。当时我追随的一位延安时期的老诗人对我说：我八年抗战都打下来了，还没准备好写小说，人生的路你才走了几何？你四十岁时再干这件事吧。我对我的前辈发誓说：四十岁时，我一定要写出一本我自己都没看过的小说。像羊吃草一样，饱读古今中外文学名著的我，毁掉了自己能够成为诗人的大好前程，沉浮商海追求钱程，几乎经历了一本精彩小说所有的故事情节和生命

体验。四十岁时，我做到了，写出了这部长篇小说《红马》。

这是一部关于生命成长形态的小说。两个灵魂在人类的天空飞翔，来到世间，一个投胎成了叙述者我这样的人，一个投胎进马圈成了小红马驹儿，生命就这样以不同的形态出现了，生命的形成，生命的诞生，生命的成长，生命的死亡，生命的再生……我像导游一样将引领你们走进一个个妙趣横生的生命故事，观看一道道玄迷的生命风景。我所追求的是充满速度感和张力的潇洒文字，我本来想尽量让我的文字堆满笑容，但是不幸的是，我们顺着故事中的生命成长路程，顺着那条充满迷雾的生命河流，拨开一群群亦庄亦邪亦谐的文字，我们会遭遇已经被揭穿的自己无法破译的宿命的扑朔迷离的生命真实细节，有时会令写作者自己惊诧万分或者令阅读者心灵不安。由于在这条生命河流的水面上照见了自己的灵魂，我们终于看清了自己的生命，原来生命是这样形成、成长、死亡和再生的。

尽管如此，相对于前辈那些先贤大德们一生一本书，《红马》这部小说的诞生也显得有些急躁，但是我无法控制，就像滔滔的洪水决堤，故事们像约好了一样，争先恐后地来找我投胎转世。我已经无法再不温不火，从容不迫地去享受我以前五花八门的生活，每天手指在键盘上跳舞，恨不得一年生出十个这样的龟儿子来。对字词的使用，可能有些地方不符合语文的最佳话语规范，至于标点符号的使用更是没有对错的一种元素，那是写作者的呼吸方式而已。

出书之前，我读了一夜书稿。40 岁的时候，已经改变了生命形态的我，在遥远的广州又一次温故我自己的成长路程。我竟然被自己吸引住了，我的生命被感动了，我的灵魂被颤动了。我放不下对书里人物未来命运的牵挂。

马年腊月写于深圳

目　录

第一章

胎 儿 时 代

　　我们两个灵魂，像两只鸟儿在人类的天空飞翔。天高云淡，风和日丽，景色很美，六月的草地，马兰花开，一派蓝幽幽的景象，但是我们没有时间欣赏。我们很忙，我们正在奔向投胎的路上。到了晚上，繁星满天的夜空下，即将成为我爸我妈的那个家庭，亮着喜气洋洋的灯光，正在等待我，他们家已经热闹非凡，在准备迎接第二个儿子的来临。我不能做一个迟到者，因为我要参加一场神圣的战争。而能否投胎成功，就要看我在战争中是否打赢。

　　我们正向我们选择的目标前进。

　　和我一起，在投胎路上比翼双飞的，是一个女灵魂。我们俩已经有几世情缘，这世又约好了共同投胎，来到人间。我原来以为，我们俩奔一个家门来，是要做双胞胎呢，结果到了我家的上空，她盘旋一下就和我分手了。这个村子里，有很多即将成为孕妇的女人。我想明白了，她的选择是合理的，我们如果在一个娘胎里出生，将来长大成人，就成不了夫妻，出生时如果我很幸运地先行一步，我们也只能是兄妹。我一个俯冲进了房门，她却进了我家隔壁的马圈，就像战争一样，我们分到了两个不同的战场，进行战争。我们都赢了，我妈就和那个红骒马，在同一个夜晚怀孕了。当时我们还没有感觉到有什么大的不同，就像她在欧洲战场，我在亚洲战场，战争一结束，我们就可以胜利会师了。结果出生后才发觉，我是人，她是马，是性质和形式完全不同的两种动物。

我就是这样成为我妈肚子里胎儿的，我自己很清楚。因为这一场战争，我是赢家，而且是唯一的赢家。其实，精子时代的战争和现在人类的战争是一样的，残酷无情。现在的人类战争是精子战争的延续，或者，那些精子战争的胜利者意犹未尽，还没过够瘾，总想继续打，就像布什家族的人一样，把打仗当成了一种乐趣。在人类看来，这场战争很短暂，其实对于精子来说是很漫长的。时空，有时是虚幻的。赢了战争，并不是说我在战场上，有十八般武艺，无人争锋。我作为一个要投胎的灵魂，是我选择了那个幸运的精子。这有点像来到人世间，我看到的徇私舞弊现象，让哪个美女，在选美中成为冠军，是由出钱的老板选择后提前内定好的。这不是公理问题，所有的生命都崇尚强权。我决定来到这个世界，是因为我了解到现在的六十年代是和平年代，而且，生活困难时期即将过去。我选择了我的父母做我的父母，是因为我喜欢他们，他们没有金钱。那个年代的人，谁都没有金钱。他们没有权力，也没有名气，是平凡的普通老百姓，但是他们善良，这年头，有啥比选择在善良的父母家庭出生更幸福安全的事情？这就是我选择他们的唯一理由。因为我自信，将来出世长大成人，我是能够出人头地的。其实，聪明的灵魂在冥冥中是有选择的，不像有些笨蛋，说自己无权选择父母。一切都像从前的大学毕业生一样，靠组织分配才能找到工作单位，把命运交给别人支配。他们走上这条道路，注定了一生的碌碌无为。经历告诉我，在灵魂时代，是你选择了精子，还是精子选择了你，这主动和被动的抉择，决定了你出生后的一切运程、性格、品格、气质和命运。

不仅仅选择了一颗精神饱满、斗志昂扬的精子，选择了慈善的父母，我还选择了提前出生。我是一个性格急躁的人，我忍受不了枯闷烦躁的胎儿时代。尽管，有时我的灵魂还可以自由飞翔出去，玩耍一番。因为，在各个朝代行走，我已是一个无拘无束、自由散漫惯了的家伙，但是已经做了胎儿，我也不能不忠于职守。爸爸和妈妈，为我做的准备是，让我按部就班地在第十个月出生，但是到了第五个月，我就有点迫不及待了，我要投入到外面火热的社会主义新牧场的生活中去。但是，出生并不是一件简单的事情，从我妈的角度讲，有一个顺口溜叫做"四大累"的，其中第三累就是生孩子。从我的角度就更困难重重了，对于一个五个月的胎儿，有这个想法就已经是奇迹了，要想从娘胎里走出去，就有些力不从心。虽然胎里胎外，只有一步之遥，但是有时这一步，比红军的两万五千里长征还要遥远，还要惊心动魄，还要艰难困苦，还要崇高神圣。我有时烦闷无聊，就在胎中胡思乱想。这胎里是很不安全的地方，想想，多少能够成为英雄豪杰的人物都胎死腹中了。我有时在胎中非常恐惧，就像胆小怕死的人坐上了飞机，又后悔，又害怕。

　　第七个月，我已经忍无可忍了，我决定为自己的出世进行精心策划。首先，这件事我无法跟我妈商量，我知道她无论如何都不会同意。无论是爱护我，还是爱护她自己，因为他们有古老的传统观念，必须时机成熟，瓜熟蒂落，就像茧中的蝴蝶，提前一刻出生，都将成为一只不会飞翔的残疾蛾子。

　　我决定自己行动。我不怕残疾，因为我已发育完好。我发誓说：能够想到的事情，我就能做到。这句话后来成为名言，被一个叫牟其中的家伙偷去，给改得面目全非。他篡改说：只有想不到的事情，没有做不到的事情。结果他有些事情没有想周全，把人生做得一塌糊涂，把人生的大把时光都送进了监狱。其实，监狱和子宫比好不了多少。根据我长大成人之后，对心理学的研究，喜欢或者常常光顾监狱的人，也是一种特殊的恋母情结。但是，此时我泡在子宫的羊水中，就像大海里的一条鱼，无法游上岸。我和我妈，母子连心，是有心灵感应的。于是我有意闹，就像我的偶像孙悟空大闹天宫，让我妈感到闹心、烦躁不安、天翻地覆。然后，我再去和我的那个在马胎里的女朋友感应，那个女灵魂收到我的短信息之后，也在她妈妈的肚子里闹，闹得她妈妈心烦意乱。就这样，红骒马跑出马圈，很烦躁地来啃我家的门，显得莫名其妙。我妈觉得奇怪，就很烦躁地出去用鞭子抽她，她很冲动，一蹶子就踢到了我妈的肚子上了，我借劲儿就奋不顾身地冲出娘胎，从容不迫地走向了人世。

我精神抖擞地出生了，当时身高五十八厘米，体重四点二公斤。没有人相信我是提前三个月出生的。我的灵魂，从虚无状态变成了一个具体的人，我这一世又有了寄托。看着婴儿的我，我感到很满意，甚至有些兴高采烈。这小子一出生，那块头就像一个大人物一样，让我一生都感到扬扬得意。我当时很担心，如果生出一副瘦猴子似的干瘪皮囊，我不知道，我的灵魂将如何面对我的肉体。那样不仅会丢光我的颜面，可能我连自信、品格、运程都要丢掉。长长出了一口气，我感到庆幸。其实这种担心不是没有理由的，后来在人生路上行走，我见到很多本来高大的灵魂

由于错进了皮囊，在人群中像个瘪三似的猥琐、卑微，在人们的轻视嘲笑中，委屈地苟且偷生。

和我一年出生，但比我迟到了四个月的谭家二丫，这个与我没有情缘，但是不断闯进我的人生，颠覆我生活和伦理道德的女人，后来回忆胎中岁月时说，我们西屋南炕的马叔经常去探望她。我感到奇怪。我说在胎中我怎么从来没见过马叔？

马叔是一个光棍汉，住在我们的西屋，和二丫家分别住在南北炕。我们家是他们的房东。后来我才知道，我们这里的地理位置在内蒙古草原的东部，叫科尔沁草原。具体位置是莫日根牧场。本来我们这个牧场，在把原来关押日本犯人、美蒋特务的监狱合并进我们的牧场时，就已经留下一些外来人被安置就业了，这次又多了一些右派分子，他们这些外来人，一下子拥进我们这里，我爸妈没有准备给他们住的那些房子。场长特格喜也不想给他们盖房子住，他说这些是南方飞来的鸟儿，过了季节就会飞走，我们留不住他们，干吗给他们盖房子？我们还不如多盖几间马圈，让骒马多下几匹马驹。这就是我们那里的价值观，马比人重要。特格喜场长说，让他们跟你们一家人，像亲戚一样住在一起吧，明年春天他们就会飞了。其实，特格喜场长错误地估计了形势。我们这里，是一个由劳改监狱改造成的牧场，马叔和二丫她爸谭大爷，是运动发配来的。这里是他们改造思想的家，不会再有人召唤他们回去。连马叔他们这些被改造者，当时也很乐观，他们没有长久打算，以为这是一次免费的旅游，很快就会回到他们的出发地。他们这样乐观地想问题，只有一个好处，可以让他们有一个好心情。其实，文化知识对人类的灵性是没有用的，只能用来平衡、安慰或者欺骗自己的心灵。他们看不见，也感悟不到命运的前方。如果人能看见未来的路，不知有多少人会灰心丧气，提前绝望地自杀。

就这样，一九六二年六月二十八日夜里十一点多，也就是子时，在马兰花开蓝幽幽的季节，我妈的肚子挨了红骒马一脚，我的阴谋终于得逞，我提前三个月来到人世报到。

红 马

第二章

血 玉 红 马

我出生时，并没有像当时他们预想的那样，面对迷茫的人世，痛苦地大哭一场。我很安详地出来，没有恐惧，一副敢于挑战痛苦人生的英雄壮举。大失所望的接生婆，那个草原上的著名老巫婆，觉得不对劲儿，用粗硬的鹰爪般的老手抓起我稚嫩的双腿，让我头冲下，像体操运动员一样，照我的屁股啪啪就是凶狠的几巴掌。她想让我哭，让我虚张声势地大哭，以此来证明她的丰功伟绩，有了她，我才安然无恙地从胎儿到婴儿，跨越了两个时代。我没有哭，我是借着红骒马踢我妈肚子的机会，我自己冲出来的，这不是她的功劳，是我的阴谋得逞，是一个胎儿的智慧结果。但是，被正好赶上的这个老巫婆居了功。我本来是面带微笑的，因为这

个世界是我自己主动来的，我喜欢这个世界，在来时，我已经进行了充分的时代考察，我是带着女朋友来的，我并不孤独。况且，提前来到这个世界，是我自己第一次成功的策划。我也想表现我自己是如何大义凛然来着。这个巫婆，为了表现自己的权威，又更狠地揍了我几下。我象征性地哭了，我不能不哭，因为，他们已经怀疑我是不是哑巴。我太幼小，斗不过他们。好汉不吃眼前亏，我不能沉默了，但是，我也为我自己的人生第一次妥协，而感到伤心落泪，我一出生就妥协，漫漫的人生之路，我还怎么去张扬我的个性？想到这里我就真的哭了。我哭声悠扬，老巫婆和我们一家人，像获得了重大胜利一样，兴高采烈，笑逐颜开。看到我痛哭，他们就欢笑。我好久没有来到人世了，没想到人类进化到了今天，竟然都变成了病人。说实话，我当时真有点后悔，还不如跟我女朋友一起投进马圈，我想，如果投胎为马，我也会是一匹骏马。

我妈后来无数次甜蜜地回忆说：当时，把刚刚出生的我放在悠车上，那是我姥爷，一个著名的老木匠亲手为我做的。我悠闲地躺在悠车上，我妈借着月光欣赏我，却把她吓了一跳，我像大人一样，没有睡觉，躺在那里不哭不闹，皱着眉头，似乎正在思考什么重大问题呢。我妈当时就怀疑，这个孩子可能过无忧河没喝迷魂汤，好像还在想着前世没干完的事。我思考的时候，我妈连奶水都不喂我，她怕打扰我的思路。我妈当时充满希望地想：这个家族可能在他的身上会发生改变。所以我妈从来不揍我，对我很客气，好像我不是她的亲生儿子，而是来她家做客的尊贵客人。我与我那些兄弟截然不同，无论形象还是智慧，都鹤立鸡群，我妈用的词是：羊群里跑出一匹马来，就属他大。所以我在家里，可以不干任何家务，他们看我读书，就像牧羊人看羊吃草一样。从古到今，读书都是出人头地的一条正确道路。我庆幸自己选择对了人家，我爸妈都懂这个道理。如果不幸遇上愚蠢的父母，我没准儿就是一个马倌儿，或者顶多跟我姥爷，那个著名的老木匠学手艺，当一个到处行走的小木匠。我是一个有天分的人，如果真的做了小木匠，家具打得款式新颖，我也可能会成为一个企业家。

当然，一出生，我并不是一个十全十美的人。我虽然表现出了，是一个聪明、特异的小孩，但是，我的左手不会动，整个手攥着拳头打不开，像一个肉锤。就好像投胎时，我在另一个世界正在跟人打架，攥紧了的拳头，还没来得及出击就匆忙投胎了。周围的亲戚朋友，认识我的和听说过我的，都为我感到难过和遗憾。他们认定了我是一个残疾人。按着草原上的传说，胎里带来的残疾，肯定前生有什么没解的孽债。我的出世，对未来的草原是福是祸，众说纷纭，草原上充满了传说，甚至有点人心惶惶。最惊慌的是我们一家人。只有我妈好像心里有数，她见过我思考

问题，所以她坚定不移地认定我是福星。但是，我自己却有些忧心忡忡起来，是不是真的像那只没到时辰的茧中小虫，成了残疾的蛾子，成不了飞翔的蝴蝶？

有一天，大雪纷飞。一个很脏的老喇嘛，到我家里躲雪取暖，让我爸给他烫酒喝。我爸喜欢喝酒，看那老喇嘛满面红光的，就知道是一个喝家子，于是煮了一块羊腿肉，烫了一大壶白酒，就和他喝了起来。这是草原上祖先留下的习惯：只要惊动了看家狗，就要进屋喝碗酒。我妈也热情地招待。老喇嘛越喝越高兴，酒的度数很高，香味很浓烈，飘飘荡荡地直往我的鼻子、喉咙里灌。我很馋，可能我的前世是一个酒鬼。但是，他们没人理我。我自己还不会站起来走路，我只有两招儿，或者哭，或者笑。我想，笑不起作用，他们还会害怕，他们那些病人会以为我有病，我会吓哭他们。那就只有哭，我一哭，他们就觉得我很正常，他们会开心地笑，很骄傲，并不断地说：这小崽子可能也馋酒了。这时，那个正喝在兴头上的老喇嘛，被我哭烦了，顺手扯了一块羊腿肉就给了我。我伸出右手去拿，他一定要我用左手去接。我妈说：这孩子左手不会拿。老喇嘛不听，拿着羊腿肉冲着我唱起了歌，我听着是一首很熟悉的歌，爸妈后来说是喇嘛念的咒语。歌词只有六个字：唵、嘛、呢、叭、咪、吽。他闭着眼睛，嘴越来越快，翻来覆去地唱。旋律由慢加快，由空灵变得越来越悠扬。我简直都陶醉了。后来长大，活佛告诉我，念经就是歌唱灵魂，音乐是灵魂的翅膀。灵魂有翅膀的人，才能飞翔。我全身放松，幸福快乐，我张开两手要飞翔，像飞翔的蝴蝶一样。我从娘胎里握紧的拳头张开了。奇迹出现了，我伸开左手接过了那块羊大腿肉。在我一张手的刹那，我的手里掉出了一块东西，老喇嘛的手早已等候在那里，一下接了过去。老喇嘛这个动作显得神灵活现，他闭着眼睛正念着经，却准确无误地抓住了我左手里掉出来的东西。这是铜钱般大小的一块马型血玉，老喇嘛说：我帮你们治好了孩子的手，把这块血疙瘩给我带走，留个纪念吧。我们家人都像傻了一样，谁也没有反对，只顾得高兴，我的左手好了，会拿东西了，他们的儿子不是残疾人，也肯定不是灾星了。就是后来，我妈也百思不得其解地说：老喇嘛治好了孩子，我们本来要好好感谢他的，他却啥也没要，拿着个血疙瘩就走了。那个血疙瘩可能是有啥说道，挺神的，像一匹小红马。我的手张开了，真的给草原人去掉了一块心病，不但证明我不是祸星，而且有关我的传说更加神奇了。老喇嘛拿着我的血玉红马走了，在纷飞的大雪中，消失得无影无踪。

红 马

第三章

春 天 的 痛 苦

　　那天夜里，红骒马在我家门口，踢完我妈的肚子，挨了我妈的一棒子之后，回到马圈也生下了小马驹儿。这小马驹儿长得很像她妈，全身通红光亮，银鬃雪蹄，是一匹小骒马。她长长的脖子，目光很生动，两个圆圆的鼻孔很可爱地抽动着，牧场的人都叫她小红骒马。如果她和我一起来投胎做人，即使和我不是龙凤胎，从别人妈的肚子里出来，和我也是天生的一对呀。你看，小红骒马和她妈那动人的身段，和漂亮的容貌。四蹄踏雪的火龙驹，如果是人，肯定是一个大美女呀。命运，有时就是这样令人不可思议，不如人愿。幸福和快乐，一切美好的东西，都是诱饵和欺诈，只有痛苦，才是人生活中永恒的拥有。出生之前，我豪言壮语地说不怕痛苦，那时，因为还没有痛苦，现在出生了，面对着小红骒马，我们俩的形象不一样，我痛苦了。所以，美好的东西，总是以梦幻般的形式存在，而痛苦，是以现实的形式存在。

小红骒马比我强，我刚刚学会走，她就已经会跑了。这是因为马和人的一辈子计算方法不同。马活一辈子，二十岁就相当于人活了一百年。所以，小红骒马三岁时，已经相当于一个十五岁的少女了。那时三岁的我，摇摇晃晃刚会走路，一副愚蠢脆弱的样子。我每天追随着花样年华的小红骒马玩耍，就像一个旧社会的小女婿一样，荒唐可笑。

有时，我爸赶着红骒马拉的马车，去拉牛粪，我和小红骒马就一起跟着，我爸干活也喜欢拖儿带女。我爸给小红骒马带一个笼头，拴在车的后尾，我则骑在小红骒马的身上。我感觉很快乐，好像多少辈子前，我们就这样玩过，但是，那时我们可能都是人，或者都是马，或者我是马，她是人，反正，就有这种想也想不起来的奇怪感觉。小红骒马也是，她自从出生，虽然没跟我说过一句话，但是，我知道她也有这种感觉。看着她那迷人的眼睛和生动的鼻孔，我总觉得她是一个美女。她的灵魂，在前世与我是相亲相爱、相同的，只是进了这张马皮里，她的灵性遭到了封锁。生命的游戏规则，做了马就要按马的规范行事，遵守动物的纪律，否则，就要被当作妖怪痛打。

小红骒马，自从那一天在我家的上空和我分手，我进了家门，她进了马圈，出生后，我就悲伤地知道，我们这一世姻缘完了。老喇嘛拿走了我手里的那个血玉红马，我就预感她将因为我而做出牺牲，反正我们的美好日子，不会天长地久。

那一天，爸爸又赶着小红骒马的马妈拉着的马车，带着我们去草甸子上拉牛粪。我骑着小红骒马，到处撒欢。天气真好。天高云淡，我总是浮想联翩。春天的气息，到处暖洋洋地飘荡，冰雪全部融化成春天。所有的生命似乎都到了交配的季节，大地从坚硬中醒来，到处流淌着软绵绵的泥水。泥水中混杂着各种动物的精液。在阳光的照射下，碧绿的小草受到了精液壮阳的启示，生机勃勃地挺着躯干刺向青天，让天空的白云像怀孕了一样，显得大腹便便。马、牛、羊吃了小草，更加春心勃发，在白天就发出嗷耶的叫春声。喝了牛奶、吃了羊肉的人们，晚上，发出了动物们白天的那种叫声，却更加风骚。这真是一条坚挺的生物链。春天的草原，最壮观的景色就是牲畜们互相追逐，然后在光天化日之下交配，很从容，坦坦荡荡。

突然，我看上了一只百灵鸟，我抱着小红骒马的脖子说：我一定要得到这只百灵鸟。小红骒马无可奈何地看了我一眼，对我这个花心小孩每天到处追逐有点怨恨。但是，她总像保姆一样，默默地听我的指挥。

百灵鸟在前面飞，我和小红骒马就在后面追。跑着跑着，百灵鸟钻进了一片芦苇丛里去了。小红骒马也驮着我钻了进去。芦苇里是一片蔓沼。外面，生机勃勃地蹿出了一根根苗壮的芦苇，下面，却是潜伏着淫荡的烂泥。小红骒马跑进去，就陷进烂泥里了。爸爸发现后扔掉粪叉来救我们，当爸爸把站在马背上一身烂泥的我拉出去时，小红骒马就剩下幽怨的目光，和一对美丽的鼻孔露在了外面，那双美丽的鼻孔，眨眼间就在泥潭里消失了。烂泥上泛起了一串串气泡，像一串串悲伤的叹息。但是，我却总感到那目光没有陷进烂泥里去，她一辈子都缠绕在我的心里。

我五岁的这一年，小红骒马就这样在我的眼前消失了，消失在淫荡的烂泥里，无影无踪。就像一个美丽的少女一样，香消玉殒。我现在清清楚楚地记得，我五岁那一年的惊慌。我吓坏了，从我一出生，会走路，我就在大地上奔跑。我相信大地，所有从天空中转世来的灵魂都相信大地，就像翅膀相信天空一样。我们把大地当成母亲的怀抱。但是我在五岁时，却目睹了大地吃人。我从来都是把小红骒马当成人来看待的，大地张开它黑臭的大嘴，活活地就把小红骒马吞掉了。那张在母亲的怀抱里张开的大嘴，就这样吞得干净利落，连一根鬃毛都没给我留下。除了记忆，我手里没有小红骒马的任何纪念品。

长大后，我常常喜欢翻一些关于命运、生辰、属相的书。我是一九六二年出生的，属虎，我惊奇地发现，无论是在婚姻还是命运中，旺我的女性或者男性，都是属马的、姓马的，或者名字中有"马"字的。这种生命中的玄迷，至今令我困惑不已。我不相信这是巧合，我相信，这是生命中一种无法破译的密码符号。人不但要看貌相，还要看属相。

　　我有一种预感，那匹小红骒马肯定还会投胎转世，而且肯定是人，是一个美女。所以我对女人，尤其对属马的、姓马的、名字中有"马"字的女人，特别关心，特别敬重，我知道，有一天肯定会再见到小红骒马。后来的岁月里，果然这些令人匪夷所思的奇妙现象，都在我的生活中寻找到了我，让我的人生，无法逃避地接受他们带给我的现实。

红 马

第四章

萨满招魂

五岁这一年，我几乎每天都是白天发高烧，晚上做噩梦。

小红骒马被大地张开黑嘴吞进肚子里的情景，和她那乞求的目光、呼唤的鼻孔，每晚都在我的梦里出现。而且是漫无边际地出现，黑黑的大口无限夸张地向我扑来，让我惊慌、恐惧、尖叫。

白天，一发起高烧来，黑狗大夫的退烧药就无能为力。我妈就发挥她的想象力，用我爷爷喝的高度草原白酒，给我一遍一遍地搓身子，搓得我全身红赤，双目无光。到了晚上，我做噩梦，说胡话，从炕上站起来就走。我妈把我重新按倒在炕上，爷爷这时就用一碗墨汁，在我的脸上画上各种萨满符咒，然后在我的枕头下放一把斧头，刃口冲外，镇邪驱灾。

　　我觉得好笑，我妈挥汗如雨，爷爷念念有词，好像在跟阎王爷抢我。每进行完一次仪式，他们就像胜利了一回。其实是我自己伤心过度，或者过于思念小红骒马，我才想放弃人生。但是爷爷和妈妈他们不让我放弃，不是因为他们爱惜我的生命，而是因为，我已是他们的私有财产，他们要长期拥有我，才要延长我的生命。其实，像我这样重视生命质量的小孩，生命长短是没有多少意义的。我跟小红骒马，已经度过了一段美好的人生，小红骒马既然已经走了，那我独生又有何意义？我还不如追随而去。无论到了哪个世界，都不影响我们相亲相爱。其实，就我多年轮回的情感经验，对感情最残酷的就是人世间。人类自以为智慧的大脑，总是把简单的事情复杂化，该爱的时候不爱，该恨的时候假装在爱。其实，这是一种很沉重很可怜的智慧。感情，本来是生命互相之间最动物化的交流，可是人类总是给感情加上道德、门第、金钱这些交易元素，让简单的感情复杂化，让欢乐的喜剧演绎成凄惨的悲歌，人类总是自作聪明给自己找麻烦。

　　想到伤心处，我泪流满面。我不想活了。于是我决定辞职，不做人了，不做这户人家的第二个儿子了。我倒不是痛恨这个家庭，而是面对整个人世间，面对渺小脆弱的生命，要承担漫长人生的痛苦，我就觉得没有意义，前途一片黯淡。

　　后来我恢复了做人的职务。我长大成人后才知道，小时的我竟然是很通灵的。我妈最了解我，我妈也说我的天眼是开的，能看到祖先。确实如此，我一发烧，超过 39℃，就看到满屋飘荡着对我亲切友好的陌生人。他们也帮我看病，我相信他们。甚至他们的医术更高明。我爷爷和我妈他们简直是瞎操心。他们以为我是他们看好的，每给我看完一次，他们就显得趾高气扬。但是，事实并非如此。我还是死了。其实也不是死，就是我的灵魂飘荡出去寻找小红骒马了。我正轻舞飞扬，快乐地飞翔着，我的家人却围着我大哭起来。一开始我妈以为我睡着了，我很安静，一点声音都没有，又不发高烧，她很高兴，觉得这回我该好了。他们也要睡一个安稳的觉了。但是马上又觉得不对劲儿，怎么一点声音都没有？一摸我的鼻子，没有气了。他们很惊慌，刚才还好好的呢，怎么一下子就没气了？这一下，家里疲惫不堪的大人们，觉没睡成，就全都乱了套。整个屋里，像冲进了狼炸了群的羊圈。

他们开始呼喊我的名字，他们开始痛哭，他们伤心绝望。

天渐渐黑了，他们把我装在马车上，拉到草地上开始为我招魂。这是内蒙古草原的一种萨满土教。我安详地躺在马车上，一动不动。他们在马车周围点上牛粪篝火，萨满巫师身上挂着九块铜镜，绑上各种颜色的布条，脸面画上符咒。满牧村的人都出来围着牛粪篝火又跳又唱：

四步四步跳啊，

八步八步踩啊，

把走的灵魂招回来啊……

四步四步跳啊，

八步八步踩啊，

把走的灵魂招回来啊……

我心里好难受，好像有一种很大的力量在召唤我，让我没有前行的力量。像孙悟空一样，我飘荡的灵魂在上空，突然发现下面的草地上，燃烧着牛粪篝火，载歌载舞，热闹非凡。我兴致勃勃冲下去想看热闹，不看不知道，一看吓一跳。那躺在马车上的不是我吗？我的灵魂见到我的身体，很亲切地就要扑上去拥抱，但是，我又很理性地制止住了自己。我再看，跳舞的人都是我的亲人，在我爷爷的率领下，正在载歌载舞，他们虽然在演出，但是看得出表情很痛苦。

每个人都面带忧伤，尤其是我妈，简直是泪流满面。

我想多看一会儿热闹。突然，他们的演出结束了。可能时辰到了，他们看我的灵魂还没招回来，也就很失望地放弃了。他们站立两旁，拿出鞭子狠狠地抽打拉车的红马，红马无人驾驭，很惊慌，失控地奔跑起来。我看热闹入了迷，等我醒悟过来，我的肉体已经被红马拉着，颠簸着，跑远了。

我很着急，怕自己从车上摔下去。但是急也没用，我已经从狂奔的马车上摔了下去。这是草原上的习俗，叫天葬。我从哪里掉下去，就说明我自己喜欢那里，选择了那里。然后野狗和秃鹰就将把我分食掉。我的灵魂，便随着它们的牙齿和我的肉体进行永远的告别。看到那些痛苦绝望的家人，我良心发现了。我的灵魂扑向我的肉体，紧紧拥抱。其实，我自己也舍不得抛弃我的肉体。我说过，从出生那一天，我就很欣赏自己的肉体。我们朝夕相处已经很有感情了。甚至，我有一些自恋，像我这只有五岁的尊容，竟然老成到像一个三十岁成年人的成熟面孔。别人用三十年完成的作业，我五年就给完成了。这么好的成绩，我怎能轻易放弃？我的身边黑影翻滚，我的先人们，正在和野狗、野狼搏斗呢。面对着这群野兽，我五岁的小身体无能为力，打斗不过它们。

天渐渐亮了。有一个流着泪的黑影，飘到我的身边。是我妈，她做了一个梦，梦见我活了。于是，从炕上爬起来就跑到草甸子上来找我。我看到妈妈，轻声叫了一声"妈"，扑进妈妈的怀里，就热泪盈眶地哭了起来。我妈紧紧地抱着我，当时我五岁的身体已经很沉重了，但是我妈不肯放下我，一直抱回家，她怕我再被什么东西给抢走。甚至回到了家里的炕头上，她都不肯放手。家里人全都惊喜不已，每个人都想跟我亲热，就好像我出了一趟远

门，很久才回来见想念的亲人。从这一天开始，我才知道了啥叫亲人，为啥亲人最亲。

后来爷爷想给我改名叫狗剩，我没接受。

那天老喇嘛走时留下预言：这孩子五岁这一年，是生命中的一道坎儿，如果五岁这一年过不去，他的人生就该画上短暂的句号。

我知道，那样我可能又去追赶小红骒马，寻找我的姻缘去了。其实不用老喇嘛预言，我自己就知道，因为，我当时已经计划取消人生的成长，小红骒马的死让我痛不欲生，我想为她殉情。

第五章

一 九 六 八 年 纪 事

　　一九六八年，我们科尔沁草原发生了一件奇怪的大事。不知道从哪里来了一大批红卫兵，像蝗虫一样拥进了草原，惊散了我们的羊群，惹得满牧村的看家狗，到处惊慌地乱叫。

　　一开始，我们还以为他们是解放军呢。他们穿着一身绿军装，戴着绿帽子，腰上还很耀眼地扎着令我羡慕的宽皮带。其实，这些东西我都羡慕。他们一群一群地走过来，飒爽英姿，看得我眼花缭乱。他们在前面走，我们一群衣衫破烂的草原儿童，无知地跟在他们的后面，甩着鼻涕，领着狗。我们很恭敬、很严肃地，学着大人的语言向他们喊口号：向解放军同志学习！向解放军同志致敬！我挥着肮脏的小拳头，无限虔诚，正讨好般用力地喊着，一个绿军装，停了下来。这是一个高大的男人，可能是他们的领导。我虽然年龄很小，但是作为一个领头的，就像羊群里的头羊一样，也向那个绿军装走去。这镜头我始终难以忘怀，长大了我看电影，那些黑道上或者江湖上的人物，两伙的老大就是这样见面的。我真佩服自己，那么小，就有了老大的风范。不过这次却让我感到耻辱，我刚一出山，就被对方打得威风扫地。因为我们没有江湖经验，不但没有把对方当成敌人，反而当成了崇拜对象。就像毛主席批评的那样分不清敌我友。其实，不用说小小年纪的我，傻乎乎得幼稚，就是我们草原上的大人，也分不清楚谁好谁坏。我们在草原上常年见到的，是马、牛、羊这些牲畜，还有看家狗。这些都是我们的朋友，是草原人的命根子。狼是敌人，那也是传说中的敌人，狼从来都不到牧场来吃羊或者小孩。它们不是蠢狼，在草原上有很多猎物吃，何必来和人作对？人是那么好惹的吗？我想狼的智商不像有些人那么低。我们很少见到这么多人，按照草原上的规矩，来的都是客。就是仇人路过家门，也要下马进屋喝三碗酒，何况这些神圣的绿军装。

我们跟在绿军装的后面，很兴奋地喊口号，绿军装的领导，就回头走向了我们。我也走向了他。我没有戒备，甚至有些受宠若惊的感觉。

我以为，我那些草原的小伙伴，都是那样善良地以为，他要给我们糖吃。因为我们很努力，我们喊口号了，我们有资格被他们奖励。我们是草原上主人的小孩，他们应该喜欢我们。果然，绿军装微笑着走到我的面前，突然脸色一变，弯下腰，用一颗油腻腻的大头顶着我肮脏的小头，瞪着死狼眼，恶狠狠地对我说：小崽子，我操你妈，再喊，我踢死你们！我们吓傻了，我领头就跑。我们惊慌失措地跑进高草地里，连狗也惊慌地跟了进来。从此我们坚定不移地相信：这伙蝗虫不是解放军，他们可能是一群蠢狼。

蝗虫进了牧村，在科尔沁草原干了一件惊天动地的大事儿。这件事让地下吃草根的土拨鼠都受到了严重惊吓。蝗虫们在草原上，拆掉喇嘛庙，盖了一座语录塔。也就是用砖头水泥盖了一个很像烟筒、很高的楼，直接指向天空。这个楼里面很窄小，只有用钢筋做的楼梯。不能住人，没有喇嘛，也不能烧香。只能站在外面站成排仰望，拿着小红书，念《毛主席语录》。这个语录塔是个方形建筑，四面朝向草原的四个方向，四面都画着伟大领袖毛主席的像，写着伟大领袖毛主席的语录。远远看去，毛主席穿着真正的军装挥着大手，站在云端，像神一样，给草原人民指引方向！

关于给草原人民指引方向，一个满嘴跑舌头、好说乱讲的聪明马倌，不幸成了反革命。有一天，赶着马群，从遥远的牧场放马回来的那达慕赛马冠军，草原上的英雄人物，著名的马倌罗锅乌恩回来了。家乡人都到语录塔下面排队，挥舞着毛主席语录去迎接他。罗锅乌恩很兴奋，看见语录塔，大叫：我们草原上为什么要修这么一个东西？难道是要我们把羊群和马群，从这里赶到天上去放吗？我的佛爷！难道天上有草场？他看见语录塔的四面都有毛主席在挥手指引方向，一时灵感大发，创作出了当时在全国流行一时的反革命语言：难道，毛主席给草原人民指出了四个方向？

关于四个方向，在草原上引起了热烈的辩论。最后，牧民们一致认为，毛主席不能给草原人民同时指出四个方向。因为草原人民就像羊群一样，你不能同时给羊群指出四个方向，那样羊群就不知道往哪个方向走了，那样羊群就乱了套了。只有狼来了，羊群才会乱套，才会往四个方向跑。而草原上的谚语说：同时往四个方向走的羊，没有草吃。喇嘛庙没拆之前，拜过佛的老年人都说毛主席像活佛。活佛是不会让人像炸了群的羊一样，向四个方向乱跑的。每当牧民们困惑不解地这样乱讲的时候，就有红卫兵出来阻止说：不要像狗一样乱叫。

罗锅乌恩在原始牧场放牧，一年才回来一次。他都不如我这个六岁的孩子，还知道是这一群蝗虫在草原搞"文化大革命"呢。当然，我理解的"文化大革命"，就是不知从哪里来的一群蝗虫，在草原上拆掉了喇嘛庙，修了这么一个莫名其妙的语录塔，这些人都很凶。罗锅乌恩被愤怒的蝗虫们当成反革命分子，抓起来游街。其实一开始，红卫兵对罗锅很友好，他身体残疾，又是个苦大仇深奴隶的孤儿，又是赛马冠军，这是多么好的革命条件啊。没想到，这个罗锅口没遮挡地让舌头在嘴里乱跑马，没有做成红卫兵的革命战友，竟然惹恼了他们。蝗虫们满腔怒火，把罗锅打翻在地，恨不得踏上一万只脚。罗锅这个马背上的英雄，在红卫兵的脚下变成了一只狼狈不堪的羊。

第六章

童 年 作 风

　　讲这个故事之前，我首先要坦白交代，其实我在五岁的时候，就已经有了犯作风错误的苗头了。当时，我们邻居家有一个一岁的小女孩，她妈妈，去寻找家里丢失的羊羔，就把她放了我们家里。那个女孩白白胖胖，一笑两个酒窝，很肉感。我控制不住自己五岁的激情，就用手摸她嫩嫩的小胳膊小腿，见没有大人在身边，就放开胆子摸她的脸，再后来，见还是没有大人理我们，我就得寸进尺，开始把手指伸进她的嘴里。我很放心，不怕她咬我，因为我知道她没长牙。那时，已经五岁长了牙的我，常常像狗一样咬人。我咬人不是想吃肉，是我的牙痒。我一咬人，就有一种很快活的感觉。我的手指放进小女孩的嘴里，竟然也有这种令我快活的感觉，而且比我咬人还快活，痒痒的，我的手指在她的嘴里抽动。小女孩也快活，我看得出来，而且她还非常贪婪，狼吞虎咽地吮吸着我的手指，像吃着她妈妈的奶头一样。有时我累了，就要换一根手指。这个风骚的女孩，连手指也不让我换，我一拿出来，她就哭，张牙舞爪地大哭，张着像老太太一样空洞的嘴。她一哭，大人就狂叫着冲进来，问我为啥打她。然后我就装着躺在她身边睡觉。待大人哄好她走了，我又把手指伸进她的嘴里，这个女孩，就快乐地瞪着乌黑的大眼睛，快乐地蹬着腿。我们正兴奋着，阴谋被我妈戳穿了，她用鞭子狠狠地抽我说：你的手指头上都是盐，看不咸坏了孩子。这是我妈为了别人家的孩子，第一次摸我。后来长大了，我才知道那种快活叫快感。当然不是在嘴里发现的。

　　我七岁开始，在科尔沁草原上小学一年级。那时我已经没有特异性，只是一个普通的聪明孩子，但是，我仍然显得比正常孩子有灵性，因为我有基础。见到"小红马"三个字，就像见到了恋人的名字，很敏感，有一种灵光在心里很慌乱地闪动。我们是复式班，也就是说，一间教室里有一年级和二年级两个班上课，我没有想到，二年级里有一个九岁的女生叫马红。这个马红，让我想起了我的小红马。马红黄黄的长发，像飘逸的马鬃，秀气的马脸红扑扑的，闪亮着，那两只眼睛，有一种迷离的哀愁，尤其是她穿着一身红花棉衣，那肉滚滚的身材，简直就是一匹小红骒马。马红长大以后，变成了很丑的女人，嫁给了特格喜的秃头儿子酒鬼长命。其实很多小时美丽的女孩，长大都变成了很丑的女人，我知道是造化捉弄女人。

我每天坐座位很想往她身边坐，但是老师就是不让。因为，马红太高而我太矮，我们不是一个层次的。有时上课间操，我就心怦怦跳地混到她身边，结果被体育老师一脚就给踢到前边去，他说：操！小鸡巴个头往后钻啥？我很要面子，坚强地回头看了一眼马红，如果她看着我笑，我就有一种无地自容的羞辱感。

马红太吸引我了。有一次，我们去沙坨子地里劳动，我看见，马红脖子上系一条红纱巾，飘动着马鬃般的长发，跑到一个沙丘的后面去了。我知道她去撒尿了。我也假装撒尿，像野马驹子一样，狂奔着冲向沙丘后面。这时马红看见了我，提起裤子就跑。我假装没看见她，待她跑没了影儿，我很庄严地，走近了她刚撒过的尿窝，我很好奇，她不知道用的什么姿势，在沙土里，竟然尿出了这么美丽的旋涡。我看得目瞪口呆，简直有点走火入魔。终于我掏出工具，在马红的旋涡里，很豪迈地，充满战斗力地，灌进了我的一泡热尿。那天的尿量很大，我像大人一样哗哗地尿着，差不多尿了能灌满现在的一啤酒瓶。我那天感觉到了快乐和成就感。

从此，我就对马红的撒尿迷恋上了，我以为，这是一种人人都会有的兴趣爱好，后来，才知道这是我的一种早熟的病。你说那时七岁的我，怎么就有了大人的这种坏毛病？成熟太早了。那时我病得真是不轻，最后差一点恶化。

一个已经放学的晚上，我和马红留下来值日。扫完了地，我们抬垃圾，去往厕所后面的大坑里倒。倒完，马红就钻进了厕所。那时的厕所就是用高粱秸隔成的，缝隙很大。我受不了马红那哗哗流水的诱惑，趴在地上，就从秫秸缝往里看。我只看到，白花花的一道亮光在闪耀，其他的什么都看不清。其实我也没想看清什么，我只是奇怪那旋涡是怎么形成的。正跟着飞流直下的瀑布往下看，突然，我觉得自己的脑袋没费力，就钻进了厕所里。我正莫名其妙，我的头又自动钻出来了，然后头冲下，两条腿就在空中旋了起来。原来是体育老师来了，他在给我"帮忙"呢。

在体育老师的"帮助"下，我狠狠地挨了一顿揍，然后第二天，在全校的师生大会上做了检查，我发誓说，再也不偷看女生马红撒尿了。那是我进入小学一年来，第一次那么露脸，"出人头地"，在全校的师生面前讲话。为了让这次讲话不在师生们的面前丢面子，我私下很认真地反复朗读了我的讲稿。我这次演讲很成功，为我日后在大学参加诗会、走向社会公关，打下了功不可没的基础。如果追根溯源，我的文学兴趣，也是这一次打下的。我因为写检查，又演讲，用的都是语文课的知识。语文老师，那天也发现了我的语文天才，每次上语文课，我都有精彩的表现。这给我增加了极大的自信。我就爱上了语文课，后来因为语文成绩好，就考上了大学中文系。因为念了大学中文系，我就开始写诗，写小说。我现在还在写着小说，你们说马红那一泡尿，尿出了多么久远悠长的故事。

第七章

古 代 故 乡

　　五月过后，马兰花开的时节。碧绿的草原上，几乎都被蓝幽幽的马兰花改了颜色。那时候，我就爱做梦。夜晚，我不愿睡在屋子里的土炕上。太阳晒了一天，房后的沙漠，软软的，很热。我躺在那里，看星光。我总觉得小红骒马又投胎了，她一定要回来的，她绝对不能丢下我不管。她要来找我的，因为她知道我在找她，也在等她，她一定是以一个女人，而且是美女的形象来找我。我妈说，地上死一个人，天上就多一颗星星，那星星是那个人的魂。我相信，我会找到小红骒马那颗星魂的。有时，我妈见很晚了就来找我进屋睡觉。我不想回去，我跟我妈说，我在找小红骒马的星魂。我妈说，她没跟我说过天上的星星，就是地上死了人的魂。我也糊涂了，那可能是我前一世的妈妈说的。我说完看着我妈，我妈有一点嫉妒的样子。我又说：我前世的妈可能也是你。我妈笑了，很开心，很骄傲的样子。她说我脑子里的鬼就是多。

有一天我病了，病得很重。我们家里的八个孩子都病了。从一九六〇年老大出生，截至一九六八年"文化大革命"的高潮期老八出生，我们兄弟八个都顺利地诞生了，而且是百分之百活下来。我们站在一起，虽然不像八胞胎，但是绝对像两对四胞胎。如果再把我们的八条狗算上，我妈率领我们那种威风，绝对像一个少尉连长。这不是我给我妈授的军衔低，而是那时候，我认为，连长就已经是一个了不起的大军官了，相当于胡传魁那样的司令了。

我们哥八个一病倒，就等于半个连倒了。我妈从黑狗大夫那里，买来一大包药，给我们逐个灌着喝。别人家的孩子也病了，黑狗大夫不可能来看我们，因为草原上还有比我们重要的病人。我妈给我们灌药时，她这个连长自己也是一个病人。她常常给老三灌完就给老六灌，都灌完了，老五说没吃着药，老四说他吃了两份。这好像是一个预言，日后老五的日子总是很穷，是哥八个里唯一的瘦人。老四变成了从来都是多吃多占的人，后来当了一个小领导，却成了全国有名的大贪污犯。

我是一个有谋略的人，喜欢用脑策划。我看，我妈让我们这八个儿子给累糊涂了。我四肢无力也帮不上忙，就一个人开小差，虚弱地走到家后面的草地上去了。地上马兰花开，天上星光灿烂。闻着浓烈的地气，我身上马上有劲了。其实这就是生命的本能，从前没医生的时候，可能是史前时代吧，那时人类很灵性，病了就是自己救自己，爬到草地上找草药吃，像蛇一样，往往身体比大脑还聪明，找到的都是名贵药材，而且对症下药，药到病除。后来的人有了聪明智慧，就没有了灵性，就自己不给自己看病了，也就是说不相信自己了，只相信别人，相信叫郎中、大夫或者医生的人。人身上那种与生俱来的特异灵性，也就退化了。

估计是后半夜了，我躺着的草地就陷进了地下。大地，又一次向我张开了黑洞洞的大嘴。我感觉掉到了一间房子里，借着星光，我好像看到了另外的一个我。看那人盘马弯弓的样子，是一个古人。那人站起来对我说：我是七百年前成吉思汗麾下的一个千夫长。我说失敬，说着站起来就要给他行礼。他说，现在的你就是七百年前的我。我没听懂。他说，七百年前的我就是你现在的前身。你就是我，我就是你。你还行什么礼，哪有自己给自己行礼的，自己跟自己还客气什么？傻小子！

我好像想起了什么，问千夫长：那时的小红骒马是谁？千夫长责怪我说：你怎么什么都忘了？她不是大汗的妹妹阿盖公主吗？后来招了咱做驸马了。我说，那她咋又投胎成了一匹小红骒

马？千夫长说：你们不是约好了，七百年后一起投胎成为马，一起耳鬓厮磨，一起驰骋疆场吗？结果你贪图人间享乐，失约去做了人，她不忍心看你遭受人间苦难就走了。我说，她在哪里？千夫长说：走，我领你去见公主。我跟在千夫长的身后，行走在鸟语花香的草原上，河水在大地上任意流淌，闪耀着白亮亮的光。天空中有阳光，有月亮，也有满天的星群。公主正在铜镜前梳头，身边没有一个奴仆。我好像一下子回到了七百年前的一个早晨。公主把梳子给我，我在她的头上，精心地编着花辫，系着头绳。公主站起来，身上披着的睡衣掉在了地上，她那不算很大的两个乳房，两个粉红色的乳头。滚圆肥大的屁股，托着一段细长的腰身。长长的脖颈上面，长着一张美丽生动的圆脸，这是一张我曾经朝夕相伴的面孔。那鼻孔和眼睛，就是活生生的小红骒马。我熟练地把公主抱到了床上。我可能太粗鲁了，弄痛了公主。她发出了草原上独一无二的指乐曲声音。公主的声音让我迷恋。草原上都是一些粗犷的声音，唯独公主的声音是那样的细腻。越粗野豪放的男人，越容易被这种声音征服、迷惑。

我像出门远征刚刚凯旋一样，公主对我百般风骚，万种迷情。我忘记了一切，只记得眼前。

天亮了，我爸带领人把我从一个坍塌了的元代墓穴里找了出来，我看见里面，是一具盘马弯弓的骷髅，和一具已经干枯的女尸。那就是七百年前的千夫长和阿盖公主。

　　红卫兵们见到墓穴里像日月星光一样闪烁的金银珠宝，就要进去哄抢。我从我爸的手里挣脱出来，喊叫着阻挡他们进去。突然一声轰响，墓穴的洞自动合上了。红卫兵气急败坏地弄来了炸药，在发现墓穴的那个地方进行爆破。结果，任凭红卫兵怎样狂轰滥炸，他们都没有得到一金一银，因为墓穴已经消失得无影无踪了。人们都恍如在梦中，惊诧不已，感叹不已，红卫兵更是感到不可思议，甚至恐慌。

第八章

雨 天 的 羊 毛

　　我到现在也搞不清楚，我十岁时的那个年代，大人之间，错综复杂的关系。老谭头，就是我们家西屋南炕，那个二丫的爸爸。草原上是生长传说的地方，关于家长里短，人们免费传说用的工具舌头，比马蹄子跑得还快。当外面的世界，连牧羊狗都知道，二丫长得像马叔时，老谭头竟然坐在西屋的南炕和马叔喝酒。这两个讲着南方蛮语的人，酒量不大，却喝得很有风骨。看起来，他俩的交情确实很深，这两个人喝酒不碰杯，不干。就那样随意地喝着，显得很从容，轻描淡写。虽然喝酒，但是，酒对他们并不重要。这在草原上，从前是没有过的事情，喝酒人讲究的，最重要的就是喝酒。而且，他们喝酒只用一只酒杯，只用一只酒杯喝酒的两个人，就是两个人吃的是一个锅里的饭，睡的是一个炕的觉，在炕上也可以共睡一个女人。我妈说：这不乱套了吗？文化程度不高，却喜欢读一些古书的我老爸却很敬仰地说：这不是两个一般人，古书里讲过，古时候的人有这种交情，他们比拜把子兄弟还兄弟，比亲兄弟还亲。他们虽然在喝酒，但是，他们的心境已经超越了喝酒，酒是他们的引子。这是两个落配的人，有一天他们还是他们原来的自己，咱们这里容不下他们这样的人物。

我们屋子外面，满村子的人都听说了，这两个南方的怪蛮子，在喝怪酒，就都想房前屋后偷着看。他们想看热闹，可能没有恶意。我们这个偏远落后的草原，很少有新鲜事物，人们就是出于好奇，想看个新鲜。这时，我爸就开始见义勇为了，我爸怕这些人，打扰这两个渐入佳境的高人，他就放出狗群，驱散人群。两个喝酒的人，好像神仙一样，知道我爸心里想啥，也知道我爸在干啥。他们有时用目光，很感激地看我爸一眼，但是，就是不请我爸一起喝酒。我妈说，南方蛮子就是小气。我爸豁达地说：这样喝酒，我和他们喝不到一块去，我想跟他们喝酒，也不用他们请我，我可以请他们喝。我不想和他们喝，我们不是同一路人。

老谭头和马叔，有时喝到兴致来了，马叔就拿出一捆他写的书稿，叽里咕噜地给他念。有一次，马叔正豪情满怀地念着，不知是啥内容，把老谭头给感动了，或者征服了，一下子，心悦诚服地给马叔跪了下来。马叔看都不看他，仍然扬扬得意地念。我本来坐在地下看他们喝酒，面对这突如其来的场面，我也傻了，不知所措。我爸领着狗，在地下一圈一圈地走，也一副惊慌失措的样子。我妈说，这老谭是不是有啥短处，抓在老马的手里，要不这大男人，为啥说下跪就给他下跪了？男人膝下有黄金，可不是随便跪的。外面偷看的人，马上传出去了，老谭头跪下求老马，不要和他抢老婆。我爸打开门放出狗去，说：你们这一群蠢羊，只知道乱叫。这是老马比老谭有学问，还高明，老谭是在佩服他。这事与女人无关，再乱叫，看不让狗咬掉你们的舌头。

老谭头，据大人从场部领导那里听来的小道消息，是发配到我们牧场里的最大的官，是北京中苏友好协会的副秘书长。他在苏联待的时间比在中国还长，他不仅仅是右派，跟国民党还有关系，在他家那个南方城市，国民党撤退时连将军和豪绅都上不去船，国民党却派专机把他父母接到了台湾。

老谭头，我们虽然这么很土气地叫他，但是，他是我们这个草原上最洋气的人。我平生第一次见到戴眼镜的人就是他。可能是我孤陋寡闻，回想我的前生前世，都没有见过眼睛上戴这么个东西的人。虽然叫老谭头，但是那时他的年龄也就是五十多岁。那时的人也老相一些，衣着扮相也老气，半百之人，都是秋天的气象。不像现在六十岁的人了，还哥哥妹妹地叫，穿着很酷的时装，一派朝气蓬勃、返老还童的气息。每头老牛都在寻找嫩草。

没有"文化大革命"，也就是城里的红卫兵蝗虫们还没来时，老谭头、马叔这些"地、富、反、坏、右"，还有后院的日本翻译官张大脑袋，和他的日本老婆小岛马子，他们下场还都挺好。牧场里的牧民，不管你那些闲事，他们觉得，这些外来的人，迟早要走，还不如一群狼是永远属于草原的。尤其是特格喜场长，他根本不懂政治和政策。用现在的话说，他的素质很差。但是他简单、善良，友好地对待每一个人，没有敌我友的界限和阶级立场。所以那些"牛鬼蛇神"们在我们的莫日根牧场，极其逍遥自在。后来我到城里去读大学的时候，我跟我的右派老师邵正午教授讲我们那里的故事，他羡慕地说：我被打成右派时，分到你们那里就幸运了。我说：老师，如果您再被打成右派，一定要去我们那个牧场。老师似乎一点也不领我的情，他说：我宁可永远不去你们那个牧场，再也不想当右派了。看他那神情，就像一个医生邀请他的朋友，有病去他们医院，结果对方不领情，还要骂人，好心不得好报。

其实后来蝗虫红卫兵来了，我们那个地方也就没那么好了，他们也没那么幸运了。一个下雨天，是迷蒙细雨。红卫兵让"四类分子"在雨中打马鬃、剪羊毛。马叔是负责打马鬃的，他不戴眼镜，眼神好。他把老红骒马的银鬃剪得整整齐齐，像一个要出嫁的老姑娘似的，美丽漂亮。老谭头就没有那么幸运了。他在雨中剪羊毛，雨水迷蒙了他的眼镜片。他看不清楚，一会儿剪子用浅了，剪得少，红卫兵就踢他一脚，说：不老实，坏蛋，留那么长的毛茬，偷工减料，浪费社会主义的羊毛。老谭头就紧张了，手颤抖着用力一剪，剪深了，眼镜模糊，一剪刀就剪破了羊的肚皮，马上鲜血就喷洒出来。老谭头又遭到一顿猛踢狠打。老谭头更加紧张，一剪刀又剪破了羊的大腿。红卫兵火了，继续打他，骂他：你这个反动的家伙，这不是在毁灭社会主义的羊吗？你想破坏劳动人民的劳动成果吗？当时那些红卫兵，说话乱用词语，一点不负责任。我正是在学习文化的年龄，他们在我的幼小心灵里，进行了严重破坏。而且后遗症很严重，我今天坐在这里写小说，叙述故事，用的都是一些不合语法规范的语言和逻辑思路。那时我每天伤脑筋地想，他们说羊是劳动人民的劳动成果，这话说得有点扯淡。羊是羊自己的成果，或者是大自然的成果。它绝不是人民的成果，如果说一定要跟人扯上关系，那就是人像强盗一样抢夺了羊群。

那天，愤怒的蝗虫们，红了眼似的让全牧场集合开大会，对老谭头进行游街批斗。

马叔打马鬃打得很好，红卫兵就表扬他，让他在前面牵着老红骒马走，马后面用绳子拉着老谭头，那只受伤的羊用绳子绑上四蹄，挂在老谭头的脖子上。羊拼命地挣扎，四蹄蹬在老谭头的脸上、身上，老谭头的血混着羊血，滴在地上，一滴，一滴，鲜红混着黑红，后面有一群很快乐的狗，争吵着舔着血迹。红卫兵跟在狗的后面，挥舞拳头喊着口号。张大脑袋和小岛马子也被拉出来陪斗，他们每个人，都戴着一顶写着他们名字和反动罪名的高帽子，每个人都垂头丧气。我却羡慕他们，觉得很威风。回到家里，我就为自己做了一顶，结果刚戴上，就挨了我妈的一顿揍。

　　那天，狗叫声和红卫兵的口号声，一直回响在雨中的天空。

第九章

树 上 结 满 了 孩 子

　　我们骑着春风中的快马，莽莽撞撞，一下子扑进了夏天的河里，变成了水中一群光屁股的鱼。

　　我们光着屁股在水中像鱼一样，纵情地游玩，快乐得忘记了陆地，忘记了陆地上的草原，忘记了草原上的羊群，忘记了赶着羊群的爸妈，和跟着爸妈的牧羊狗。在水中，我们的眼中只有天空。

　　想来，人在尘土飞扬的大路上行走，真是一种苦难，哪怕做马，四蹄奔腾，也是一种苦难。你看鱼在水中洗澡，鸟在天空飞翔，都像梦想一样，在人类的生活中飘荡。人类不甘心呀，从我祖先的祖先就开始了，一定要学会上天入水，遨游飞翔。

　　后来，人类真的有飞机了，也有潜艇了。但是那些玩具，毕竟不是人类自己的翅膀和身体，飞机在天空，有时自己正在飞翔就突然爆炸了，脆弱得很。鸟在天空飞，自己从来不爆炸。所以鸟比飞机强大。鱼就更比潜艇强大了，成群的鱼，在大海里嘲笑某国的核潜艇，竟然沉进海底游不出水面，让肚子里的官兵和自己同归于尽。水里再蠢笨的母鱼，也不会甩不出自己肚子里的鱼子，做出了不该有的牺牲。活该做了人，就是要承担痛苦代价的，中国人和外国人都一样，不管是上帝的子民，还是神佛的香客。

这是人类的一个错误，忘记了自己和鱼不是一种动物，所以总是企图把人类改变成不是人。这种企图是徒劳的。人类不是由自己改变的，当你游进水里的时候，你就会发现，自己在鱼的面前是多么蠢笨。在水里，我看到光着屁股的我们。面对着闪光的鱼鳞和天空鸟儿飞翔的羽毛，人类的裸体真是丑陋不堪。

我相信生命轮回。投胎为鱼，是生命中的上乘选择，但是，投胎不是自由选择的，所以我一次都没有转世成鱼。转世，是根据自己的命运被迫的，甚至是强制性的，你上世制造了因，这世就一定要品尝果，这因果报应里，我想，做了人，就一定是生命的下品，尤其看到那些蝗虫红卫兵批斗老谭头，我就更加坚定不移地相信，但这是由自己的孽障决定的，也无法选择。我是一个无怨无悔的人，我就是为那些红卫兵的未来转世担心。

如果真的有法选择，我想，整个人类都要回到天地洪荒的年代，回到水中的岁月里去，到时，我们会快乐得连水灾都不害怕，世界上没有怕水的鱼。

我看水中的人还是人，水中的人看我已经不像人了，就是一条鱼。鱼能做到的，我就能做到。但是我们毕竟不是鱼，我们必须上岸，为了安慰自己，我们说鱼不如我们，鱼不能上岸，但是我看到了水里的鱼在嘲笑我们，只有傻瓜能够在水里生活还要上岸。

我们自欺欺人，迫不得已地爬上岸，远远地就看见了秋天的果园，这是我们草原上唯一的果园。果园里的树上结满了红红的大苹果，我们爬上树，树上就结满了孩子。突然，我们听到了捉贼的哨声，我们像熟透了的果子一样，从树上纷纷飘落下来。

逃跑的路上，我们碰见了场长特格喜，场长特格喜是我的长辈，他很关心我们，温和地说：孩子不要像野马一样，在尘土中拼命奔跑，那样，会伤害身体里的气管和你们那嫩小的肺。我受到了感动，在伙伴们跑到前头之后，我留在后面，停下来诚实地对场长特格喜说：是我们偷了果园里的果子。场长很恼怒，他说：我看见树上结满了孩子，就知道有人在偷果子，原来是你们。场长特格喜在秋风中吹响了哨子，基干民兵紧急集合，像林场收获苹果一样，我们被一网打尽。场长叫我们把偷的苹果都交出来，我们异口同声地说交不出来，都吃进肚子里去了。

特格喜场长不依不饶，他一定要在我们当中，找出一个领头的来惩罚。他说他要杀鸡吓猴，社会主义的苹果，不能就这样让我们白吃。我看没有人敢大义凛然地承担领头的责任，我也不敢，但是我推荐了一个合适的人选，就是我的亲兄弟，我家老三。我大义灭亲地用手捅了一下老三，老三就心领神会，毫不心甘情愿地，从我们的队伍里迈出去，走到了特格喜场长的面前，特格喜场长就狠狠地抽了他一顿皮鞭。我家老三是我的亲兄弟，也是我的好朋友，如果我们俩不是亲兄弟，也会是好哥们儿的，我们俩相差十个月，在别人眼里就是双胞胎。但是，我们哥儿俩却是命运截然不同的两个人，我给他出谋划策，他就冲锋陷阵，他出现危机的时候，我却要去拯救他，日后的岁月就是这样。

我们总结教训，秋天的诱惑，让我们不能不偷果子，但是，我们不能再让特格喜场长抓住了，即使老三替我们挨打，我也不忍心，让我的亲兄弟总是可怜巴巴地挨打，哪怕前世他是我的一个卫兵，我们必须学会逃跑。于是，我们就骑马进果园偷果子。我们站在马背上摘果子，当有人喊树上结满了孩子时，我们骑在马背上，就可以冲出特格喜场长的基干民兵连的包围。

我们很失望，果子即将撑破我们幼小的肚皮，特格喜场长他们还没有发现我们，我们有个规矩，只是吃饱肚子，绝不从果园带走一个苹果。

终于听见了喊声，我们挑战性地骑在了马背上，喊声却不是说树上结满了孩子，或者大喊捉贼。喊声来自进果园的路口，那眼灌溉果树的土井。

喊声凄惨绝望，却又像民谣：

天寒了，

地冷了，

张大脑袋跳井了。

我们赶到井边，发现了跳进井里的，从前的日本翻译官张大脑袋，水不深，淹在他的腰部。张大脑袋本来不想活了，想跳井寻死，结果井水淹不死他，水里又很冷，他受不了，就像唱民谣一样喊人救命。

今天偷果子，我们家来的阵容很强大，来了哥儿五个。

老三说：二哥快来，井里是张大脑袋。

我和老大好像很兴奋，趴在井边对井里的张大脑袋说：张大爷，你不要害怕，我们会把你救上来的。

老大向井里伸出手，试了一下，井太深，够不着。这时，老二，也就是我，像军师一样察看了一下地形，阻止了要往下冒险的老大说：大哥你别往下伸手了，一会儿你再掉下去上不来，我们不

能一次救两个人。

老三说：我下去用手抓张大爷，你们拽我的脚往上拉我。

老二：你也不行，我这样拉你会都掉进井里。

老大：再说你太小，会摔坏了。

老三：那咋办？一会儿张大爷要冻死了。

老大：是呀，咱们得救张大爷呀。

老二：好了，有办法了。

老大：啥办法？

老二：你们还记得爸给咱们讲的，猴子捞月亮的故事吗？

老三：哦，我明白了，咱们一个拉一个下去救张大爷，那好，我在第一个。

老大：好办法。不行，老三你不能第一个，你的劲儿不够。

老大：我在第一个，老二拉住我，老三拉住老二，让老四拉老三，老五拉老四。

老二：咱们三个在前边可以，老四骑在马上拉老三，老五把马拴在树上固定住，就这样了。

就这样我们互相拉着手和脚，让大哥下到井里去救张大爷。

秋风阵阵紧吹，寒气渐渐逼来。冬天就要到了。天黑了，我爸见儿子们还没有回来，我们领去的狗回家报信了，于是，在狗的带领下，我爸着急地来果园寻找呼喊。他发现井边几个幼小的身影，像水中捞月的猴子一样在晃动。

来抓我们的特格喜场长，和来寻找儿子们的父亲，被这场面感动了。

父亲在秋风中流泪。

我们终于在大人的齐心协力下，救出了跳井的张大脑袋。

特格喜和基干民兵们，押着张大脑袋回场部去批斗了，人民群众，不喜欢要自绝于人民的敌人。我爸把儿子们领回了家。开了门，老三兴奋地大叫：妈，我们救了张大脑袋一命。

外面真的下雪了，并且是今年的第一场雪。好大的雪呵。

我们家里人正围着火盆取暖，看着外面纷纷扬扬的大雪。我们一家人都很兴奋，我们救了人，我们很有成就感地、兴高采烈地，谈论着救人事件，似乎没有人，再提起我们进果园偷吃果子的事情，这就是我当时理解的，坏事变成了好事的辩证法。如果不去偷吃果子，我们怎么能够救张大脑袋一命？所以日后我长大成人，遇上坏事的时候，也从不急着下结论说坏事就是坏事。

外面一个雪人，敲开我们家的门走了进来，是后院的张大脑袋的老婆，日本娘儿们小岛马子，我们叫她张大娘。张大娘拿了一筐煮熟了的红皮鸡蛋，进了屋，就给我们一家人不断地行日本大礼，感谢我们，救了她丈夫张大脑袋一命。

我们牧场里没有人知道张大脑袋是哪里人，听他说话的口

音，没有人能听出来，从前，在日本人还没有投降时，他是日本人的翻译官，那时他讲日本语。

小岛马子的父亲小岛先生，是日本人在东北吉林郑家屯创办的一所"共荣"学校的校长。据传说，小岛马子，原来是一个日本军官的老婆，日本投降时，军官切腹自杀，小岛马子就跟翻译官张大脑袋同居了。抗日战争胜利后，她没有回日本国，留在中国，历经了各种政治运动的考验。张大脑袋和小岛马子，是牧场最早的外来移民。那时，这里不叫牧场，是一个劳改监狱。我们这个牧场，以前是看押国民党战犯、日本残留人员和解放后各种反动人物的。当时，这里的原居民也就是当地的蒙古族，和看押犯人的大兵，都是一些头脑简单的人，他们觉得，张大脑袋领着这个日本娘儿们，背景太复杂，他们不想动脑筋，就用最简单的方式起外号，来把他们和人群进行区别。张大脑袋，顾名思义就是他的脑袋长得特别大，大得让人感到莫名其妙，甚至不可思议，没有人怀疑，他的大脑袋里装的，都是跟日本人有关的学问。我后来成为新中国成立后，我们牧场第一个考上大学的大学生，牧民们看我的大脑袋就觉得合理，他们认为，根据张大脑袋的标准，聪明人一定是大脑袋。

张大脑袋被释放后，和小岛马子一起留在了牧场就业，他除了和小岛马子生了三个儿子和一个女儿外，似乎在牧民的心目中，再也没有干过聪明的事情。随着运动的发展，他常常被拉出去给收拾一顿，回来之后，他肯定要打小岛马子一顿出气，平衡心理。后来他们的孩子们长大了，也就是最近几年，他的四个孩子张金、张银（女）、张铜和张铁，最小的都比我大一岁，当张大脑袋再打他们的妈妈时，他们就会把张大脑袋揍一顿。

这次张大脑袋跳井，不是因为政府和红卫兵的批斗，是他揍了小岛马子之后，他的孩子们把他揍了一顿，赶了出来。他感到羞愧，走投无路才跳了井。

小岛马子拉着我妈的手，满眼泪水，很亲切地表示感谢，我妈却有些不知所措。其实这么多年来，我妈都不跟小岛马子来往，因为小岛马子让我妈恐慌。小岛马子因为是战俘，所以生活得比较封闭，但是，日本人和战俘，并不是我妈不和小岛马子来往的原因。很早，我妈就听说，小岛马子在家里的一个玻璃罐头瓶子里，装着他日本军官丈夫的骨灰按照我们的民俗，骨灰放在屋里，屋里就成了坟墓。小岛马子的家，一定是充满了阴气的，我妈觉得不吉利，所以从来不去她家，也不和他们来往。

外面，又一个雪人进了我们家门，是张大脑袋，被特格喜场长他们批斗教育了一顿之后，放回来了。这又是特格喜场长发善心，没把他交给红卫兵，否则他几天都回不来，像猫玩老鼠一样。

张大脑袋进门之后，一个标准动作就跪在了地上，显示出了训练有素的军人风度，显得坚忍不拔。这个动作和表情，让我们家的老三大开眼界，他从此发誓：长大要做一个优秀的军人。

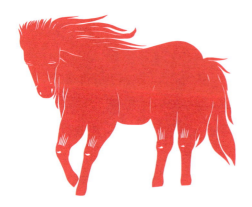

第十章

精 神 风 骨

写书的马叔，我当时不知道他叫马啥。他那怪怪的口音，让我们牧场的人都自信地肯定，他是遥远的南方人。理由是我们越听不懂的话，与我们的距离就越远。他住在我家的西屋已经很久了，也就是说，他来到牧场就住在那里。

我家西屋，南炕上的谭家二丫一家，已经搬出去住了。特格喜场长，见下放来的人，被招回去的日子遥遥无期，他承认自己的判断错了。他说：驴和马在一个圈里待久了，肯定会生出骡子来的。他决定给有家庭的先盖房子，就这样，谭家一家，有了一套自己家的土坯房子，就从我家搬出去住了。马叔是光棍，一个人的日子不算家，就还留在我家西屋住。马叔当时在牧场里，自己讽刺自己的两句话，流传到如今，已经成了草原上的谚语。一句是当别人问他吃饭了没有，他说：一个人吃饱，全家都不饿，连狗都喂了。还有一句是关于住的：灶王爷贴在腿肚子上，人走家就搬，走到哪里哪里就是家。

二丫曾经不断地跟我炫耀，她还没出生时就已经多次见过马叔。我当时不明事理，说她吹牛，甚至有点嫉妒她。但是，随着光阴这把剪刀慢慢地、残酷地，剪破岁月的真相，谭家二丫越来越亲近马叔，别人也觉得情况反常。当牧场的人都一口咬定二丫长得像马叔时，连二丫她爸，那个戴眼镜的老右派，似乎也默许了。我当时心里很羡慕二丫，怎么那么多人帮她说话。同时，我觉得马叔干事令人费解。明明我妈比二丫她妈漂亮，为什么当时在娘胎里我没见过他，让我这么没面子。后来情况发生了变化，没面子的不是我，是二丫一家。他们决定搬出去住。当然，跟二丫比，我算跟马叔认识得比较晚，虽然二丫比我晚出世四个月。我在我的前世就明白这个道理，这个世界的事情是不能比的，就像我妈说的：人比人，气死人。当然，这件事不但丝毫没有影响我和马叔的交情，反而，二丫一家搬出去之后，我跟马叔的关系更铁了。这叫交情深浅不分认识早晚。

马叔对我来说是一个谜。他的长相与众不同，很出位。一个瘦高的人，如果是草原上的当地人，就要成为被同情的对象。因为我妈他们固执地认为，人瘦是因为有病，瘦人就是病人。就像瘦马，不能干活；瘦羊不能杀了吃肉；瘦狗不能看家院护羊群。然后，他们当中又有人提出批评，那么，谭家二丫像他又是怎么干的？这马叔呀，真让草原上我们这些牧区老百姓费脑筋。这是他的长相，他的说话更是离经叛道。还是用我妈的话说：这个人挺大的舌头，每句话都不往好里说，一点都不正经。你说我妈这么看不起他，我在娘胎里怎么会见到他？他管吃饭叫"七饭"，管睡觉叫"分高"，一开会就拎个凳子说"我爱你"，人家就躲开，"爱"谁谁躲开，最后谁也不爱他，他自己坐在一边爱自己。后来，草原人都明白了他说的意思就是"我挨你"。但是那个读音让人受不了。对草原人来说，虽然男情女爱啥事也没耽误，但是没人用"我爱你"那个词，一用就觉得身上冷，起鸡皮疙瘩。这倒不是说盛产赞歌的草原词汇贫乏，而是这个词是只可意会，不可言传，才显得奇妙。后来，这个故事被知情者写成了相声段子，在北京汇演时，姜昆因为说了这个相声，一炮而红。

马叔像谜一样吸引我，除了他人古怪之外。他的西屋里几乎都是书。这些书对我来说，就像春天新绿的草地，吸引圈里放出来的羊。马叔也喜欢跟我交往，甚至把我当成知己。他对别人说：这个小崽子别看他小，能看懂我的书，还能讲出，你们草原上大人都讲不懂的，外面世界的话。

　　马叔虽然有那么多书，但是我看他很少看书。他说，那些书他都已经看过了，有的还不只看一遍。他说这话，草原上没有人相信，甚至，我家的看家狗，都瞪着眼睛冲他狂叫几声，怀疑他是吹牛。但是我相信。我没法说服那些人，但是我可以揍我的狗。因为我随便拿出哪一本书，他都能讲出里面的故事梗概。当然，我能看懂的这些书都是小说。

　　这个不看书的马叔，每天都在写书。这本来是一个秘密。马叔写书只有我们家人知道，但没人知道他写的是啥，我也不知道。我觉得应该是小说。

　　我看他那种神情，像在另一个世界里生活，就是后来我理解的精神世界。马叔一般都是晚上写书。有时我从门缝悄悄看他，洋油灯昏黄的光晕，照在他的脸上，他的脸一会儿快乐，就像家人团聚了一样很幸福；一会儿又很痛苦，好像他的父亲去世了一样难过。他有时写着写着，就突然扔下笔，在屋里一圈一圈地走，显得烦躁不安。然后上了炕，吹了灯就睡觉。可是他刚躺下，就又起来点灯，继续写。有时这样要折腾好几次，才静静地睡下。有一晚，我见马叔坐在灯下，没有写书，就是一个人在那里坐着，一动不动。我出去玩了一趟回来，从门缝里看他还在那里坐着，还是一动不动，像一只冻硬了的扒皮整羊。我有点害怕了，就推开门进了屋。在灯光映照下，我见马叔泪流满面。我是个心肠很柔软的人，见马叔哭了，马上我就心酸起来，也流出了眼泪。

我问：马叔，你怎么哭了，是想你妈妈了吗？

马叔一惊，好像一下子从另一个世界回来了。我进来半天了，他好像没见到我一样。他见到我在身边好像很惊诧。他说：你来了？然后又用手慌忙地擦眼睛，问我：我哭了吗？没哭，我从来不哭的。

他又问我：我真的哭了？

我证实说：你就是哭了。

他看见我也在流泪，说：是你在哭。

我不知道马叔为啥哭，我哭是因为马叔哭。我又问一遍：马叔，你是想你妈妈了吗？

马叔长叹一声：我没有妈妈，我的妈妈早就死了。

我说：妈妈死了，就不想妈妈了吗？

马叔说：我从来没见过我妈妈。长这么大，我还没叫过一声妈妈，我从来都不知道，有妈妈的感觉是啥样子的。

马叔真的哭了，他给我出了一个难题：人怎么连自己的妈妈都没见过？没见过自己妈妈的人就不想妈妈了吗？

我这回是真的难过了。我想起了马圈里，那只刚下出来的小马驹儿，还没睁开眼睛看见妈妈，妈妈就死了。我们都把它当成孤儿来看护，见到它的可怜样，我们一家总是要心酸流泪的。

　　我想告诉马叔，有妈妈的感觉是啥样子的，但是我想了半天，也说不清楚。

　　回到我们屋里，我钻进了妈妈的被窝里，紧紧地抱着妈妈。用嘴咬着被子，哭到了天亮。

　　起床时，我爸一回身看见了我，说：这小崽子咋钻进来了？他抱着我，就把我扔回了我自己的被窝。

　　马叔还继续写书。

　　后来，马叔写书这件事，全牧场的人都知道了。尤其是那些蝗虫一样的红卫兵，他们每天用写书的事来嘲笑马叔。我感到很羞愧，我想，这事一定是我老爸，在一次醉酒之后讲出去的。所以，从那以后见到马叔，我就像我们家出卖了他一样，心里难过。马叔是个很神奇的人，他竟然知道我心里想啥。他说没有问题，他写书不怕别人知道，只是怕别人不懂乱说乱讲，糟蹋他的心情。

　　一次，有二十多个红卫兵，像蝗虫一样到我家的大门口，他们杀气腾腾地说，要马叔把写的反动书稿交出来。马叔躲在西屋很害怕，像一只羊一样，躲在墙角，面对着一群嚎叫的狼。这时，我妈勇敢地站出来了，她说：这是我家，我们也没犯法，你们谁敢抄我家让我看看，我是根红苗正，三代穷人的后代，我哥哥是抗美援朝没有牺牲的战斗英雄。

　　蝗虫被镇住了。这时有一个头目出来说：我们来揪斗写反动书的人，不关你家的屁事。你不能管，你管，就是保护写反动书的人，一同论罪，三代穷人的后代，英雄的亲戚也会有罪。

我妈也被镇住了。那时说谁有罪就有罪，谁都怕有罪，谁也不想成为社会主义的罪人。这时，大智大勇的我站出来了。大智大勇这个词，是后来马叔赞扬我时用的。我率领我们八兄弟，每人领着一只狗冲了出来。这狗是我们家养的，并且用八兄弟的名字命名的，大狗、二狗、三狗……就这么叫的，一人看护一只，每天相依相伴，像连体婴儿。在红卫兵即将冲进院子，用当时流行的词叫千钧一发的时刻，我们八兄弟，一声令下，八只凶悍的牧羊犬冲进了蝗虫的队伍。二十几个红卫兵，真是让我瞧不起的软蛋，他们哭爹喊娘、屁滚尿流、狼狈不堪地溃不成军了。我哈哈大骂：红卫兵永远也成不了解放军！

我们招回八勇士，到了西屋正要向马叔报捷，见他脸色苍白，手脚哆嗦着，正在往麻袋里装他写的一本一本书稿。我发现，他的灵魂都在这书稿里，如果，刚才红卫兵拿走或者毁了他的书稿，他一定会死掉。我跟我妈说了，我妈说：这写书人真是可怜，把魂都写进书里去了，他可真要看护好那些书呀，别把魂弄没了。果然，我的感觉对了，我们今晚也做对了。马叔说：我的书稿比我的命还重要，他们今晚要是毁了我的书稿，就是要了我的命，我不知道怎样感谢你们一家救了我的命。你们的恩德我真是无以

回报。

马叔突然给我们全家跪下，感谢我们。他流泪了，一脸感激。我们家人惊慌失措地把他拉起来，我妈说：你可别这样，大兄弟，这样会折我们寿的，我们担当不起你们读书人这样的大礼。

马叔求我爸，赶着马车，夜里把他送到四十里外的地方，去坐火车。他说，他不能在这里待了，要走了，否则，他的命早晚被红卫兵抢走。马叔只往马车上装了那一麻袋书稿。他把所有的书都送给了我，他对我爸妈说：你们一定要让这个孩子念好书，他是你们草原的文曲星，你们这里，几辈子就出这么一颗文曲星。他又对我说：你把这屋里的书都读完，就走出草原吧。咱俩日后一定会有缘再见面的。

那一夜我和我爸赶着马车，顶着星空，送马叔到四十里外的地方去坐火车。我不知道马叔去了哪里。

第十一章

那匹可怜的老马

　　这是一九七三年的科尔沁草原。这天是八月十五中秋节。早晨羊群还没有赶出圈，牧场的大喇叭就嘹亮地响起来了。先是放了几段毛主席语录，接着就是唱《大海航行靠舵手》。这首歌，不用说革命群众，就是房檐里的麻雀，都唱得很熟练了。以前喇嘛庙里有一句妙语：老鼠在庙里待三年，也会像喇嘛一样念经。这话说得真精彩。大喇叭里反复地唱：

　　　　鱼儿离不开水，

　　　　瓜儿离不开秧，

　　　　革命群众离不开共产党……

这时牧场的特格喜场长在大喇叭里说话了，他接着歌曲的调儿，很神气地说：

我们草原人民离不开肉，

我们的肉儿离不开羊，

我们的羊儿离不开草，

我们的草原离不开共产党。

他胡扯了一通之后，开始讲话。这个特格喜场长总是喜欢胡扯。后来我长大了，有了文化，开始思索和回顾"文化大革命"时，对特格喜这样的人，怎么会没有被运动打倒，百思不得其解。看来"文化大革命"，或者那些年的政治运动，也不是恐怖得说错一句话，就要倒大霉。如果那样，这个混蛋特格喜早就完蛋了，还怎么可能在这里当什么场长。所以那个年代也不是像后来平反时，控诉者们夸张说的"打倒一切，打倒一大片"一样。

我们还是听听，特格喜在胡扯什么吧。他今天倒不是胡扯，他说了一件大快人心的事。我用了"大快人心"这个词，真是有领导潮流的先见之明。这个词我用了三年后，中国才开始流行，并且是专用在粉碎"四人帮"这个事儿上。特格喜场长说：今天是八月十五中秋节，草原人民心欢乐，过不了冬的老弱病残羊，

像阶级敌人一样，今天将全部被杀掉，每家分上一斤羊肉。特格
喜场长的讲话让全牧场的人欢欣鼓舞。

　　下午的时候，全牧场的人，家家户户都派了兴高采烈的代表
去领肉。草原人只要有肉吃，那目光，马上就变得像狼一样绿幽
幽的，复活到了史前时代。

　　人这种残酷的动物就是这样，一见到有血腥屠杀就兴奋，虽
然是杀羊，但却暴露了人的本性。有时我就想，人一找到借口就
会杀人，战争、判刑、维护正义，所有的借口都是外衣，人的本
性就是想杀人。当然，杀人也不是人的终极目的，人的终极目的，
是通过杀人来获得强权和快乐。

　　可能是今年的羊太瘦，也可能是有人搞了腐败，还有十几户
人家没领到羊肉，羊肉就分光了。特格喜场长今年看走了眼，没
估算准。特格喜场长说：没领到羊肉，也不能再杀羊了。圈里剩
下的羊，那些羊，都是社会主义的好羊，肚子里都揣着羊羔，杀
一个羊，就等于杀两个羊，咱们科尔沁草原，从来没有出过那样
的败家子，敢杀怀孕的羊。我也没有领到羊肉。我是家里的代表，
我代表家人和另外十几个家庭代表一样，心里难过、失望，甚至
有人想哭。这是我们牧场今年第一次分羊肉。特格喜场长像癞皮
狗一样，拍着自己长满了浓密黑发的大脑袋说：你们杀了我吃，
也不让你们再杀羊了。来吧，你们杀了我吧，我一百多斤，一家

可以分上十斤肉。我比羊还肥。这时，马倌老白头来了，他冲着特格喜喊：别胡扯了，特格喜场长，那匹老红骒马摔倒爬不起来了。特格喜一听惊喜地喊：这不救了我的命了吗？老白头你还等啥？把那老红骒马杀了，没分到羊肉的，每户分两斤马肉。这叫有福不用急，没福磨光皮。

大家喜出望外，热烈欢呼起来。那种气氛，有点像庆祝十大的召开。

这老红骒马是小红骒马的妈妈。我已经有一年没见到它老人家了。它确实老了，像一个百岁老人一样，老得连路都走不动了。我的目光看着老红骒马的目光，我们看着看着，就都哭了。不过，老红骒马毕竟是经历了太多的风雨和苦难，当刀即将捅进它的脖子时，她倒显得很平静了，一副视死如归的英雄壮举。后来，我在学校老师让我用视死如归造句时，我写道：老红骒马面对着杀它的刀子，表现出了视死如归的英雄壮举。同学检举，老师批评我，说我污蔑革命烈士。

面对着刀子即将捅进老红骒马的脖子，我着急起来，冲着刽子手大喝一声：不要杀马！

我自己不知道用了多大的音量，好像把所有人都吓坏了。特格喜场长醒悟过来，很生气地，挥舞鞭子，狠狠地，抽到了我的脸上，他骂我：这匹老红骒马是你丈母娘吗？你叫它妈，我就不杀它了。

　　我那时忘记了自己，也管不了自己，冲到老红骒马身边就跪了下去，我搂着它的脖子，大声地哭喊着：妈，妈妈呀……

　　等我哭够了，领肉的人都失望地走了，拿着空盆，流着泪回家了。只有马倌老白头还站在那里。老白头说：特格喜场长都被你给哭哭了，孩子你是佛爷呀！我养了老红骒马一辈子了，它可是有功劳的好马呀。它一辈子下了六个驹儿，一辈子拉车干活，我不想让它这么死了，到老了不中用了，就给一刀杀了吃肉，这人都太没良心了。老白头冲我一个劲儿地拜，赞美我，感激我。老红骒马也在流泪，它用苍老的舌头，热热地，舔着我的脸和脸上的泪水，一副慈祥善良的老奶奶面孔。

　　我回家叫来七兄弟，我想把老红骒马抬回家去养。结果回来，老红骒马已经死了。我们哥儿八个把老红骒马抬到了草地上，举行了一个隆重的葬礼。从此草原上到处流传着关于我的赞美诗，什么佛爷转世，心地像佛爷一样充满善良的阳光。

红 马

第十二章

狼 群 过 后

在科尔沁草原，看露天电影是我们最奢侈的享受，也是我们最兴奋的夜晚。场长特格喜，在广播喇叭里通知下来，我们头两三天，就开始喜气洋洋地做准备。我们的准备，最重要的就是占地方，在电影开演之前，我们总是因为抢占地盘，要打上几仗。打仗的动作和使用武器的方式，几乎都是模仿上次看电影战争片的动作。抢占看电影地盘，最霸道的，是我们家老三和特格喜的独生子长命。

我们家老三抢占地盘的主要优势，是他自己打仗凶猛，仗着我们家哥们儿多，养的狗多，其实最主要是因为有我，因为有我给他当参谋策划，老三总是能够目标明确地知道跟谁打架，怎么打，打赢之后怎么逃跑撤退，被大人抓住怎么辩护，这样老三打起仗来特别理直气壮；特格喜的独生儿子长命，打架也凶猛强悍，他依仗老子的特权，打别人时，别人畏惧他老爸场长特格喜的权威，不还手，所以，他常常凶猛勇敢地一个人打赢战争，但是全牧场的人都知道，他的对手不能是我们家老三，如果是我们家老三，打赢战争的，肯定不是那个娇生惯养的长命，他再能打，也架不住我们八兄弟的攻击，蒙古族谚语说：好狼架不住一群狗。

　　长命的头上，有一块闪亮的疤，靠近耳朵上面，有鸡蛋那么大一块，是他十一岁时，我和老三亲手给他种下的，这是他的父母创造他这个肉体之后，没有血缘关系的人，第一次在他的身上对他进行了改造。在他长大成人之后，有一次见到我，还很客气地摘下帽子，让我看那块疤—闪着粉红色的亮光，在浓密的黑发群中，光秃秃的亮疤上，竟然长了几根东扭西歪的苍老白发。据说此疤不但影响了他当兵，而且也影响了他的婚姻质量，他本来应该娶一个更好的女人，但是，由于他有了一个像日本名字的外号"秃子长命"，所以娶了一个左腿有一点瘸的女人，也就是我儿时的偶像，后来骑马摔瘸了腿的马红，并且还是看在特格喜当领导的面子上，人家把他当成了牧场高干子女的角色，才嫁给他的。当时心比天高的秃子长命，不太愿意，特格喜场长说：你一个秃子还想娶啥样的？赶快娶吧，等我下了台，连瘸子也娶不上了。对此，二十年后，由于老三不在身边，我一个人，向长命表示了深深的、诚挚的道歉，这件事我觉得做得比日本战犯有肚量。人为什么就不能为历史道歉呢？

我接着叙述从前，为了抢地盘，我们又打了一架。因为地方都已经占了两天，经过反复战争和谈判，就像现在的以色列和巴勒斯坦一样，每家的领地都已经基本划好，到了晚上在开演前，放电影的突然宣布改地方，这样，我们原来已经秩序安定下来的地方，就像被扔进了炸弹一样，大家马上惊慌失措地，向新的地方奔跑，抢占有利地形。老三跑得快，很快就占据优势，为我们一家连人带狗，划出了神圣不可侵犯的中心地带，只要老三划出来地盘，除了长命，在牧场里就没人敢进入。但是长命不进入不行，他的老爸特格喜和老妈，还有四个姐姐，必须坐在中心地带，这象征着他们家的权威和地位。长命像失去了家园的阿拉法特一样，开始向老三的领地进攻。上次打架，老三在我的帮助下，用砖头把长命的脑袋打开了瓢儿，特格喜说我们差一点没把长命砸成短命鬼，是不是想让他成为绝户？从此我们家大人规定和长命打架不许用手动家伙。

今天长命向老三抢地盘，明摆着老三有理。我就想了一个收拾长命的招儿，我集合了八兄弟，用脚把长命绊倒，然后八兄弟一个压一个，层层叠叠，全部压在了长命的身上，等电影开演，大人把我们从长命的身上拉下来时，长命已经奄奄一息了。

长命他妈哭天喊地，说早晚他们家的长命，也得死在我们兄弟的手里。特格喜和我家大人们，抓住我们八兄弟就要惩罚，我申辩说：我们没用手打他一下，不信你们问放电影的刘宝库，我刘大哥。刘宝库马上放电影了，他走过来证明说：都是这小子出的坏主意。说完就给了我一脚，然后宣布，打架的事放完电影再说，现在电影开始。

那时，我们还不懂崇拜电影里的明星，电影明星的概念太遥远，太陌生，我们只把放电影的当成明星来崇拜，所以放电影的人地位很高。一到放电影的时候，我们就像崇拜明星一样，溜须拍马，前后围着放映员刘宝库。所以，当刘宝库踢我一脚的时候，我不认为是耻辱或者仇恨，我觉得很亲切，证明我很有面子，就像你崇拜的明星周润发踢你一脚，你会说什么，除了热泪盈眶地说感激之外，可能回家，还要把那个脚印用纸拓下来，包好，小心翼翼地收藏起来。

那一晚，我们牧村里放的电影叫《渡江侦察记》，放完第一卷的时候，放电影的刘宝库就停下，开着吉普车去另一个牧村换第二卷片子。第二个牧村是先从第二卷放起，换回来放第一卷。我们就要守在草地上等，那是一个颠倒的年代，我们也没有顺序，不但从第二卷开始看片，有时还从幕后看反影，反正热闹就行，不懂内容。我们家因为有老三，在中心地带看正影，很多抢不到地盘的都看反影。第二个村子离我们至少有十几里地，但是由于没有高山，两个牧村之间望得见炊烟，听不见狗叫。蒙古人常常轻松地说，在马背上一猫腰就到。

我们听见了几声枪响，很久都不见放电影的刘宝库回来。这时，一个猎人告诉大人们，放电影的刘宝库被狼群围上了，我就和大人一起向狼群跑去。远远地，见到有通红的火光在闪亮。围观狼群的人比看电影的还多。我骑上枣红马，要带领七个兄弟领着狗群，去救我们的明星刘宝库，可是枣红马怎么也不往前走，一圈一圈地在原地打转，我着急，发怒，用鞭子狠抽枣红马，这是我第一次这么凶狠打马，枣红马一下子跪到了地上，泪流满面。猎人说：小子，你别逞英雄了，前面是狼群，这马有灵性，已经知道了，你还这么愚蠢。

那个猎人推测说：放电影的刘宝库拿了片子之后，在回来的路上，看见前面有一个动物在跑，看影子比狼小，他可能以为是狗就给了一枪，我刚好骑马路过，也看见了，我想完了，他打的是豺。

我当时在草原上虽然是小孩，但是也懂得这个常识，这个比狼小的豺一出现，就证明后面有狼群，豺是狼的侦察兵，所以叫豺狼当道。我也知道在狼群后边，和狼的王爷在一起的，比豺还小的叫狈，是很狡猾的军师，所以叫狼狈为奸。

但是我们不怕狼，我们很少听到狼吃人的故事，草原上到处是兔子、狐狸，狼群没有笨到要吃人，和人作对。狼群知道，人也不好惹，除非狼群必须复仇。看来这个放电影的家伙白放一场《渡江侦察记》了，他竟然像敌人一样打了狼的侦察兵，那个狼群里的英雄豺，惹怒了狼群。怪不得枣红马不敢往前走，谁敢去打狼群？看来草原上，人还不是最聪明的动物。

果然，那个被打断了腿的豺，嘴插进土里一阵号叫，狼群就包围上来了。狼群开始向吉普车进攻，它们就像拉登的恐怖分子，那些自杀死士一样，前赴后继地向车轮子底下钻。平时那个骄傲的，放电影的家伙刘宝库，这时害怕了，他不敢开车了，狼皮很滑，车轮子压上去就会翻车。狼怕火，刘宝库一到狼群要进攻时，就把车上的汽油点着一些退敌，猎人和牧民们眼睁睁地看着，无法近前救援。这时的人群不敢和狼群交战，他们不想为牧场惹出更大的仇恨。

天亮了，狼群散了，我和大人们跑到吉普车前，见放电影的那个家伙，傲慢的刘宝库，只剩了一具白花花的骨架，在阳光下闪亮。他那骄傲的表情，我一点都找不到了。

《渡江侦察记》成了一场我们没有看完的电影，至今我还不断地回想着，为那部电影续结尾。在战争过去了五十多年的今天，我知道，我们共产党的军队赢了，但是我总在想赢的细节，我们赢在哪里。

电影没有放完，随着放映员刘宝库在狼群里殉难而结束了，但是，我们打长命的事还没有结束。

第二天夜里，我们家已经陈旧的土坯房，在充满恶意的秋风中，瑟瑟发抖。现在的孩子都是在电视机上成熟的，我们那个年代的中国孩子，大都是听父母的悄悄话成熟的。那一年十二岁的我和十一岁的老三，就是听了父母一夜的悄悄话，在第二天成熟了。

那一夜，父母一夜没睡。因为天冷，和我睡在一个被窝里的老三也一夜没睡。

母亲：孩子太多了，越大越出去惹祸。

父亲：这老二和老三不能在一起。

母亲：是呀，他俩在一起，特格喜那个独生子长命，早晚让他俩给害死。

父亲：这两个小子倒是有点狠劲儿，你别说，我还真是挺喜欢，我这两个儿子的脾气。

母亲：我们是过日子，不是打架玩儿，得赶快想一些法子才行。

父亲：我想啥法子？哦，有办法了。

母亲：啥办法？

父亲：我把他们俩送到下荒辽宁他大舅家去养，反正他大舅也没孩子。

母亲：听说下荒辽宁更困难，他们都在搞运动，很乱，送回去不行吧。

父亲：他大舅是干革命出身，国家有照顾的，替咱养两个儿子没问题。

母亲：不能把他们两个都送去，要分开，你看送谁去好呢？

父亲：送老三去吧，老二留在家里读书，老马说这个孩子将来不是一般的普通人，是有大出息的，送给别人家养我不放心。

母亲哭泣了，她说：就是老三还小，舍不得让他离开。

父亲：离开，又不是送给外人，是让自己的哥哥帮助养，大了想他们还可以回来。

母亲：道理我懂，就是感情上舍不得。

父母突然听到了一阵轻轻的哭泣声，他们点上灯一看，是我和老三在被窝里哭泣。

妈妈拉出老三说：老三，你咋的了，哭啥？是不是做噩梦了？

老三：没有。

父亲：那哭啥？是不是听到爸爸妈妈的讲话了？

老三：是，听到了。

母亲：你没睡觉？

老三：没有，二哥也没有睡。

父亲：那你不想去下荒辽宁大舅家？

老三傻乎乎地说：想去。

天将晓时，父亲和母亲做出了重要决定，把老三送到下荒辽宁大舅家去。

第十三章

骚 动 的 马 背

　　十三岁时，我正在成长的身体，发生了令我恐慌而又惊喜的变化。那一年的八月，我们牧场开那达慕大会。我是马背上的苗子，是最有希望，能选拔到旗里，去参加旗里那达慕大会的。那时，我作为一个天才骑手，几乎是众望所归。在我们科尔沁草原上，骑马不仅要讲天分，更要讲缘分。我天生和马有缘，无论多么烈性的野马，我都能把它们驯服。我驯马的方法与众不同。像马倌罗锅乌恩靠的是套马杆和鞭子·，再加上勇猛彪悍的脾气。我不用鞭子和套马杆，我只用我的感情，让马把我当成和它们是一个家族的成员。每次罗锅驯马都是草原上的热闹事件，比放电影还精彩。那天，罗锅要驯服一匹枣红马。早早地，太阳还没在远方的草地上露脸，罗锅就打开了马圈，放出了马群。罗锅骑在马背上，挥舞着套马杆，显示出了不可一世的样子。这个罗锅，只有骑在马上才显示出他的威风和高大形象，骑马的人都要猫着腰，人们看不出他的罗锅来。只有这时，他才会像一个真正的男子汉一样，纵马扬鞭。可是，那天套住了枣红马的罗锅运气很差，他刚刚骑到马背上，枣红马就扬鬃奋蹄，狂跳不止，罗锅用鞭子猛烈地抽打它，它惊慌地狂奔起来。罗锅像一帖膏药贴在了马背上，枣红马费尽了心机，就是甩不掉他。最后性格比罗锅还刚烈的枣红马，突然趴在了地上，拼命打滚。罗锅跳下马，惊慌地逃跑了，他被压伤了腿，像球一样弹跳了出去。这是他的本事，如果不是罗锅，换上别人，不能及时跑掉，可能会被枣红马压成肉饼。这是科尔沁草原著名马倌罗锅乌恩的耻辱。勃然大怒的罗锅，又一次用套马杆套住了枣红马，他把枣红马拴在了拴马桩上，要给它施以酷刑。这时，老马倌老白头来到我身边，他说：孩子，你去驯这匹马吧，这匹枣红马，是死了的那匹老红骒马的第四个孩子。

我说：老白大爷，我可没驯过马，罗锅乌恩都驯不了的马，我更不行。

老白头说：去吧，孩子，这匹马罗锅用他的办法驯不了。我了解老红骒马家族孩子的性格，驯服它们不能用鞭子和套马杆，要用心，用感情。

用心、用感情去驯马，老白头的话打动了我。趁着罗锅乌恩去喝酒消气，我走近枣红马的身边。

枣红马浑身伤痕累累，我见到它这个样子，心里就难过，控制不住地就流出了眼泪。枣红马见到我，很亲切，像见到了亲戚一样，嘶鸣着，踏蹄扬尾，眼中流露出无限的亲情，像要诉说它的委屈。但它没有流泪，仍然表现出一副桀骜不驯的样子。我心里早已没有了对这匹罗锅征服不了的枣红马的恐惧，我们像亲兄弟一样，我抱着它的脖子亲热。

看热闹的人，欢叫着大声起哄。特格喜场长说：骑上它，骑上它，那达慕赛马它就是你的马了。我看老白头，他正挥着拳头鼓励我上去。

当罗锅醉醺醺地拎着马鞭子回来时，我已经骑在了枣红马背上，跑向了远方越来越大、越来越高的红太阳。

当时在那达慕赛马大会上，作为马倌罗锅乌恩培养的，训练有素的弟子，名师出高徒的那群狂傲的家伙，要和我争第一。历年来，乌恩培养出来的赛马手和选的马，就像后来马俊仁培养的长跑冠军，就像张艺谋培养的演员，出来一个红一个，出来一个火一个。他们像江湖老大，在草原上无人能与其争锋。

这次我简直就是向江湖盟主挑战。白大爷鼓励我，说我的马好，个人素质也好，枣红马跟我的感情又好，一定可以夺魁。传说，这白大爷，年轻时也是一个了不起的骑手，曾经多年领风骚于草原的霸主地位，是后来罗锅成长起来了，挑战了他的江湖地位。

比赛开始之后，我得意忘形，可能过于轻敌了。开始，一圈下来，就有罗锅弟子的两匹马，超过了趾高气扬的我们。我和枣红马的情绪马上受到了影响。第二圈下来，又有一匹马超过了我们，我们的情绪更加低落了。我紧紧地贴在枣红马的背上，它的银色长鬃，在我的头上迎风飘扬。我心急如焚。我不能直起身来，白大爷告诉我，那样会给前进的马增加阻力，必须趴在马身上，和马一起顺劲用力，像膏药一样贴上。我很着急，趴在马背上，拼命用力。突然我觉得我的身体进入了马的体内，我和马合成了一体，也就是说，变成了一个人。我们用力向前奔跑，不像是枣红马扬鬃奋蹄，好像是我自己，像一匹人头马迈着四蹄在狂奔。我已经忘记了枣红马，或者忘记了我自己，人马合一。枣红马好像也感觉到了我们合为一体，它也忘记了我，它像注入了兴奋剂一样，飞奔了起来，腾云驾雾，我快活得大脑一片空白，恍惚中，我感觉兴奋地撒出了一泡尿。前面的三匹马，像三个黑影儿一样，无力地飘向我的身后。不负众望，我们终于夺得了冠军。

下了马，还来不及去领奖，我就感觉到裤裆里黏糊糊的。钻进了一片高草地里，我解开裤子，见裤裆里白白的一片，不像是尿。白大爷来喊我去领奖。我解开裤子给老白头看。老白头说：

这是跑马，你小崽子长成了大男人，回去告诉你爸，鸡巴能有用了。我要喝酒祝贺你，你今天双喜临门。

我很兴奋，这就是跑马。我听大人们互相嘲笑时常说这个词。我操，我长成大男人了。我挥舞马鞭，甩出一串长长的炸响。

领完奖，我又回到高草地里，解开裤子。我躺在草地上，阳光照进了我的裤裆里。我发现，我的下身长了很多茸茸的黑毛，像爸爸的胡子似的。我真他妈的是大男人了！学着大人的语气，我狂叫了起来，后来，长大了，我才知道那种腾云驾雾的感觉。

这跑马本来是我成为一个大男人的标志，可是，却像病根一样不断地出现在我的生活中。从那以后，我就不能着急，一着急就跑马，不分时间，不分场合。

回到学校，期末考试。那天是考我最拿手的语文，在班级，语文课我是坐第一把交椅的，老师认可，同学里也无人匹敌。可是那天，竟然有人比我先交卷，就像赛马有人跑到了我的前边一样。我就着急了，一着急，像在马背上一样，就大脑一片空白，然后裤裆就黏糊糊的一片了。从那以后，我简直成了习惯。有时我很害怕，听老人们讲，这是很伤身体的勾当。我总怀疑，会不会有传说中的女鬼附了我的体，每天在吸我身上的精气。但是很难收手，就像女鬼有无穷的魅力一样，我欲罢难休。

后来，长大成人在床上跟女人睡觉，我常常遭到她们的嘲笑。

她们说我嫩，像小男孩一样冲动、着急。我真的着急，本来我也想从容不迫，但是一到关键时刻就着急，自己完成任务之后，就仰天长叹，而身边的那个女人，却自己翻滚着嗷嗷号叫。女人在那个时候的面孔是最丑陋的，五官扭曲，表情狰狞，让你不能不把她往妖上想。后来我上了大学中文系，研究这个"妖"字，才惊奇地发现，"女"字加一个"夭"，就是女人中了一箭，那号叫的表情就是妖。我当时就很恶心地看着翻滚号叫的女人，很想用鞭子抽她。

第十四章

雪 天 葬 礼

　　一九七八年，我十六岁。那一年是惊险不幸的一年。冬天的晚上，我躺在冰凉的被窝里，幻想着十三岁时，在马背上发生的、令我愉快的事情。洋油灯，轻轻地晃动着幽暗的光芒，让我浮想联翩。手抽动着，在呼唤女鬼。我有时很怕女鬼，有时，觉得自己就生活在女鬼的传说故事里，我觉得那种生活很浪漫。

　　我爷爷和草原上几个有名的马倌，白大爷他们，在地下围着火炉子喝酒。自酿的老白干酒劲头很大，熏得我全身血脉贲张，有一阵阵像大人一样，那种坚强的冲动。我仰望着房梁，正在演习马背上的那种快乐，我手在动，人也在动，突然见到房梁也开始剧烈地抖动。我停下了，房梁还在动。真的有女鬼了，我吓坏了，一动也不敢动，感觉到有无数个鬼魂在作怪。我妈冲进来，大喊着：地震，地震了！快往外跑！我们八兄弟一听地震，响应我妈的号令蹿出被窝，光着屁股就向外跑。地下的马倌们喝得快不清醒了，我妈端起一盆冷水就泼向了他们。这几个马倌不愧是放马的高手，虽然有些年老又喝醉了酒，但爬起来速度比马还快，奋不顾身地就冲向院子里。

那年的冬天，院子里有零下四十摄氏度。我们光屁股的兄弟们冲到外面又马上跑回了屋里拿衣服。

我妈喊着：命重要还是衣服重要？快滚出去。她把我们又赶出去，然后，就把衣服、被子一抱一抱地抱出来，让我们兄弟往身上穿、盖。我们也不管谁的衣服和被子，抓起来就穿。那一天，我才感觉到，我妈原来是一个女英雄豪杰。危难当头，在妈的心里，儿子们永远比自己都重要。

地震结束了，我们又回屋里睡觉。我们很兴奋，很久都睡不着。从这一天开始，我就发现了我的一个爱好，一遇上要发生什么大事就兴奋，而且，不管这大事是好事还是坏事，总是希望发生大事。

刚刚睡着，又是一阵大叫。我醒了，一睁眼，见好多人站在我的头顶旁。我以为自己出了什么事，吓得一下子站了起来。原来，是睡在我身边的爷爷病了。爷爷躺在那里一动不动，喉咙艰

难地发出呼呼的喘气声，好像已经糊涂了。我穿上衣服，就跑到
外面去撒尿。往外跑时，见赤脚医生黑狗大夫来了。我对黑狗大
夫没有好感。好像他去谁家，那家不是病人就是死人。我回屋时，
见爷爷的呼噜声已经停止。我以为黑狗大夫已经给我爷爷看好了，
走近时，我才发现大家在哭，爷爷已经死了。他老人家是个吝啬鬼，
临死的时候还把屎屙在了炕上。全屋的人不管啥关系，出于礼貌
都开始痛哭，哭声中散发着爷爷的屎的恶臭味。好像没有人嫌弃，
也没有人责怪。那些活人对死人都很宽容。只有我对爷爷的死不
满意，他把炕上搞成了这样，我还咋睡觉？在家人感谢黑狗大夫
时，我恨恨地看着他，我觉得这是一个灾星，他不来，我爷爷可
能还不会死。刚刚出去的时候，我觉得我爷爷还在睡觉，他只不
过是昨天晚上喝多了酒，怎么就会死呢？其实这种质疑算我不懂
道理，草原上的人，冬天死了大多都不是年龄的原因，都是因为
酒的原因。

　　喝多了酒的爷爷死了，爸爸要给他举行葬礼。

　　那一天又是大雪纷飞。我们一家人和亲戚朋友，还有牧场的
领导特格喜场长，为我爷爷举行了隆重的葬礼。爷爷被装进棺
材里，棺材被放在了马车上，枣红马拉动了马车。在主持人老白
头悲壮的声音中，棺材头上绑了一只领魂的红公鸡，扑棱棱，叫
着，我爸把一个装满了纸灰的黄泥盆子摔响在地上，就像运动会

开幕一样，葬礼就开始了。我爸率领我们八兄弟，披麻戴孝地在前面带路，送葬的队伍浩浩荡荡起程了，奔向事先选好的墓地。

前方隐隐地见到，在飘洒的大雪中有一匹红马，在我们的前边引路。雪白的世界中，那匹红马像红色的花朵一样鲜艳夺目。红马前面还有一个模糊的黑点，像是一个人在牵着那匹红马。所有送葬的人都见到了。大家发出一片惊叹。特格喜场长说：马童牵着红马引路，你们家要出贵人呀。

到了爷爷的墓地，红马和马童都不见了。大家开始给爷爷下葬。突然我觉得眼前红光一闪，跪在地上的我，一抬头见到了小红骒马。她在雪中就像一个仙女一样看着我。我起身就去追赶她。

我已经长大了，小红骒马好像还没有长大。我骑上她软绵绵的身体，她就驮着我奔向了一个亮晶晶的世界。她好像没把我当成人，我也没把她当成马。我们就亲呀，乐呀，向前跑着。一会儿我们两个都是马，像两个少男少女一样并肩跑着；一会儿我们又都是人，手拉着手亲亲热热地耳鬓厮磨，像两匹小马驹一样地跑着。时光倒流着，我们一会儿跑向一个世界，一会儿跑向另一个世界。就像后来我到北京，第一次坐地铁，我就惊慌失措地回忆起了那时候的感觉，就像坐地铁一样，一会儿到一站，一会儿又到一站，但是每一站都不同。我们在每个世界穿的衣服都不同，一会儿我们是人，一会儿又是马。突然到了一站，我是人，她又

是马了。她像一朵红花一样，飘向了浩渺无穷的白色里去了。我
拼命地喊着她，喊着，喊着，就听见特格喜场长在叫：回来了！
我睁开眼，见自己躺在家里的热炕上。一屋子的人围着我。特格
喜场长说，我的佛爷差一点那一天埋了你家两个人。

　　后来他们告诉我：给你爷爷下葬的时候，每个人都在哭，没
有人注意到你去了哪里。埋完了坟墓，一清点人数，少了你。幸
亏那天佛爷保佑，雪不下了，我们顺着脚印，找到了掉进冰井里
的你，如果没有脚印，我们还以为把你和你爷爷一起埋上了呢，
大冷的冬天，如果我们再扒开坟墓去找你，那可遭罪了。

红马

红马

第十五章

少 年 逃 亡

在走出草原去辽宁的时候上，老三第一次坐上了火车。

他的内心充满了憧憬和快活。那一天，我这个十一岁的兄弟，脸上闪着幸福的阳光。他第一次感觉到，爸妈是这个世界上最伟大的两个人物。爸爸要把他送到远方去，这个不安分守己喜欢打架的家伙，多么希望到远方去呀，重新开辟一个跟陌生人打架的战场。

这是老三独特的个性和宿命，长大成人以后面对不断的成功和挫败，他总是满怀希望地憧憬着远方，其实老三的成功很少，他总是失败，好像运气很差，在关键时刻，总是要我出现，来帮助他走出困境或者危险。

火车在前进。

在一个温暖的下午，父亲带着老三来到了我妈的老家，下荒辽宁一个叫马庄的村子里。高氏大家族不同辈分的老老少少，都聚在大舅家里，来看望我妈这个大家闺秀的后人。

下荒辽宁的马庄，给了我爸和老三父子俩一种全新的环境和心理感受。

这个高氏家族很大，称呼人不能够按照年龄来。所以在人群中既是晚辈中的长辈，也是长辈中的晚辈。这里不同于草原上的习俗，老三觉得好奇，我爸虽然来过，但仍然觉得新鲜，他用力地抽着烟，用力地握着手，马庄的太阳亲切地照在他那红光满面的脸上。他在族人们的面前讲述着自己的见闻，讲述着草原上的异俗风情，讲述着自己见到的或者听到的，令人匪夷所思的神秘传说，和来我们草原上的那些"牛鬼蛇神"。我爸下结论说：那些人都是一些了不起的人。

他似乎忘记了，那片土地上曾经给予他的痛苦。人就是这么善良美好，只要这一片土地养育过你，离开那片土地时，一切都将变成亲切美好的回忆。有多少痛苦都将忘记，而永远牢记的都是一些美好的日子。

在我爸的讲述中，族人们不断地发出一阵阵惊叹、唏嘘。那些没有走出过马庄的族人们，纷纷惊诧于外面世界的精彩和不可思议。他们用敬重的目光看着我爸。老三几乎受到了整个家族的喜欢。族人，这血肉之缘是永远也割舍不断的。

族人们排着辈分，也纷纷地给我爸讲述马庄的故事。

他们讲述着村里出去的谁谁，现在已是中央的什么什么大官了，而原来国民党时代，跟随少帅张学良的什么什么大官，已逃到台湾去了。

这是一次隆重的家族大会。这一次，开始在老三这十一岁的生命中，注入了与科尔沁草原截然不同的命运符号。我爸和高氏家族的人，安慰着、互相争吵着、讲述着，最后欢笑着，家族大会在幸福美好的气氛中，圆满结束。

在这个温暖的新环境里，看到父亲脸上洋溢着的快乐，老三也一脸喜气洋洋。但是私下里老三却有点忧郁。

父亲严肃地向他宣布：老三，从今天起，你又多一个新爸爸了。你来到这里，要让大舅家养育。今后就管大舅叫爸爸，现在就跪下给新爸爸叩头。

老三倔强地不跪下。

父亲：老三，你为什么不跪下叫爸爸？

老三：我有爸爸。

父亲：我不是你爸爸了，你要管大舅叫爸爸。

老三：那你也是我爸爸。

父亲：快跪下，今天开始大舅是你的爸爸。

他看到父亲那痛苦坚决的目光时，妥协了，跪下给大舅叩了一个头。但是仍没有叫一声爸爸。

大舅是高氏家族传说中的，抗美援朝没有牺牲的英雄。在当时人们普遍的知识概念中，只有牺牲了的人才是英雄，而活着的人就成了英雄，让人们在心里不好接受，我大舅是个另类。在科尔沁草原时，妈妈就常讲大舅的故事，甚至拿大舅来吓唬红卫兵，而当时，我大舅也正在马庄这里挨红卫兵批斗呢，真是一个滑稽好笑的年代。那年代是一个崇尚英雄主义的年代，大舅的英雄形象在我们兄弟当中已根深蒂固。

可是今天面对这个六十多岁的残疾老头子，十一岁的老三，怎么也与心目中的英雄也对不上号，所以与这位英雄的革命大舅，也就亲近不起来。但他毕竟是一个十一岁的小孩儿，在吃饱了饭的新家里，他要出到野外温暖的阳光里，去释放童心，尽情地去玩耍，或者找陌生人打架。

革命者出身的英雄大舅，是绝不会娇惯地养育老三的，一套吃苦耐劳的培养接班人的方针，是我们党早就设计好的。按照情理讲，这样做无可非议。但是，按照心理分析情况就完全不同了。当时在老三的内心世界里，完全不承认这个新家，甚至有一种排斥力。那时的中国，正处在不理解人的心灵、不尊重人的个性的愚蠢的时代。他强迫你，按他们自己设计的一个好孩子的标准，去吃喝拉撒睡，去学习劳动走路唱歌。当你一旦节奏慢一些或者说不，或者叛逆时，你便会在众目睽睽之下，遭到大家一致拥护的惩罚。但是老三天生就不是好孩子。其实，按照他们好孩子的标准培养的下一代，都当上了红卫兵，开始残忍地斗争培养他们的上一代，老师老子老干部，统统被年轻的红卫兵踏在了脚下。

岁月就这样开始了，从家里到学校，各种惩罚让老三已经习以为常了。但是越是这样，在他的内心世界里，对妈妈和草原的家的思念就越是强烈。

一九七五年，我大舅，那个抗美援朝的残疾军人，下荒辽宁马庄的大队党支部书记，去大寨参观，回来时路过我们家，把放暑假已经上中学的我，错误地带到了马庄，大舅这一次错误，注定了他一生都没有儿子。

刚来马庄，我也感到新鲜，尤其是这么久没见兄弟老三了，特别感到亲切，不过老三在这里，我一点都不羡慕，甚至觉得他可怜。那时我还不知道有一句歌词叫：没妈的孩子像棵草。当时，老三见到我这个家里的代表，和从前打架的战友，泪眼汪汪地哭了。他不断地问我：妈好吗？爸好吗？大哥好吗？老四好吗？老五好吗？老六好吗？老七好吗？老八好吗？狗好吗？我们打过的那个长命好吗？我们救过的那个张大爷好吗？

老三问得我心酸，我跟他说，干脆我带你回家。老三听了很兴奋，于是我们便开始酝酿一场逃亡马庄的阴谋。一天晚上，一个手电筒引发我们下定决心，马上开始逃跑行动。

像从前在草原一样，吃完晚饭，我和老三出去在村子里闲逛。实际我们是在找机会打架。这时一道手电光在漆黑的夜空里，像鬼火一样向我们飘来，打手电的人用一块红布蒙在玻璃片上，并且嘴里发出鬼叫声，吓唬我们。

我和老三都不怕，就一起喊：

有钱没处放，

买个照爷棒。

有钱没处扔，

买个照爷灯。

那个家伙就追我们，最后追到大舅家，声嘶力竭地叫骂着，要揍我们。他说：你们两个小蒙古球子，我今天要揍扁你，看谁是真正的大爷。

其实那个家伙年龄不大，也就比我们大个一两岁，但是他辈分大，是真正的爷，我大舅还要管他叫二爷。

这一下惹了麻烦，夜里我和老三商量，在明天高氏家族收拾我们之前，天不亮就起来逃跑回家。

那时的人们虽然愚昧无知，但却淳朴单纯。没有人会怀疑我们要逃亡。当时十三岁的少年老三，穿着革命英雄的老婆，我的大舅妈，浆洗得干干净净的衣衫，在我的带领下，我们凭着兜里攒的几个零用钱，没有任何告别，买了一张短途车票，便从辽宁郑家屯，登上了奔向北方草原的火车。

我和老三上了火车，发现火车上人很多，很挤，但很友好。上车之前，我们为自己的逃亡设计过各种阴谋。比如列车长来查票，可以提前进入厕所不出来，等查票过了再出来；如果当时厕所里有人进不去，就钻进座位底下藏起来；如果不幸被抓住，就说是阶级敌人，把我们从草原骗到了辽宁，然后是我们自己聪明，像小英雄海娃一样从敌人的魔爪里逃了出来，现在要回家。我们一遍一遍地回想父母的名字和家里的住址。很遗憾，在通辽下火车时，我们被抓住了，这些策划都没派上用场。

下了火车，我们在出站口给抓到了。

你们从哪里来呀？

辽宁。

你们票呢？

我想解释，每次和老三合作，遇上动脑的事，他都不伤这个脑筋，全听我的，就像遇上动手的事，就全靠他来摆平一样。

你们有票没有？啥也别说，就说有票没有？

我没办法解释，只能回答：没票。

走，跟我们走，没票还说啥。

原来没票就没有权利解释。

我和老三被领进一个屋里，那个女检票员说：让派出所的来，这里有两个从辽宁来的逃票的小家伙。

两个穿蓝衣服的警察来了，看上去虽然威严一点，但是也很客气，警察让我们哥儿俩走过去站在一个大秤上，他在称我们的重量。我觉得好玩，我还从来没有称过自己的重量，老三站在秤上，故意往下用力，他想让自己的重量超过我。但是老三还是没有我重，我九十一斤，他九十斤半，我重半斤，不管怎么说，我没白比他多吃十个月咸盐。

警察称完我们的重量，和颜悦色地问我们：知道为什么给你们称体重吗？

我和老三异口同声地说：不知道。

警察对我说：我看你长得比那个小子聪明，你猜猜，为什么？

我绞尽脑汁想了一会儿，还是谦虚地说：不知道，猜不出来，你告诉我答案吧。

老三站在那里，无知地傻笑。

警察启发、鼓励我们说：不对吧，有头脑从辽宁逃票到内蒙古来，也应该能回答这个问题，是不想说？

我诚实地说：真的想不出来。

警察说：那好，我告诉你们，称你们的重量，是用来罚你们的款。从郑家屯到通辽的票价是五元钱，我们不按票价罚你们，要按斤罚你们，一毛钱一斤，算一算，你们两个人，每人罚多少？

我和老三都不吭声，警察火了：你们连算术也不会吗？

我说：会，我罚九块一毛钱。

老三说：我罚九块零五分钱。

老三的数学不好，后来我问他：你怎么算得那么准，那么快？

老三说：我抄的近路，我比你少半斤，肯定也少五分钱吧。

这小子今天遇上事，倒显得比我还聪明了。

警察这次很满意我们的回答。警察就是这样，他问啥，你就回答啥，有时他要的不是什么答案，而是他的自尊心和对他权力的尊敬，即使一个人不是警察，问你问题，你不回答，他也会恼火的，但是对警察不能乱回答，不是你干的事，千万别承认是你干的，是你干的，承不承认就由你自己决定了，有时好汉做事好汉当会害了自己，法律不比江湖，义气狗屁用都没有。

但是这个答案我们不满意，我和老三都傻了，长这么大，我见过的钱最大的是一元钱，这么多钱咋给呀。况且，我从来都没听说过有用这种办法罚人的，但是当时，按斤罚款，我没想到是一种侮辱。后来我长大成了人物，选拔人才干事业时，我真想把这个有创意的警察找到，让他帮我搞策划。我正胡思乱想着，一股浓烈的臭味，毫不客气地涌进我的鼻腔。不用去调查，一定是老三放的。能放出这种令人恶心味道的臭屁，只有老三。我想，现在如果警察重新称我和老三的重量，我肯定比他重一斤，也会少五分钱罚款。我在心里责怪老三，这臭屁为啥不早放？

警察可能也闻到了，捂着鼻子，不耐烦地又问我们：你们有钱罚款吗？

我和老三一起摇头说：没有。

警察让我和老三把衣服脱下来，脱得干干净净，连一件裤头都不能穿，他一点一点检查，终于拍了我的屁股一下，很失望地把衣服还给了我们，他没有找到他要罚的钱，有几毛零钱他不感兴趣，又给我装进了口袋里。我眼睛一直盯着他拿我钱的手，一直到他放回去，我才长长地出了一口气。

警察自言自语地说：一般有钱都缝在裤裆里，看来你们真没钱，有钱罚钱，没钱罚力，罚你们去煤场推一个月煤。

煤场在火车道旁，第二天推煤时，根据火车上始发和到站的名字，我看好了往我们牧场方向的火车道。我和老三商量，晚上收工时趁着混乱，就顺着铁道往家逃跑。

下午借着上厕所的机会，我用兜里的九毛钱买了几个大面包，偷偷地塞进了我和老三的怀里，晚上收工时，趁着混乱，在滚滚的煤烟中，我们果然逃跑了。

我和老三离开了城市，顺着铁路，在夜色里开始狂奔。我们向牧场的方向奔跑。一开始我们很兴奋，像从屠宰场跑出来的牛一样，欢叫着庆祝我们的新生，我觉得整个夜空都充满了幸运。我们跑得满身大汗，城市的灯光渐渐消失了，我们在铁轨上奔跑，越来越安静，只听见自己的脚步声和喘气声。

第三种声音出现，肚子咕咕作响，于是我和老三便接连不断地开始放屁，声音响亮到极其夸张的程度，就像当年土匪打的冷枪一样清脆。这时老三说：二哥，饿了吧？

于是，我们从怀里掏出面包，开始狼吞虎咽地啃了起来。吃完面包，正渴得着急，一列火车鸣叫着，盛气凌人地冲了过去，我和老三跑到路基下躲避火车时，却发现了一片白菜地。火车过去，我们不敢停留，一人拔一棵大白菜，又爬上铁路，就边走边啃白菜。当一棵白菜全部啃进肚里的时候，我的胃里开始翻江倒海，白菜沫像肥皂泡一样开始在我的呼吸中，向夜空里飞扬。我边打着饱嗝，边飞扬着白菜沫，边想象着，如果在白天的阳光下，这轻舞飞扬的泡沫肯定是色彩缤纷的，一定很壮观。我边想象着，边为这夜空中的浪费，而感到遗憾；老三没有这特异功能，只是听到他的肚子里，像牛一样在吼叫。

　　我们奔走着，我突然感觉，后面绿绿的有两盏灯光在幽怨地闪着，我感觉到我的灵性在复活，后面有一只狼在跟着我们。我从小就懂的生活常识，如果遇上狼跟在后面，不要停止脚步，速度既不要快，也不要慢，不要做出任何要跟它搏斗的举动，甚至你要假装没有发现它，狼就不会进攻你，狼也假装没有发现你，等天亮了，或者遇上人群了，狼就会走了，否则，当它发现你要进攻它时，它会先发制人向你进攻。

　　老三早就发现了，当他发现我发现狼之后，他说：二哥，你不要怕，或许不是狼，是一条狗。我心里感激老三对我的安慰，但是我知道狗是不会在野外跟人的，那目光也不会是绿幽幽的。

　　火车又来了，我们跑下路基躲避，火车过去后，我们又上了铁轨，我希望狼被吓跑，或者最好被火车撞死，但是我用余光往后看，绿幽幽的两个眼睛还在闪，并且保持着原来的距离。可能由于紧张，我和老三又同时放起屁来，根本控制不住，声音更加洪亮，更加有猎枪的效果，不仅仅声音像，连味道都是一股火药味儿。我心中祷告，真怕后面那匹狼误解，以为我们是猎人，已经向它开枪了，然后，它向我们拼命扑过来怎么办？我把意思跟老三说，他不这么想，他说如果那匹狼很愚蠢地误解了，我们放屁就是猎人开枪，那就是好事，从来都是狼听到枪声就逃跑的，没听说有哪匹狼，会扑向开枪的猎人的，老三说完更加用力地放起屁来，他说最好让狼怀疑我们是两个猎人。

老三说：二哥，咱们走的方向对吧？从哪里下铁路能走回咱们牧场，你能知道吧？别走过了。

我说：没错，城里到咱们下铁路的地方是五十里，下到铁路走四十里，我早就清楚，天还没亮，咱们这个速度一夜走不出五十里。

其实我这样说，我的自信来自于一种感觉，我总是看到前面有一盏红灯在引路，而那盏闪耀的红灯，一定就是小红骒马的灵魂，在帮我带路。

我恍恍惚惚地就好像骑在了小红骒马的身上，飘飘悠悠地向前走着。

老三突然摇晃我，喊我：二哥，你怎么走路睡着了，你看前面，有一匹红马？

我一下子醒了过来，天亮了。在前面远方的铁轨上，朝霞下，一匹浑身闪着光的枣红马在冲我们嘶鸣。

我一下子兴奋起来了，这不是我在牧场骑的那匹枣红马吗？

我和老三跑到马跟前，搂着马脖子亲热得热泪盈眶。枣红马怎么来了呢，难道他知道我们回来，来接我们？老三困惑不解，向我发出愚蠢的疑问。我知道，是谁在帮我们的忙了，一定是小红骒马，叫来了她的兄弟枣红马来接我们，她的灵魂肯定一夜在跟着我们，保护着我们，我们再回头看，那匹狼早就不见了，老三坚定地说：肯定是用屁吓跑的。

我和老三骑上枣红马向牧场的家里奔去。

一九七五年九月，草原上已是寒冷的深秋，在牧场炊烟袅袅的一个早晨，稀稀疏疏的几个晨起的影子，在无精打采地晃动咳嗽。这时，我们家的土坯房门被敲开了。正在做早饭的妈妈，见门口两个脏兮兮的少年在敲门。

妈问：你们找谁？

我声音颤抖：妈，我是老二，我把老三带回来了。

老二和老三回来了！妈妈激动地一喊，爸爸和大哥等众兄弟都从炕上爬起来，跑了出来，狗群也在前后兴奋地跳着，一家人激动得泪花飘洒。

第十六章

我 的 情 窦 初 开

马老师是我的初中语文老师。她第一天给我们上课的时候，我就觉得她是世界上最让我着迷的女人。那时候，我还不知道什么是爱情，但是，我就觉得，她比我们家里的任何亲戚都亲。马老师的身上有一种味道，好像是带杏仁苦味的雪花膏。我很喜欢闻她身上的这种味道，也喜欢亲近这个比我至少大十岁的老师。但是，无论我怎么把自己的才华和功夫都用在语文课上，让我的成绩在班级是最好的，马老师还不是最喜欢我，她甚至有时都不注意我。上课时，我的目光一分钟都离不开她的脸，她却很少看我。走下讲台，她微笑着到其他同学身边看他们写作业，却很少到我身边来。为了闻她身上的味道，让她注意我，我常常故意把作业

答错。比如翻译古文"皆指目陈胜",正确的译文是:都用眼睛
看陈胜。我翻译成:都看陈胜的眼睛。在课堂上讲作业时,马老
师注意我了,她很生气地让我站起来,让我讲为什么都看陈胜的
眼睛。我说可能是陈胜上火了,眼睛红了,闹眼睛了。同学们满
堂大笑,马老师气得暴跳如雷、花容失色。我对她那生气的样子
非常着迷,我当时不明白为什么喜欢看她生气的样子,后来长大
了走出草原,谈恋爱时,每次气得恋人又哭又闹,我的心里就像
乐开了花一样,我喜欢看我喜欢的女人生气,女人只有生气的样
子,才能撼动得我心旌摇曳,让我狂野的心产生怜悯。后来,陈
胜闹眼睛的故事成了我的经典故事,据说二十几年过去了,这个
故事还在我家乡的草原中学流传。当然,同时流传的还有贵州小
毛驴的故事。

　　马老师在教《黔之驴》时,她叫学生自己用自己的话,很通
俗地讲出这个故事。马老师叫我起来讲述。下面,就是我巴拉站
起来,瞪着眼睛面对老师和同学讲的瞎话。

　　巴拉说:贵州那个地方没有小毛驴,是一个没事干的人用船
运来的,运来了小毛驴没有用,就把它放在了树林子里,老虎来
了,见是跟自己一样的庞然大物,吓了一跳。老虎每天在旁边观
察它,发现它只有三招:瞎喊叫,尥蹶子,拉屎撒尿。于是,老
虎上去就把小毛驴咬断脖子,吃了小毛驴的肉,走了。

我一叙述到小毛驴全班同学就笑。

马老师说：巴拉，你不念小毛驴行不行？

巴拉说：就是一头小毛驴，为啥不念，马老师？

马老师说：你怎么知道是小毛驴，你就念是驴不就行了。

巴拉说：是驴也要分大驴和小驴，我们家的习惯是大驴就叫大驴，小驴就叫小驴。书上没写大驴我看就是小毛驴。

马老师说：书上也没写是小毛驴呀。

巴拉说：马老师，我看一定是小毛驴，他们用小船运去的，大驴怎么能行，不把小船压沉了。

马老师有点火了：他们就不能用大船去运大驴？

巴拉驴劲上来了比驴还犟：书上没写用大船运大驴。

马老师简直有点哭笑不得了：小巴拉你这个一根筋，你就那么喜欢小毛驴，大驴到哪里去了？

巴拉说：大驴在家里拉车干活，谁能那么傻，把大驴拿那么远去玩？我们都不知道贵州在草原的哪里，拿去了还要给老虎吃掉，真是可惜。

马老师说：巴拉，那个被老虎吃掉的又不是你们家的驴。

巴拉说：老师，那是你们家的驴？

马老师说：也不是我们家的驴，是古代的驴。

巴拉说：马老师，是古代谁家的驴呀？

马老师说：马老师是现在的人，不是古代谁家的驴。

巴拉说：马老师，我觉得不管是谁家的驴，一头小毛驴也不能白白被老虎吃掉呀。

马老师说：巴拉，这是古人讲的道理，根本就没有运毛驴到贵州去这回事。

巴拉假装大惑不解：老师，是古人在撒谎、吹牛吗？那我们还学习这个课文有啥用，还不如回家去放驴。

马老师笑了，我以为一定又气得她大叫，结果她说：小巴拉你真是个怪脑筋，有这种怪脑筋的人，世界上真是不多，你不能在草原放驴，你要走出草原去干点大事业。

我这是第一次受到马老师的表扬，后来我走出草原，走得离草原越来越远，就是她的话不断地鼓励我，给我信心，给我斗志，给我希望，我像一匹马一样在走，马老师就是一条鞭策我的鞭子。

一篇驴课文，彻底把我在马老师的心目中，变成了有才华的好学生。马老师留的作文，要求我们写一个动物，要有景有物有情。在发作文时，马老师抱着作文来班级批讲。她拿出一本放在旁边，把其他三十本作文都翻了一遍，几乎把全班都批评了一通。

然后把二丫叫起来，马老师说：我让你们写景，是写生活中的景物。你写和阿公领着斑点狗在法国的梧桐树下散步，我问你，咱们草原有斑点狗和梧桐树吗？

没有。

你见过吗？

没有。

这是你的生活吗？

不是。

你是从哪里抄来的？

我在书上看的。

你写的是中国吗？

不是。

你什么时间去了法国？

没去过。

你看你还和阿公一起散步，阿公是谁？

是我爷爷。

是你爷爷就叫爷爷嘛，还叫什么阿公？

我就是管爷爷叫阿公。

马老师和全班同学都笑了，显然是嘲笑，但是我知道，二丫一家就是管爷爷叫阿公，他们是南方人。但是马老师他们不知道。二丫眼含着泪花坐下了。我从那个时候就明白了，这个世界，永远不会有百分之百的透明公正的真理，因为，没有人能够像上帝那样洞悉人间的一切。上帝在哪里？我们不知道上帝在哪里，但是我真的相信有上帝，也相信他老人家也有疲劳打盹的时候，那个时候，人间便出现无数的冤假错案。

　　马老师的脸上马上热情洋溢起来，她说咱们班出了个大作家，这篇作文让她骄傲。那就是我的《小红马》。我讲了我们草原上有一匹神奇的小红马，是草原上人人喜爱的女神变的。小红马不仅带给草原人美丽，还带给草原人智慧。最后，我说这匹小红马，就是呕心沥血哺育我们成长的敬爱的马老师。马老师念到这里激动得满眼泪花。当然，我也写景了，什么六月的草原开满了蓝色的马兰花，小红马在马兰花上驰骋，就像马兰花中又开了一朵鲜艳的大红花。马老师告诉我，她的名字就叫马兰花。这是马老师教了我们一年，我第一次知道她的名字。那时我就悟出了一个写作的规则，就是毛主席说的要有生活，我对小红马的生活，不是在娘胎里就开始的，而是前生就有的；另一个规则是我自己琢磨的，就是天分，也就是说，写作不是天才就不要浪费时光，该干啥干啥去，否则你的人生肯定白费。

　　那天放学，马老师让同学们都回家，她留下我，说要给我辅导作文，吃偏饭，让我早日成为真正的大作家。在通红的牛粪火炉边，我出神地看着她的眼睛，说：马老师，我看见你很亲。她把我的头搂进了怀里。那股浓烈的杏仁雪花膏味让我醉了。

　　我少年的情窦，就这样初绽在马老师的温柔怀抱里。

第十七章

暗恋女兵

　　我十七岁的那一年，真是大开眼界。我们牧场在沈阳当兵的吴黑小，竟然领了一个女兵回来。我那时没有见过女兵，只听毛主席说过，女兵飒爽英姿五尺枪，一定是很有风采很漂亮。

　　那个女兵个子不高，脸很白，穿着肥大的军裤显得屁股特别大，前胸也把军衣鼓得高高的，这种形象不像我军的女兵形象，有点像国民党的女报务员或者女特务，特别风骚。我们的女兵形象应该是胸膛上一块纸板，两个图钉，排骨显得坚硬。那时我就很困惑地想，同是中华女儿，怎么穿上不同的军装，就会有不同的形象？但是我还是喜欢这个女兵肉感的形象，看见她的身体就有点想入非非，真希望我是那个幸运的狗杂种吴黑小。但是一往

上边看，一颗红星头上戴，革命的红旗挂两边，我内心就崇高神圣起来了，胆小了，也不敢痴心妄想了，似乎觉得想多了，会亵渎神灵。

　　吴黑小的家，跟我们是一个牧场，不是一个牧村。我放学回来，走过一片草地就可以直接回到我们的牧村，但是为了看女兵，过眼瘾——其实长大成熟了之后，我才知道实际是在过心瘾——反正为了过瘾，我就找借口，穿过一片繁荣的坟地，到吴黑小家的那个牧村去。坟地和牧村是我们科尔沁草原的生死两大阵容，它们的共性共同显示着，我们国家人口众多的社会主义优势，但是它们也在斗争，无论活着的人多么不心甘情愿，根据自然规则，斗争的结果总是坟墓获得胜利，没有一个牧村里活着的人，死后不搬进墓地，但是从来没有死了已经搬进墓地的人，又搬回牧村，当然，五岁时的我是个例外。有的时候我回来晚了，坟地里鬼火跳跃，我为了给自己壮胆，就把自己想象成一个军人，高唱军歌冲过去，我唱的最威武的军歌是《打靶归来》，这首歌我现在还唱，我不是为了怀旧，当然也不是路过坟地，而是从桑拿或者夜总会回来。有一天，我去吴黑小家的牧村，没有见到女兵。我很失落地回来了，我以为他们已经走了，失落让我有些灰心丧气。走到村子口，碰上了傻子吴六。吴六拉住我说：你看见两个穿绿军衣骑自行车的人吗？有一个还是女兵，那可是我们家亲戚呀。我恍然大悟，女兵没走，今天来我们牧村了。吴六家和吴黑小家就是本家，他们应该来的。虽然他们走了，但我的心里还是很高兴，就像他们看我来了一样兴奋。进了牧村，我还破例高亢地唱了一遍《打靶归来》。

后来那个女兵还是走了，我再也没见过那个女兵，我有时幸灾乐祸地想，是不是吴黑小和那个女兵吹了。

这个女兵，虽然是我开天辟地见到的第一个女兵，但也深刻地给我留下了两个病根。我的感情这么脆弱，你说我能不成为感情病人吗？一个是我无论走在海口的大街上，还是走在无论哪里的大街上，一见到女兵就被征服。还没见到她的脸，就已经迷迷瞪瞪，魂不守舍了；第二个病根，就是当时我不想好好学习了，每天锻炼身体想当兵。我不服气，吴黑小当兵可以带回来一个女兵，难道我就不能吗？他一副狗杂种愚蠢的面孔，我多么聪明伶俐的形象，毛主席说：世上无难事，只要肯登攀。我那时对自己的要求也很严格，每天像军人一样，早晨起来上学一定要跑步前进。为了加快我的速度，我有时故意晚走，然后为了不迟到，就快速向学校奔跑。晚上放学，也是故意晚回来，路过坟地时，就要惊慌地奔跑，我现在也解不开这个恐惧的心结，为什么一个人活着的时候，肌肉结实的身体我都不怕，甚至还欺负他，揍他，但是他死了，被埋进了土里，我却那么惧怕那些躺在土里的骷髅？

我每天走火入魔地上下学来回跑步，我当时以为是锻炼自己，现在常常回想，这是一种对自己的残酷虐待。不过我现在有一种承受苦难的意志，就是那时候锻炼出来的。身体没强壮，灵魂却坚强起来了。

到了秋天征兵的时候，特格喜场长真的让我去验兵了。那一年特别幸运，我们要当的是空军。我天天幻想着，我当上了空军，驾驶着飞机在天空的白云中飞翔，就像我骑着小红骒马在白色的世界里奔腾一样。到时我有可能带回来的女兵是空军，有可能还会开着飞机回来，真是出人头地呀。验兵时，当把其他报名的青年放在一个大圆铁轮子里转的时候，我看他们吓得灵魂已经飞出了身体，差一点把苦胆都呕吐出来了。我却觉得很美好，因为从前我的灵魂在投胎前，就像小鸟一样在蓝天白云中飞翔，在空中自由地上下翻滚，我充满了乐趣，那些害怕飞翔的人，肯定是从地狱来的。

但是，我还是没验上，我的视力不行，当我用枪打前方五十米外的一只乌鸦时，我差一点打死右边三十米处的一头驴。武装部征兵的说：你运气不好，要是今年是陆军你就验上了，空军太严格。你的眼睛如果开飞机，不是向自己的机群开炮，就得自己撞大楼，喜欢当兵明年再验吧，晚一年不怕，你年龄还小，革命不分先后。

这个武装部征兵的同志不理解我，我着急呀，这比革命还重要，我要早点带女兵回来呀。不是空军，陆军也行呀，只要是女兵就行。这是一个人的面子和尊严问题。谁知道明年形势会发生啥样变化？

明年的形势果然发生了翻天覆地的变化，高考恢复了。学校一下子像部队一样，进入了紧急的高考战备状态。马老师要考大学，她是外地的城里人，每天在宿舍里复习，基本不给我们上课了。我每天都要去马老师的宿舍，给她生炉子，打水。她每次都用细嫩的手摸我的脸，然后我闻着她那浓浓的苦杏仁雪花膏味儿，就心满意足地回到班级。

马老师如愿以偿，真的考上了七九级的通辽师范学院（一九八〇年更名为内蒙古民族师范学院）中文系。马老师临走时，把她的复习指导书和课本都留给了我，她对我说：巴拉，你一定会考上，我在大学里等你。马老师的话像给我装上了一台发动机，一下子发动鼓舞起了我的精神力量。我决定好好学习，一定要考到马老师的师范学院中文系去。我帮马老师收拾东西，打包行李，在她的褥子底下，我发现了一捆硬硬的带血的布，像手绢那般大，却又很粗糙。我怎么看都看不懂是什么东西，就拿来问马老师：老师，这布是做什么用的？

马老师看见，脸马上红到耳根，一把抢过去，说：你从哪里

翻出来这个东西?

我说：这些奇怪的布是干什么用的?

马老师：这是女人用的东西，你不要问了。

我还是觉得奇怪：女人用这些带血的布干什么? 这么硬。

马老师说：这是女人的骑马布。

我觉得明白了，可能是女人骑马时垫在裤裆上的，但是怎么会有血，难道她们骑马磨破了身子出了血? 还是因为布太硬的缘故? 裤裆里垫上这么硬的布，在马身上一磨不出血才怪呢，女人这么愚蠢吗? 我把想法跟马老师说了，同时表达了对女人骑马的同情。

马老师说:你胡扯什么? 这骑马布，就是女人来月经时用的，这个骑马是一种比喻。

我恍然大悟，真的明白了，但是有点尴尬，因为马老师的脸，也是红红的。这个比喻真是奇妙，女人来月经时，在裤裆垫上一块布，然后布被血染红了，就像女人骑在了一匹红马上了，故曰骑马布。这是马老师在我们莫日根牧场中学给我上的最后一堂课，这堂课真让我长见识，后来，社会上流行黄色的俗语叫四大红：

杀猪的血，

庙上的门，

大姑娘骑马，

火烧云。

其他三个红，别人都能理解，但是大姑娘骑马，多数人理解成大姑娘骑红马，或者穿红衣服的大姑娘骑着马，都不对，我有标准答案，我懂，那骑马是怎么回事。这是马老师给我吃的偏饭，别的学生没上着这最后一课。

我不再想当兵了，一心一意想考大学。我成了一个喜新厌旧的人，我开始忘记那个性感的女兵，我每天想念着马老师和马老师身上的苦杏仁味道，还有那神秘的骑马布。我也不再锻炼身体了，每天我窝在一个角落就开始啃书本，一遍一遍地演算习题，复习课文。有的时候我摇头晃脑，装模作样，像个古代要赶考的书生。

红 马

第十八章

招 手 就 停 的 火 车

一九八〇年高中毕业的我，如愿以偿，考上了内蒙古民族师范学院中文系。特格喜场长说他很替我爸高兴，他说：老哥你那二儿子在领头打我儿子长命时，我就看出来，他从小就是一匹有出息的好马，他不但拳头狠，还会用脑子出坏主意。我替你高兴，为了减轻你的负担，在我没醉酒之前，我代表场部奖励你儿子三十元钱上大学用。特格喜场长酒后说话不算数，在我们莫日根牧场早已经臭名昭著。但是这次他是真的认真了，不但亲自把三十元钱奖励送到我们家，还亲自交到我的手里。他鼓励我说：把钱带上吧，孩子，我知道你不是那种狼崽子，离开娘窝，不会一去不回来的。你会成为一匹草原的骏马，你会是蓝天上的雄鹰，

让我们为你骄傲，为你们家族骄傲。

我很感激，特格喜场长那天给我三十元钱，和说了一番鼓励的话，喝醉了酒之后，他在广播喇叭里慷慨激昂地又赞美了我一通。我是我们牧村里的第一个大学生，前无古人，据说现在也没有来者。面对荒原之悠悠，我真想独怆然而涕下。特格喜场长表扬了我，给了我一种崇高的荣誉，我真的感觉到自己跑在草原上是骏马，飞在蓝天上是雄鹰。

上学的那天，我爸赶着马车送我去赶火车。我穿上我妈给我新做的布鞋，白底黑面，我妈说：你上了大学，走上了一条没有牛屎的路，走新路一定要穿新鞋。没有新衣服，但是旧衣服被我妈浆洗得干干净净。我爸骄傲地赶着马车，在没有道路的草地上，向火车道的方向慢慢地行走。我坐在马车上得意扬扬、踌躇满志。除了行李外，我还带了一个书箱，里面装着马叔送给我的书，当然不是全部。我已经有了识别能力，我挑选了一些我自己特别喜欢的书，装了一箱子。牧村里的人，草地上放牧的人，和庄稼地里干活的人，都停下手里的活计，跑到路口来送我。活蹦乱跳的狗跟着主人跑出来，互相调着情，声音悠扬地叫着，也像乐队一样欢送我。和我成绩差不多，但是没有考上的同学，却很自卑地躲得远远的，羞涩地望着我。我似乎感觉又经历了一场精子战争一样，我赢了这场战争，我又成了凯旋的胜利者。

　　出了草地，我和我爸赶着马车加快速度上路了。拉车的也是红骒马下的驹。但他不是骒马，是儿马子，也就是小公马。他应该算是老五，是枣红马的弟弟。儿马子也是一身红毛，浑身闪亮，但是没有银鬃，可能像他爸爸。看见儿马子我又忧伤起来了，我想起了老红骒马和小红骒马。如果小红骒马还活着，按着人类的说法，儿马子应该是我的小舅子。我正胡思乱想着，儿马子用他那矫健的四蹄跑完了四十里路。我们已经赶到了火车道边。

　　这火车也真是一个神奇的器物。草原上刚刚通火车的时候，草原人都赶几十里或者上百里路来看火车。当火车真的从很遥远的地方开进草原时—当时有人说是从北京城开来的—惊散了牛群、羊群和马群，连草原的牧人也被惊吓得四处逃窜。草原上很多骑手，在马背上喝醉了酒互相打赌，有的说，这火车刚开进草原，趴在地上跑速度还算慢，过一段长大了站起来跑就更快了。有的坚决否认，火车站起来跑，不可能比趴着跑快，他的证据是站着跑的人就没有趴着跑的马快。一直到今天，这还是一个难解的问题，因为无人能证明火车站起来跑的速度。没有证据，那些坚持者就不服。

　　我们这里没有火车站，在我的故事里，我们莫日根牧场这片草地上，从来没有出现过火车站，没有一间房子，没有一个铁路工人，也没有信号灯。所以我们说是来赶火车。我爸下了马车，趴在铁路上，用耳朵贴在铁轨上听声音。他抽一袋烟就听一次。铁轨有震动了，他就让我准备好，然后他挥起系着红缨的马鞭子，就向远方挥舞着发信号。火车鸣叫着，喘着粗气，冒着兴奋的黑烟，冲过来，在我爸这个临时站长招着手势的指挥下，停了下来。

后来在通辽、海口、广州、北京，在越来越大的城市里，我生活里的牧群消失了，满眼都是车流。我们坐招手即停的小公共巴士，或打的士时，我说：我们草原的火车也是招手即停。所有人都嘲笑我吹牛，天方夜谭。

就这样，我进了大学中文系一年级。来火车站接我们新生的是老生马老师。马老师变得比原来小了，也就是说年轻漂亮了。看着她拿着话筒呼喊着我们，她一点都不像老师了，就是一个大学生。这种感觉后来给我灵感，我写了一首诗叫《背景》：

鱼是鱼

有大海背景

马是马

有草原背景

我是大学生

有大学校园背景

龙的传人在海外流动

有华夏民族背景

但是那一天在火车站，我还是亲切地叫她马老师，差一点没扑进她的怀里。马老师对我也很亲，但是她不让我叫马老师了，她说她是我的师姐，现在不是师生关系了，是同学关系，就叫名字吧。我说我叫不出口，她含着笑说：那就叫姐吧。我叫了一声姐就陶醉了，因为一股苦杏仁雪花膏味飘了过来，很浓烈。这种味道给我这个羞涩男生一种自信，一种大学真美好的感觉。

马姐说：我看了你的成绩，你的分数完全可以报考北京的中央民族学院。

我说我不想上其他的大学，我想跟姐上一个大学一个系。

她说：傻。

红 马

第十九章

幸 运 的 岔 道

一九八〇年秋天，我上大学之后，我们家双喜临门。冬季征兵，第二个喜事又来临了，十七岁的老三初中毕业（老三因为打架留过两年级），参加解放军，穿上了绿军装，实现了我和他少年时代共同的梦想。那个年代，最流行的时尚，除了上大学，就是穿绿军装当解放军。春风得意的老三，显然成了那个时代的明星。当他穿着绿军装，背着绿行李，戴着大红花，思绪万千地坐上了漫长的西去列车时，他的眼里闪着泪花。

那天早晨，我领着老三，从下荒的辽宁马庄逃回家时，当时拥在妈妈的怀抱里，老三痛哭着揉着肮脏的五花脸说：妈，我再也不要离开家了。

妈妈也流着泪搂着他说：不离开了，妈再也不让你走了。

离家对家的思念，离开草原对草原的亲近，都化作了情感，像根一样种进了这片土地，想家，想妈，想妈妈的眼泪，想家里的亲人和马、牛、羊、狗，想自己打过和打过自己的乡亲伙伴。

一天，下荒辽宁的马庄来了一封电报，我爸读完，将玩兴正浓的老三叫到了跟前，说：你准备一下，还要回下荒的马庄去。

老三很固执地说：不回去。

但是那一次我爸很粗暴，又很坚定地说：一定回去。

老三求助于妈妈，妈妈也叹息着，一脸无奈转过身去用围裙擦眼泪。老三又去求助大哥和二哥我。

大哥走到我爸面前说：爸，老三一定要回马庄去吗？

父亲：一定要回去。

老大：老三是咱们家人，现在他大了也不和老二出去打架了，不回去不行吗？

我爸不吭声了。

我把所有的兄弟都集合来，跪在地下，陪着老三一起求我爸，不要再把老三送走了。

我爸坐在炕上喝了半斤酒之后，同意了我们的请求，他说：行了，你们起来吧，我把我三儿子留在家里，不给人了，就算是你大舅也不给他了，他没有儿子是他没种，那个骡子英雄。

我妈说：不让老三回去了，我也高兴，但是，你不要用这么难听的话讲我哥哥。谁说他没种？他是英雄，他不是骡子。

我爸说：好，我说错了，不是你哥没种，是你嫂子不下蛋，那个不下蛋的母鸡。

我爸这个决定让我感动了很多年，最近读黄仁宇先生的历史书，我接受了一个大历史观，才明白，我们这个民族，不单纯是指蒙古族，我是指中华民族，从家庭到社会的权力结构是多么松散，充满了随意性。其实现在看，老三如果当时送给我大舅，我们家不反悔，他在马庄的人生起点，肯定会比在我们这里要高，发展的结果也肯定不一样。可是，当时就是家长制决定一切，说不给人当儿子就不当了。

带着梦想的年轻的革命军人老三，在新疆乌鲁木齐郊外的一个军营里，开始了四年的军旅生涯。他实现了几年前看见张大脑袋下跪时发下的誓愿，要做一个腰板笔直的优秀军人。

这是一个斯文刚刚抬头，依然尚武的斗志高昂的时代。在这样一个火红的年代，哪一个有志青年不想大展宏图？老三每天都沉浸在兴奋当中。在第一年的新兵训练和大比武中，他发挥了从小打架锻炼出的素质，对兵器的感觉特别好。他以准确的射击命中率，多次获得部队的嘉奖，并以破格提升为副班长而结束新兵生活。那时，青年人的革命目标，仍然是接好革命班，埋葬"帝修反"。虽然，毛主席他老人家去世了，但是还是要遵照毛主席的教导，必须走"又红又专"的道路。青年军人老三，在军旅中，开始了奋笔疾书。如果说，写文章是老三的长项，这应该也是我们家族的长项。他是属于那种思维跳跃，情感丰富，喜欢冲动又具有一定文字感觉的人。那时，人们仍然还在空洞地高唱颂歌和赞美诗。老三把学习体会化作文字，在军报和地方报上为时代歌功颂德。在报纸上，他的每一篇文章化作铅字时，他都有一种难以抑制的快乐。人，一出生来到人世间，都是有价值和能量的。幸运的人，将自己的能量化作社会的主流动力，一生都春风得意幸福美好。像吸星大法一样，一切荣誉、功劳、价值都纷纷地飘向你；而有人的能量先是顺应社会主流飞黄腾达，突然就出现一个岔道口，整个人生的形势便急转直下，结果就算不悲惨凄凉，后半生也会一蹶不振，碌碌无为；更有的人，天生下来就是唱反调、开倒车、倒行逆施的。他的力量，永远是社会主流力量的阻力。在阳光的照耀下，社会从来不把美好的字眼颁发给他。但，社会却永远重视他能量的存在，阻力永远都不可藐视。

老三的人生，是三种力量的混合体，后来岔道口多一些。一个善用《易经》八卦批算命运的江湖高人，在为老三测命时说了六个字：亦庄亦谐亦邪。

庄、谐、邪就是三种生命能量，但是，后来老三邪的多了一些。

　　老三刚到部队时就是这么一个幸运的人。试想一个部队的营地崇尚的是武士精神。而文与武，从来都是针锋相对水火不容的。偶尔会产生一个吸尽了文武精华的人，日后成了气候，必定是一个文韬武略的国家栋梁之材。新兵老三刚到部队就以文取胜，一开始就赢得了令人骄傲的目光。在部队里，一贯以歧视新兵蛋子为传统的老兵们，甚至也有点喜欢或者崇敬老三了。老兵对付新兵，一贯是以拳脚和劳动来取胜的，一碰上舞文弄墨就招数不灵了，有的就主动败下阵来。在老兵里，最喜欢老三文武全才的要数指导员了。

　　一九八一年，是令人哭笑不得的一年，也是老三差一点葬送前途和生命的一年。这一年乍暖还寒。这一年，政治学习中，在部队里思想跟不上就要掉队的危险当口，部队组织看几年前的电影《春苗》。部队的政治步伐总是要比社会慢几年，可能对稳定军心有好处。电影讲述了一个女赤脚医生，经过两条路线的斗争，在农村给贫下中农治病的故事。青年军人老三看完电影激动了。后来，在海南，差点成为偷渡分子的老三，平静地对我说：其实，我那时的激动是对电影演员李秀明的喜欢。那时还没有追星族，自己十八岁，正是青春萌动的季节。由于封闭愚昧，自己也以为那是革命的激情。于是，他写了一篇《宁要社会主义的苗，不要资本主义的草》，投给了军报。这一下他惹了滔天大祸。他本来是想歌颂《春苗》的，所以叫宁要社会主义的苗。不想，犯忌于当时还没有结束的政治口号：宁要社会主义的草，不要资本主义的苗。相冲了，这还了得！在这虽然农村已经包产到户，大学里恢复高考，但是部队里还是政治挂帅、政治第一的政治年代，可以把这解释成是向党和社会主义的挑战，可以把他定性为反党反社会主义，不但可能开除军籍，还可能拉出去枪毙。在无所适从的年代中，无所适从生活的人，倒霉时拍马屁，都要拍到马正在拉粪的肛门上去。

事情发生后，上边的压力很大。这件事指导员不让任何人插手，亲自来处理。他找来老三谈话。

指导员：你怎么会想到写这么一篇文章？

老三：我看了电影《春苗》很受感动，所以写了一篇赞美文章。

指导员：我看了你的文章，文笔和内容都很好，我相信你的出发点也是好的，本意是想赞美，但是，你的题目就有了大问题。你想一想，我们的口号是：宁要社会主义的草，不要资本主义的苗。都喊了多年了；你却反着说：宁要社会主义的苗，不要资本主义的草。

老三：我所说的苗是指《春苗》的苗，不是资本主义的苗的苗。此苗非彼苗。两个苗不是一样的苗。

指导员：我能明白，但是，上面一上纲上线你就完了，你解释不清的，有可能越描越黑。

老三有些恐慌：指导员，那我怎么办？

指导员：你不要怕，一切由我来安排。我是爱你这个人才呀，这辈子，我这个没文化的人，就是喜爱有文化的人。唉，人生难测呀，没文化的人吃了没文化的亏，有文化的人也吃了有文代的亏。

指导员最后这句话哲理很深。老三的脑海里浮现出一句古语：

祸兮福兮，相伴相依。

经过一个星期的禁闭教育，他获得了新生。

指导员出于爱才，寻找各种借口把这件事往下压。否则当一个典型报上去，没准儿，指导员将获得一个难得的向上发展的政治机遇，那样老三必死无疑。就像一棵向太阳的树，正在享受成长的快乐，突然遭遇了雷电的摧毁。直到今天，老三都在感激他的老指导员，那个厚道的河南人。在我们百姓的心目中，指导员和政委、书记是一样的，都是党的形象代表。当然，对上面来讲，小平路线基本全面贯通，著名的白猫黑猫论即将出笼，人性的阳光正在穿透政治的云层，把我们的土地和人民照亮。

当时社会上都已经流行李谷一和邓丽君了，还有程琳的《小螺号》，部队却还在唱：春苗出土呦迎朝阳。老三夹生在了那个年代里。

就这样，悲喜交加的一九八二年，老三的军旅生涯先是有惊无险，然后就平平淡淡。虽然，苗与草事件与他的生命已无关系，但在革命的道路上，踌躇满志的老三，革命军人的前途，已经不顺畅了。这场转折是他没有预料到的，他春风得意的前程黯淡了。

一九八四年，在大学中文系要开除我的那一年，老三也离开了部队。一九八〇年我上大学，他当兵，我们家双喜临门。但是，我们这一年算什么？ 二十一岁的老三，结束了四年军旅生涯，带着一身坚硬的肌肉，带着一脸刚毅，带着壮志未酬的遗憾，像一个优秀的球员，在关键的时刻，在岔道上把球踢进了对方的球门。

第二十章

第 一 次 握 手

　　寒假回家，我见到谁眼里都闪着泪花，都是亲人。亲哪！家人亲、亲戚亲、同学亲、场部领导亲，凡是认识的人都亲，就连狗、马、牛、羊和草地牛粪篝火，早晨的炊烟都亲。我本来十几年就像圈养的羊一样，很少出远门，离开草原和爸妈，这一下一出去就是半年。我怀疑，如果回家的那个晚上，碰上狼群我都要去亲一下。

　　不过，回家的那个晚上，让我震惊的还是老谭头跟我握手。这是我人生的第一次握手。我刚刚在我爸的马车上下来，就见老谭头走了过来，我亲热地看着他，刚叫一声谭大爷好，就见他很亲切友好地，伸出手来，握住了我的手。那是一双饱经人世沧桑的有力大手，就这样，他用早年在苏联已经习惯的礼仪，握住了我这大学一年级学生幼嫩的手。苏联的影片我看过很多，所以，我断定老谭头的握手，绝对是纯正的俄罗斯风度。这时很多人都围上来了，但是，我仍然恋恋不舍地握着老谭头的手，显得极其骄傲，甚至骄傲得有点傲慢。我在老谭头的手中，真正感觉到了，作为一个大男人的价值。我当时激动得眼含泪花，内心充满了感激。这第一次握手，是以老谭头为代表的长辈一代，对我进入成年人行列，举行的一个重要礼仪，并且给了我一个与众不同的价值肯定。我感觉到自己不是一个平凡的成年人了。

这时我妈把我搂了过去，看到了我的泪花，她说：我儿子心肠热，见到妈就哭，想妈了吧？

老谭头顺势把我推向我妈：去跟你妈亲热一下吧，儿子不能离开妈的胸怀太久，就像羊群不能太久离开草地一样。在老谭头的身边生活了近二十年，这时，我才猛然间感觉到，他老人家的内心很宽很深，这是一个博大的男人。他像一本深奥的古书一样，吸引住了我，让我产生了强烈的阅读欲望。

那天晚上，我跟家里人在一起喝酒。这是我人生的第一杯草原白酒。酒很辣，但是，我却喝得极其豪迈。我跟我哥一起给我爸敬酒，给我妈敬酒，然后又跟我哥干杯。那些小兄弟们，还不够资格，就只能在一边观看了。本来我也没想到要喝酒，我爸说：

多加一个酒杯，咱们家又长大了一个男人。

　　寒假里，我几乎每天跟老谭头在一起。读了大学就等于登上了一座高山，登高望远，这时才看清了另一座山上的风景。老谭头的学养、阅历让我折服。他是三十年代老北京大学的毕业生，也是学中文的。翻看他家里的藏书和马叔送给我的书，老谭头说都已经是旧学问了，他说，今后就从我那借书看，以前他借书给我，以后我就要借书给他。这就是礼尚往来的君子之道。我很高兴这种交易。老谭头的过人之处就在这里，他对我的每一个举止言行，我都感到受到了尊重和鼓励，我总觉得他才是我的老师，不仅仅为我解惑，更重要的是潜移默化的气质影响，让我回到学校，就是后来走向社会都觉得有价值、实用。现在，人们评价我，为人处世既地道又大度的这种气派，里面就蕴藏着老谭头的功力。我看古龙小说，他写的那些功夫深不见底，又隐藏于民间的，像玄机老人那样的武林高人时，我总要想到老谭头。他给我讲的每一个字，我都当作武功秘籍，收藏在心里，然后在日后漫长的人生道路上进行心法磨炼。

　　每次我去老谭头家，我都看到他坐在炕上，靠着窗子晒太阳。他眯着眼睛似睡非睡。谭大娘叫他时，总是说老头子人老不中用了，迷糊了。不过我看他倒没迷糊，他是在思考、回味几十年的沧桑人生，或者是更久远的人类历史。草原上传说老谭头要平反了，马上要回北京当大干部去了。我想可能是真的。我的写作概论课老师邵正午教授就是右派平反回来的。

　　我放寒假回来，由于常上老谭头家里去，外面给老谭头就又多了一个传言。传言说：老谭头要招大学生巴拉为女婿。也就是说我要和二丫订婚。这事传到了我妈的耳朵里去，别人又向她求证。她说不知道，回来让我交代。当时我妈显得心情很坏，没好语气地跟我说话。我知道，即使我跟二丫订婚，我妈也是不会反对的，她喜欢二丫。但是这么大的事不跟她说，她感到母亲的权威受到了严重的挑战。我跟她说：没有的事，纯粹是捕风捉影，不但没有，我连想都没想过。我妈相信我了，果然，她说：你要跟二丫还真是不错的一对。她小的时候也吃过我的奶水，你俩同岁，都是属虎的，虎虎相生，将来日子肯定兴旺。我说：我对二丫不感兴趣，我是对他爸老谭大爷感兴趣。老谭大爷的学问和做人的魅力吸引我。我去谭家是和老谭大爷探讨学问。我说：我还有三年半才读完大学，先不谈这个。学校老师不让。不用说老师不让，就是后来回学校我跟马姐说了，她都反对说：傻，急啥？

　　传言一出来，我就觉得很尴尬，不知道怎么办才好。所以我也就回避，不太上老谭头家里去。为了怕误会，我就骑着马不停地跑同学家，跟同学喝酒，常常不回家。我觉得酒这个东西就是一个魔鬼，只要你沾上它，它就会缠上你，让你丢丢不得，甩甩不掉，又爱又恨，好忙坏忙，它都能帮上你。多年来，我对酒深深地怨恨，又深深地感激。曾经几度，戒了喝，喝了戒，反反复复，藕断丝连，纠缠不休。

那几天老谭头也不找我。快开学了，老谭头叫二丫来叫我。我见了二丫感到很不好意思。二丫也是羞答答的，我们本来是同学，要讲青梅竹马、两小无猜，我们真是标准答案。我那天看她，秀气的身条儿，白里透红的脸真是很美丽。她就是与我们草原的粗壮结实的蒙古女人不同，于是，痒痒地，我就有了恻隐之心。本来我们俩从小就在一起玩大的，又是同学，彼此心中没有障碍，常常随便打闹、开玩笑，有时又像兄妹一样互相照顾，彼此很轻松自如，没有顾忌。别人这么一说，学师范教育的我明白这在心理学上叫暗示，说白了就是经别人提醒，当事人恍然大悟。都长大了，我们俩还真挺合适。

在路上，我和二丫彼此看了一眼，互相一笑，心里有话，谁也没说。我本来想关心一下二丫的复习情况，话到嘴边，就显得笨拙了。我想算了，索性就闭紧了牙关。但是，越是这样，我就越觉得有点此地无银三百两的感觉，或者像古代丢斧子的那家邻居，我不但感觉斧子像我自己偷的，我还真希望我能偷二丫这把斧子。我们羞羞答答别别扭扭地走了一路。

老谭头见了我，说要开学了吧。我说，是，明天就走。他写了一封信给我，说：带给你们的写作老师邵正午教授，他是我在北京时的好友。我一听振奋了，也来了勇气，就添枝加叶地把传言中我和二丫的故事说了出来，他听了淡淡一笑，毫不在意地说：顺其自然吧，这是你们年轻人的事，老夫不管。

我如释重负，却也很失落。

第二十一章

雨 季 无 伞

邵正午教授，是我们中文系写作教研室教写作概论的老师，严格地说，他是副教授的职称，正教授的年龄和水平，因为右派刚平反，是讲师的地位。他很有旧文人的风骨，放浪形骸，不修边幅，用当时人的眼光看，就是一个顽童，被打成右派二十年，他童心不改。

我把老谭头的信交给他，他下课就请我去喝酒。一只烧鸡，两瓶草原白，一下子让我们跨越了师生的障碍，让我走进了老师的世界。

先看一下他的档案。

反右派那年，他是北京大学中文系三年级的学生，会跳华尔兹，会唱《让我们荡起双桨》，是学校里的四大才子之一，与当时的神童作家刘绍棠几乎齐名，并且同系同班。他写的诗常常发表在《诗刊》头条上。在一个月黑风高的夜晚，一斤红高粱酒给了他勇气和力量，他用大字报封上了党委书记的门窗。党委书记是走两万五炼成的钢铁，那天不太高兴，强制性地发给他一个回乡证，让他与地球奋斗了二十年。后来平了反，回到大学校园里教书，仍是中文系的第一支笔。

这两年政府又创造了一个新节日，九月十日，被隆重地命名为教师节。各级领导，利用这个借口，在豪华酒店，充分地发挥了社会主义优越性，摆上了庆祝的酒席。邵教授作为地方文化名人也上了桌。在胡吃海喝前，为吃这顿公款找一个合理的借口，像古代祭祀一样，头领们要讲一些祷告词，但不像古人那么真心虔诚。他们是唯物主义，只能讲一些蒙人的虚话。邵正午心里不存邪气，眼里不揉乱泥，眼看不惯心里憋气，于是站起来对众首领们讲：全体起立，为敬爱的伟大领袖毛主席逝世忌日默哀。谁人敢不起立默哀？那帮领导只怪自己倒霉在传统的超前习惯上，那天正好是九月九日。三分钟后，众人坐下，可能真的感到心中有愧，对不起毛主席他老人家，反正大家都很沉默。胃口不太好，剩下的酒菜特别多。后来，他才猛然醒悟，那天那些人的沉默不是愧对毛主席，是恨他！

去年搞精神污染又找上了碴儿，说他的言论严重西化了八二、八三两届学生。把他反右时取消的预备党员，后来平反恢复了，这次又无情地取消了。

邵教授边喝酒，边给我朗诵他当年那首著名的诗《雨季无伞》：

不怪天空不怪狂风黑云
编织了一个雨季

雨总是要下的
就该在我的命运中淋漓

不是宿命不是无可奈何
生命有它的规律

雨即使就是为我下的
没有伞也不自怨是苦命的孩子

不求花好月圆不求阳光灿烂
愿望太重心背负不起

雨在命运中淋漓

没有救生圈也要游过苦海去……

　　一瓶酒见了底儿，邵教授问我：给你们讲文学概论的成教授水平怎么样？

　　我说：你让我说真话还是说假话？

　　邵教授就啪地照我的肩给了我很痛的一拳：说假话还是我的学生吗？

　　我说：我不知道你们啥关系，别到时候把他给得罪了。

　　邵教授说：你这小子这么虚伪，告诉你，我已经在上午就把他给得罪了。

　　我说：那就好，这个老成头，说话磕巴，眼睛看人又鬼鬼祟祟的，特别虚伪，我不喜欢他，几乎不听他的课。每次上课时，一听见他那磕磕巴巴的声音，我就特别烦，感到心里难受。邵教授，你说这人咋就这么没有自知之明，自己说话磕巴，咋还去当老师？我真不明白，一个磕巴怎么混进了大学当起了教授，并且还是党总支副书记、教研室主任，我觉得很荒唐，但是一点都不幽默，好像是在戏弄我们。

　　邵教授：中国历史上这种令人拍案惊奇的事多了，头几天你是不是在班级带头罢了他的课？

我说：你也知道是我干的？

邵教授：你别跟我装傻了，中文系的师生谁还不知道？今天上午系里开会就是为了这件事。他是系党总支副书记，又是写作教研室主任，被学生罢课感到没有面子，就想找借口说你们无理取闹，要处分你们，并且他自己发誓下学期要改革自己的教学。我实在看不下去他那虚伪拙劣的表演，就站起来发言，说败兵之将，不可连战。结果这一句话就把他打倒了，其他老师也跟着表态，自己教课失败，不要归罪于学生，学生不听你的课，罢了你的课，就等于你已经没有教课的资格了，就像唱歌的，没有听众你还唱个屁。

成老头子当时差一点没气绝身亡，他磕巴着一句话都说不完整了。这个在教师节上认为邵教授给中文系丢了面子，影响了写作教研室名誉，又利用精神污染作借口充当急先锋，想复辟从前搞运动的招数，来置邵教授于死地的老学棍，今天可被整惨了，他彻底明白了现在是什么年月了。

我说:罢他的课就是我领头干的，历史上的是是非非我不管，反正当事人都已化作了烟尘，但是，我不能眼看着他在戏弄延误我们的青春年华。

我找来两只大碗，把另一瓶草原白二一添作五，一人一半分了，我端起来说：老师，我感激您，敬佩您，我愿终生做您的弟子，败兵之将，不可连战，您这话说得真有大家风骨，历史肯定会给您记下一笔，来，我敬您，干了！

邵教授也豪情满怀：但愿别记下一笔到时反攻倒算。我们端起两个大酒碗，像梁山好汉一样，气贯长虹地碰到了一起。这一碗酒进到肚里，我们就成了两个古代文人，并且是醉酒的古代文人。

我觉得今天的邵教授一点也不像顽童，好像是特别慈祥、温和、宽厚的一个长者，而且还很理性。他见我有一点生不逢时的感觉，好像我应该出生在"五四"那个年代，那样，我不是李大钊就应该是胡适，或者是后来的徐志摩也行，偏偏是现在这么一个没有英雄的年代，我又不想做普通人。我三杯酒下肚，仰天一声长叹，哪怕是像老师混个右派当当也好过这么平平淡淡呀，我痛苦地大叫。

老师拿一张餐巾纸当成宣纸，挥笔给我写下了一首诗：

不要说，

生不逢时，

命运薄。

人生的路，

你才走了几何？

　　夜深了，天气很冷。我搀扶着老师，在马路上摇摇晃晃地行走。我们的眼睛和路灯一样，都散发着迷蒙的红光。

　　当时的意境，很像大诗人艾青他们，当年在雪天寒冷的夜里，寻找酒馆的情景。老师背着当时艾青的名句跟我说：哥们儿，咱们找酒馆去！

　　第二天，太阳升起的时候，一切依然如故。邵教授还在好好地教着他的写作概论，我却不想好好地跟他学了。我觉得这种知识对我没用，按照写作概论去写文章，写出来的都是虚假的屁话。邵教授说：我总得吃饭呀，不教这个又能教什么？我知道大学中文系里肯定教不出作家来，就像庙里修不出佛来，是作家是佛，在哪里都会成为作家成为佛。但是，学校和庙是社会结构的一部分，我们必须要办学，我们必须要修庙，我们要培养人才修炼心灵，人的精神境界和文化修养总是要提高的，不能说培育不出作家和佛来，我们就废除教育拆掉庙宇。

　　邵教授那晚虽然喝醉了酒叫我哥们儿，但是我始终不敢叫他哥们儿，按辈分我应该叫他大爷，但是我就想叫他哥们儿，觉得那样很合我们的感觉，一定很痛快。他讲完课，就走到后面我的座位旁，坐下和我抽烟。我不是像中学生一样个子高才坐到后边，大学里反正上课随便坐，我坐到后面，方便抽烟或搞一些小动作，尤其是邵教授上课时，我不喜欢听，可以随便站起来就走，到酒馆里去等他,点好菜,烫热了酒,邵教授一下课,我们就可以喝上,喝完他结账。

精神污染,和九月九日因为给毛主席默哀三分钟,搅饭局,和告诫成教授"败兵之将,不可连战",这些事件,都没有影响顽童邵正午教授给我们正常上课,虽然我不去正常听课。没人能扳倒他,让他再走回从前右派的日子。

但是他也不是没有麻烦,一个从吉林来进修的女诗人那米,刻骨铭心,爱上了我们的顽童教授邵正午。

我现在离开那个时代已经二十年了,我在追忆那个似水流年的故事,有时我过于裸露真实的性情,阅读的人,对写书人的叙述,可能都有点心灵感到不安。但是,我与当时的女诗人那米大胆的描述相比,不但落后了二十年,而且也略显得拘谨和恐慌不安。先锋就是先锋,我有时就感到力不从心,无法争锋。还是别掉书袋了,看看那米的诗到底是啥货色。

无题

男人走进男人的厕所里

为了表示男儿堂堂

要放尽量把屁放响

响声过后

我们就看到精液

在地上　漫无边际地流淌

　　就是写这种风格的诗的那米，把我的老师邵正午教授爱得死去活来。我的老师家里有三口人，他的女儿邵小满是我的同学，不但是诗歌爱好者，而且和那米是死党，写同一风格的诗，也同样是艺术先锋，同样生活前卫。小满坚决支持那米爱她爸爸，但是有一个人坚决反对，那就是我的师娘，小满的亲娘。

　　本来，老顽童邵正午教授已经要接受那米的爱了，其实他在心里早就接受了。那米很年轻漂亮，和他女儿站在一起，比他女儿小满还出色。哪匹老马不喜欢吃嫩草呀。其实他就是怕我师娘反对，果然我师娘知道了便表示坚决反对，而且她第一个断绝关系的不是我老师，而是她的女儿小满，师娘骂小满丧尽天良，背叛老娘，竟然要活生生地拆散父母的姻缘。

　　我知道老师什么都不怕，政治、法律、道德他都不怕，都经历过了。他就怕自己的良心。所以师娘一骂他还有没有良心时，他就怕得发抖。

　　老师当年被当成右派回乡下改造时，他对自己的前途已经灰心丧气了。那时，我的师娘，一个小老师十几岁的乡下美丽姑娘，认准了这个失意落魄的读书人，她冲过层层防线和老师结了婚。当时我的右派老师真是喜从天降，感恩戴德，他觉得能够娶上师娘这样美丽贤惠的女人，这右派当得很值，他甚至感谢这次当右派的机遇，否则在大学里，也不一定能娶上这么美好的妻子。于是，他就心存感激地以良心作笔名，给师娘地老天荒、海枯石烂地写了几十年感恩的诗。师娘把每一个字都完完整整地收藏起来了，本来以为，一直白头到老，他们的婚姻都可以是铜墙铁壁，没想到，那米这个小诗人竟然要把这个堡垒给攻开了，而且女儿成了内奸还和她里应外合。

　　那天喝酒，老师真的喝多了，他痛苦万分地向我哭诉：那米是多么好的一个女诗人呀。你说，我找一个女朋友，你师娘为什么不让？

第二十二章

想 象 的 天 空 有 一 匹 马

　　我原来的马老师，现在的师姐，我叫她马姐。是她叫我这么叫的，她说那样感到亲近。马姐是学生会的干部，这不重要，重要的是她已是学校很有名气的诗人。在二十世纪八十年代初，诗人和作家的江湖地位，就像现在的那些明星们一样，几乎受到天下人的推崇，甚至比现在的明星还崇高。那时如果写了一首诗，哪怕一句，被天下人传诵，你就成了人们顶礼膜拜的神明。可以说，到馆子里吃饺子都不用给钱。有一次，童话诗人顾城来我们学校参加诗会，那规模，简直像开了一次隆重盛大的庙会。不管哪个系的，也不管老师还是学生，反正全校都轰动了，全校都沸腾了。就是因为他写了《一代人》：

黑夜给了我黑色的眼睛，

我却用它寻找光明。

　　其实，文化人的灵魂更容易被思想征服，就像没文化的人的灵魂容易被金钱征服，幼稚的人的灵魂容易被明星征服一样。

　　我上了中文系使用的第一个成语就是爱屋及乌。因为喜爱马姐，我也就喜欢上了她喜爱的诗歌。后来，我有一天，在海口听到了港台流行进来的一首歌，有一句词叫"因为爱着你的爱"，一下子就震颤了我的心灵。在那以前我和所有愚昧无知的人一样，以为世界的中心在中国，那么汉语的优秀文化中心也在中国。其实扯淡，像爱着你的爱，能炼出这么通透语境的句子，在当时我正叙述这个故事的年代，没有人能够达到这个高度。我能悟到，但是用文字表达不出来，尽管，我有时一夜不睡觉，在喝醉了酒的亢奋中，能写出六十多首诗。

　　我一夜能写六十多首诗，尽管后来我没有成为大诗人，但是我像先驱一样，我的事迹成了一个美妙的传说。据说，现在还激励内蒙古民族师范学院中文系一代又一代的学弟学妹们，踏着我的足迹，前赴后继。在没有诗歌的年代里写诗，就像在没有军队的国家里，迈着军人的步伐一样。

　　那天，学校和《荒原》诗刊联合举办了马姐的个人专题诗会。

据说，这是学校开天辟地头一回的大事。当时中国的诗坛上，女诗人有"南舒北马"的说法，舒是大名鼎鼎的舒婷，在南方福建厦门的海岛鼓浪屿上。马就是北方科尔沁草原的马兰花，我马姐。她们两个的出现和呼应，证据确凿地证明了一个真理：大海和草原是怀孕诗歌的子宫。

马姐在她的诗会上表现得美丽出色。那些后来的歌手在他们的演唱会上比较成功的表演，都有马姐当时的影子，她对后来者的影响太大了。我喜爱她那一身红袍子。社会上来了一些大名鼎鼎、如雷贯耳的大诗人，一个一个上台或是朗诵马姐的名诗代表作，或是朗诵自己创作赠送给马姐的诗，但是他们在我眼里都成了一个一个小黑点，变成了省略号。我的眼里只有马姐。马姐慢慢地变得模糊了，一匹小红骒马活跃在诗会的讲台上。我激动，我颤抖。

我即兴创作了一首诗：想象的天空有一匹马。

我像脱缰的野马一样冲上台，就手舞足蹈地吟唱表演起来。其实追本溯源我的祖上，我应该是行吟诗人的后代，所以，我的朗诵很像马背上醉酒的行吟诗人。我打破了那些做作的娘娘腔的声调，甩出了高亢粗放的蒙古野调。无招胜有招，我的任意妄为，竟然阴差阳错打响了。我把那些自命不凡的诗人给震惊了。他们给了我狂热的掌声和呼啸。

　　原来按计划安排的是我朗诵马姐的成名作《致草原》，但是诗人是没有程序的，诗会也就没有了程序。马姐以为我这首诗是在赞美她，激动地站在台上，深情地看着我，和我一起沐浴着掌声。

　　马姐的诗会开完就是酒会。酒会上大家都说我的诗写得好，朗诵得也有激情，个性超群，于是边敬酒，边又让我朗诵诗。我朗诵了多少首诗，喝了多少酒，我自己不知道，别人也不知道。因为酒桌上已经没有清醒的人了，包括所有的诗人。据说，那天晚上由于我们把空气都灌醉了，为我们服务的服务员，至少有两个受熏陶后来成了诗人。又由于我像明星一样奔放的激情，有一个差一点为我献身，成为我的女朋友。那天晚上我诗情澎湃，心中烈火燃烧，我还怎么能够睡着觉？我骑上自行车歪歪扭扭地就在寒冷的夜幕中失踪了。

　　早晨天快亮的时候，在火车站的候车室里，我被马姐强力推醒了。她和很多醉得不太厉害的诗人们找了我一夜。我懵懵懂懂地睁开眼睛，见马姐抱着我的自编诗集正在感动得流泪呢。原来这一夜我并没有睡觉，我写了六十多首诗，一大半的内容都是写给马姐的。马姐动情地念起了我那首《想象的天空有一匹马》，念着念着，情不自禁地在火车站的候车室里，大庭广众之下，就在一九八一年的冬季某日的早晨狂吻了我。由于喝多了酒，记不清具体日期了，但我能记清这是我处男的初吻。我喜出望外，我热泪盈眶。从此在我人生的味觉上，幸福的味道永远是苦杏仁雪花膏的味道，无论吃多少蜂蜜，都去不掉那种醉人的苦味。当时在火车站里，那些赶火车的人，看见我们胸前戴的校徽，就很羡慕地说：你看这些大学生，真开放，在火车站就亲嘴。有的接受不了就说：快闭上眼睛别看了，会得红眼病闹眼睛的。我和马姐旁若无人地搂着、亲着，连车站派出所的警察都不怕。

这次诗会，托马姐的福，我认识了《荒原》诗刊的编辑，大诗人野马。野马在《荒原》上，头条发表了我的组诗《想象的天空有一匹马》。立即轰动，我头上戴上了诗人的桂冠。我是诗人我怕谁？这句话不是吓唬人，我真的谁也不怕。就像后来王朔大兄的名言：我是流氓我怕谁？很多傻瓜来争论这句话，结果把这句话争论成了名言，把大兄王朔也争论成了名人，其实我告诉你们，流氓就是谁也不怕；如果怕，他就不是流氓。

第二十三章

上 铺 来 了 个 万 元 户

一九八二年，大约是在冬季，当我们班女生斯琴把她的老乡，一个她的中学同学领到我们宿舍时，我当时大开眼界，平生第一次见到了一个万元户，一个最有钱的人。这个家伙极其时尚地赶着一九八二年的时髦，穿着紧身的大喇叭筒裤子，红线衣领子和袖口露在外面，一块很招摇的十七钻的梅花手表，卡在线衣的红色袖口上，闪闪发光。他留着那年头只有社会痞子才敢留的波浪长发，上嘴唇留着一撮小胡子。那副造型，让人看了，常常会往原始社会遐想。我自己至今都不可理解的是后来流行开来，我也曾是这样一身扮相。我们的副校长，那个在枪林弹雨中留下满身伤疤的老革命，在一次要开除我的谈话中，代表党大失所望地教训我说：你看你这个德行，后面看像个妇女同志，一回头还有小胡子，你哪像个大学生？

斯琴把这个叫道尔基的家伙领到我们宿舍，我就和道尔基成了互相看重的朋友。斯琴和道尔基不是我们科尔沁那片草原的，他们是从锡林郭勒草原来的。其实，斯琴把她的老乡领到我们的宿舍来住，不是因为我的关系。和我同宿舍的张有，是斯琴已经公开的男朋友。张有没在，等于我为她签收了。因为我和道尔基这家伙一见面就对脾气，况且人家又是万元户。

这是一个飘着雪花的寒夜。外面，零下四十多摄氏度的天气，出不了门，道尔基要请我出去吃涮羊肉的计划实施不了，让我大失所望。不过想喝酒的人，总是有办法喝上酒的，我用电炉子和饭盒，煮着道尔基带来的羊血肠和我的方便面，道尔基从包里拿出两瓶草原老白干，我们就干上了。

我问：我说道尔基，你是万元户，是我见过的咱们草原上最富的人，有钱了你想干什么？

道尔基：我还想赚更多的钱。

道尔基问：你是大学生，读完书你想干什么？

我说：我想写书。

道尔基问：你真的能写书？

看道尔基那神色，幽黄闪亮的蒙古种目光专注地看着我，比我看他这个万元户还神圣。

我自己一扬手喝进一杯，傲慢地说：什么叫真的？我肯定能写书，而且写得比现在看的这些书一定还要好看。我发誓我将来到四十岁的时候，一定能写出一本我自己都没看过的书！我说你这个家伙，赚多了钱，也到大学来读点书吧。

道尔基说：我连高中都考不上，才去做生意的，还怎么能读大学呢？我看你是喝多了，拿我开心当一道菜吃。

我说：你当然可以，我们学校每个系每个班都有自费进修生名额，不用考试，不过，他们来进修的大多数都是有背景的，学费由公家出。你是万元户自己出没问题。

道尔基豁然开朗，觉得我的提议非常可行。

他说：我要感谢你，赚钱的事到哪里我都有办法，读书我总找不着门，来，我敬你一杯。

我说：斯琴没跟你说过？

道尔基说：她上大学以后，我这是第一次见她。

我说：那，这么说你们两个以前不是一对？

道尔基：我还想问你，你们两个是不是一对？

我说：你们两个要不是，我就告诉你吧，我跟她也不是一对，她已经有了男朋友，是个汉族学生，叫张有，就睡在你坐的那个床上。

这时我和道尔基已经干进了一瓶，他可能喝多了，他说要给我讲斯琴他爸打她妈的故事。我不知道什么毛病，对这类故事特别感兴趣。

道尔基说：马倌巴特尔也就是斯琴她爸，在我们锡林郭勒草原不是一个有出息的牧马人，他牧马的成绩一般，从来没受到过政府的表扬，但是他打老婆的名声很大，常常遭到老人们的咒骂。巴特尔打老婆，从来不在屋里打，也不在夜深人静的时候打，基本选定的时间都是在炊烟袅袅，饭菜飘香、每户人家都在吃晚饭的时候。巴特尔像马一样，把老婆拉到院子里，在老婆高亢的尖叫声中，开始打。巴特尔打老婆用的第一道工具，常常是生铁铸造的炉钩子。好像是他正在忙着做饭或者喂狗呢，老婆惹怒了他，他来不及放下炉钩子，就开始打老婆了。一般的习惯是，人们正在吃饭时，听到巴特尔老婆的尖叫，扔下碗筷就向巴特尔家跑来，如果很长一段时间牧村里没有听到巴特尔打老婆的尖叫声，牧民们就会很不习惯，吃饭不香，心里很失落，即使吃完饭，也消化不好。

来看热闹的人多了，巴特尔挥舞着炉钩子就要向老婆的身上打去。这时看热闹的人，就有人劝解说：巴特尔，你个牲口人，打老婆不好用那铁炉钩子打脑袋。巴特尔听了，像受到了鼓励，就用铁炉钩子向老婆的头刨去，老婆的头一下子就喷出了血。巴特尔的老婆发出了令人恐惧的尖叫声。

　　看热闹的人就再劝：巴特尔你个牲口人，真用铁炉钩子刨老婆的脑袋，你看打出了血吧，她要真该打，你为啥不用鞭子抽她？巴特尔被提醒了，扔下炉钩子，进屋就拿出了马鞭子，向老婆的身上抽去。

　　这时看热闹的人群里，有德高望重的老者说话了：巴特尔，你个牲口人，放下你的鞭子，那是你老婆，你以为是你放的马呢，打老婆哪有这样打的？她有哪些地方做得不对，打她两个嘴巴就行了，干吗一家人，还要动家伙往死里打？巴特尔从打老婆到现在一句话也没说，只有老婆在恐惧地尖叫。这时巴特尔说：看在老人家给你讲面子的情分上，我不打死你了，但是我也不会轻饶你。说完照老婆的脸，就是几嘴巴。

　　这时看热闹的人群里，就有人问了：巴特尔你个牲口人，你为啥要打老婆呀？

　　巴特尔气愤地说：我放了一天马，饿着肚子回来，家里的锅还是冷的，孩子们也快饿死了。

　　看热闹的人也跟着气愤说：这老婆真该打，为啥不给男人和孩子做饭？

　　巴特尔的老婆停止了哭声，说：家里没米，我用啥做？

　　人们恍然大悟，马上回家都端来了同情的米饭。

　　我总觉得巴特尔打老婆表演的成分多，人不多他不打，好像气氛不够似的。后来他家的两个女儿都走出了草原，斯琴上了大学，高娃当了演员，受她老爸的影响当上了表演者。

　　道尔基讲完，我说：道尔基你讲的故事真是精彩，斯琴现在是学生会的文艺部部长，在学校是比程琳还红的歌手，也是一个表演者，这家庭教育真重要啊！

　　道尔基说：这不是我讲的故事精彩，是斯琴他们家的故事精彩，这是一个会表演的家庭。

　　我说：你自己的故事也一定很精彩吧，你是做什么生意成为万元户的？

　　道尔基自己干进一大口酒说：贩马。

　　这道尔基确实是一个马贩子。那时候马贩子贩马，比现在厦门赖昌星他们走私还危险。其中一个危险是，如果马队遇上白毛风，也就是暴风雪，可能一夜之间连人带马全部冻死在冰天雪地里。但是这天灾不是最危险的，最危险的是人祸。在草原上，每一片草原都界限分明。我们内蒙古草原和蒙古的边界是用拖拉机翻耕之后，拉上五道铁丝网；内蒙古各个草原之间，一般拉上三道铁丝网。道尔基他们的危险就是进入我们科尔沁草原之后才会发生。那时草原之间最怕的就是马群带来传染病，现在欧洲流行过来的词语叫口蹄疫，我们那时叫四号病。道尔基他们赶着马群，一定要通过我们科尔沁草原，才能到达汉族地区的辽宁或者吉林、黑龙江。原则上我们绝不让他们通过，如果有锡林郭勒的马群过来，被我们的兽医检查出有四号病，草原上就会被挖出一排大坑，找来边防军帮忙，用机枪把马群全部枪毙，然后埋掉。如果赶马人抗议，就有可能被套马杆套上，被马背上的人在草地上拖死。

　　贩马一般都是在过年的前后进行，因为过完年，买马的汉族地区就要开始春耕了，这时的价格最好。而且，道尔基他们卖掉的马也是最好的，一般都是六岁口左右。我说过，马的二十岁就是人的一百岁。六岁口的，就是相当于人三十岁的年华，正当年富力壮。道尔基他们对马比对人还熟悉，用手抠开马嘴，看牙齿就能知道是几岁口的。

　　道尔基成了万元户这一次，几乎是用命换来的。当时，他们从锡林郭勒盟草原西乌珠穆沁旗的乌拉盖，也就是张承志下乡写《黑骏马》的地方，刚进入我们科尔沁草原的霍林郭勒就被巡牧的抓到了。

　　当时，抓道尔基他们，领头的是女民兵连长白音花。道尔基和白音花认识，他们曾经在呼和浩特一起参加过全区的基干民兵大比武。这次见面，道尔基假装老熟人一样，拿出一百块钱，给大家买酒、买肉，他说：我和白音花是老战友，今天请大家喝酒，我们后面还有三百匹马，明天到了，兽医检查完，一起赶回锡林郭勒草原去，我们不出境卖马，我们不想给老战友惹麻烦。

　　基干民兵连的人，就连连长白音花自己都觉得没有多大问题，自己认识道尔基，后面还有马队，道尔基又这么懂道理，深明大义，就都放松了警惕，喝起了大酒来。白音花甚至在心里对男人气十足的道尔基很爱慕。

　　半夜，道尔基投其所好，钻进了白音花的蒙古包里，趴在了白音花白花花的裸体上，白音花风骚地抱紧了公牛般的道尔基。在白音花蒙古包的颤动中，道尔基他们的马队绕开民兵连的醉鬼们，悄悄出发了。

　　早晨，幸福的白音花从道尔基的身体下爬起来，发现静悄悄的，外面的马队已经失踪了。

　　白音花勃然大怒，骑在马上，一挥套马杆就套住了道尔基，打马就拖着道尔基跑了起来。跑到没人的地方，白音花下马把道尔基拉上马，说：你走吧，这次饶你一命，是报答昨天夜里的感情，下次再抓到你，你就没命了。

　　被拖得半死不活的道尔基，骑到下午才追上了马队。第二天，他们在内蒙古和黑龙江的交界处，将马队交给了等在那里的车队，一百多匹马被装在十辆汽车上，道尔基赚到了一万多块钱，成了不可一世的万元户。

　　道尔基端起酒杯，喝了一大口，遗憾地说：当时白音花送给我的那匹马，应该卸掉笼头和鞍子放回去，但是自己贪财，把那匹马也给卖了，结果汽车上了大兴安岭的山路，眼看着那匹马被从车上甩出去，掉进了山崖里。马也失去了，白音花这个色也失去了。

他一口气把剩下的酒干完，感慨地说：我对不起白音花呀，你不知道白音花那个女人，搂着她睡觉有多舒服，她真是一只骚母狗呀。

我说：道尔基，你这个马贩子万元户，简直就是一个英雄，英雄不要气短，来，干杯！

道尔基说：但是男人就是离不开女人和马，离开了就会想，兄弟你还没上瘾，你不知道这滋味有多不好受。

我说：道尔基你真直接，我也是总想女人和马。

我们两个喝醉酒的人摇晃着酒杯，哈哈大笑，一种畅快和坦荡震颤着雪夜。

深夜里，张有披着一身雪从阅览室回来了。张有和我一个宿舍，是同学，但不是好朋友。当然不是因为我是蒙古族人而他是汉族人，我们学校民族团结得很好，很让党中央放心。我们之间的别扭是在刚上大学的时候，我给他起了一个无中生有的外号。当时老师点名叫张有时，我的脑海里想起了我妈常骂我们八兄弟的话：张飞他妈无事生非。我的脑海里就非常搞笑地盘桓着一句话：张有他妈无中生有。我自己就控制不住地在班级笑了起来，那天刚好是老顽童邵正午教授上写作概论课，他叫我站起来，问我有什么开心的事，自己大笑，干脆讲出来跟全班同学一起分享。我就把"张有他妈无中生有"讲了出来，邵教授领着同学起哄般地开心大笑，但是我发现有一个人没笑，就是张有。他气愤填膺，像他古代的堂兄张飞一样对我怒目圆睁。我觉得不妙，从此无中生有成了张有的终身外号，我也把张有得罪了，我俩又是一个宿舍，但是几乎一个学期，无论在宿舍还是在教室，他都不跟我讲一句话。当然现在好了，张有也习惯大家叫他无中生有了，甚至有时他还自己调侃自己，但是我们俩就是成不了朋友。这小子记仇记得很死。

当我把道尔基介绍给张有，炫耀般地重点强调他是万元户时，我和道尔基发现，张有像被雷电击中了一样，目瞪口呆。我和道尔基一起请张有喝酒。张有的酒量不高，但是面对着女朋友的老乡，一个神话般的万元户，他喝多了。

第二天早晨醒来，我发现张有一夜没睡。他很激动，不是诗人却给道尔基写了一首诗，他站在床头朗诵给因为醉酒躺在床上的我和道尔基听：

昨晚 我的上铺

睡了一个万元户

我感觉到了

金钱的沉重

和我对金钱的疯狂嫉妒

因为金钱

我会成为一个人的奴仆

尽管我们都在和命运赛跑

但是我追不上

金钱那闪光的速度

宿命已定

我知道

即使睡了上铺

我也不会成为万元户

呜呼

我只能呜呼

道尔基觉得这诗人张有真是一个有趣儿的人，大学真是一个

美妙的地方。他喜欢上了这里。道尔基喜欢大学没有错，大学里，
和他们那些马贩子，在冰天雪地里赶马，是截然不同的两个世界。
但是，他不应该喜欢大学生斯琴，因为斯琴已经被张有提前喜欢
上了。

　　在道尔基住我们宿舍的第三天，我放学回宿舍，见张有抱着
一抱书在敲门，我说：你没带钥匙吗？不用敲了，我来开门。我
见张有拿着钥匙，张有说里面反锁上了，开不开。我开了半天，
也没开开，又敲，也没敲开。我拉张有绕到后面去，窗台很高，
又拉着帘，但是上面有一块玻璃露着，我用肩驮着张有，我说：
你看看谁在里面，在干他妈啥。

　　张有从我肩上跳下来，一声不吭，就在雪地里愤怒地绕着圈
儿狂奔。我问他是谁在里面，他不说。我就自己爬到了窗台上，
往里一看，马上全身热血沸腾，怪不得张有那么气愤。原来道尔
基正在和斯琴做爱。斯琴跪在床上，动作像一匹骒马一样挺胸抬
头，道尔基站在地上，像一匹公马一样，裤子掉在了脚下，那形
象比任何一匹公马都难看。他们嘶鸣着，高亢地运动着，和我每
年春季在我们牧场看到的马圈里配马的动作一模一样。我常听说
养狗的人，时间长了，撒尿会像狗一样抬着腿尿，没想到道尔基
这个马贩子，做爱竟也像马一样。人真是一个聪明的动物，模仿
动物的能力竟然都这么强。

我跳下窗台，追上张有。我说：熊种，你他妈跑啥？你还不去收拾他！

张有窝囊地说：你看道尔基那块头，我能打过他吗？人家又是万元户，反正斯琴跟了他，我就不要了。

我说：操你妈，你裤裆里的那个鸡巴东西白长了，让我看看你到底长没长？你这个无中生有！

我把张有按在雪地上狠狠地踹了几脚，又抓起雪来，往他的裤裆里灌。

张有趴在雪地上，哭了起来，他说：我怎么办？

我豪迈地说：先揍他一顿再说。

张有说：我说过了，打不过他。

我又仗义地说：还有我，打不过也要打，这是男人的尊严。

张有爬了起来，说：你帮我打？

我说：走吧。

我们回到宿舍，门已经开了。斯琴正在狼狈不堪地整理着她的衣服，道尔基心满意足地提着裤子。张有被我推到了道尔基的面前，道尔基一把搂过张有，说：大学生，再找一个女朋友吧，这个斯琴是我的人了，我刚和她干完，她已经很脏了。

张有想打他，想反抗，但是被道尔基夹着脖子喘不上气来，只是挣扎却动弹不得。

　　我上前，一把搂住道尔基的脖子，用膝盖顶住道尔基的后腰，一用力就把他摔倒在地上。张有趁机跑了。道尔基爬起来很惊诧地说：我操，你们大学生还打人？

　　他正要跟我还手，我发现道尔基的耳朵开了花，他的耳朵一下子就很破碎了，美丽的鲜血就尽情地喷洒了出来。斯琴发出了惊慌的尖叫。我觉得莫名其妙，突然看见，张有手里正拿着一块沾满了鲜血的板砖，已经吓傻了。大家都明白了，原来是张有趁机下手了。我一脚把张有踢出了门外，聪明的张有，立即就借着劲儿跑没影儿了，其实，我们过低地估计了马贩子道尔基的风度，他没有像我们想象的那样，追出去拼命。他没动，一动没动，只是用手捂着耳朵说：我操，这大学生下手更黑。

　　道尔基的鲜血没有白流，斯琴像对英雄一样，边给他擦血，边说出了一些崇拜他的话。

　　张有的一砖头，为自己拍出了男人的尊严，却也拍走了女朋友斯琴。

　　几个月以后，我们班的同学斯琴，变成了孕妇斯琴。放暑假的时候，十九岁的大学生斯琴，在光天化日之下，竟然胆大包天地在医院生下了一个儿子。斯琴被学校开除了。

　　开除斯琴那天，老革命副校长来到我们班级训话：老子给你们班招生时招来了三十一个学生，刚念两年半，就变成了三十二个，竟然他妈的给我生了一个小外孙。这个斯琴真给我争气，你是让我感到骄傲，还是让我感到羞耻？现在是计划生育年代，你们大学生难道是文盲吗？还是法盲？

我那天很同情地看副校长因为气愤而全身颤抖，那时我才深刻地感觉到了斯琴和道尔基的罪过。我相信这个革命老人在枪林弹雨中没有颤抖过，但是在道德和校规面前竟然显得这么脆弱。

当然，那天斯琴已经不来班级，她不可能带那个老革命副校长的小外孙来到班级，她已经走了，和马贩子·万元户道尔基，带着孩子，据说去了北京。我很想补充一句，那个孩子·是他们性欲的结晶，但是我确定不了他们有没有爱情。

三年以后，北京出了一个红歌手，就是斯琴。

第二十四章

荒 原 浪 漫

　　暑假里，受马贩子道尔基的启发，当然也有嫉妒他赚钱容易的成分，我异想天开让马姐跟我去贩马，我说我想赚钱。马姐是带工资上的大学，她不缺钱。但是他们三年制属于大专，明年就毕业了。马姐很快乐地就接受了，她说，最后一个暑假跟我的巴拉弟弟去浪漫一回。

　　我和马姐回到牧场，找到了特格喜场长。我们说，要替牧场到汉族地区去贩马。特格喜场长听了，惊诧得本来小牛一样的眼睛，睁得就像大牛的眼睛一样大了，半天都不合上，他的眼珠在眼圈里转。他说：我没听错吧，我们牧场，两个像骄傲的骏马一样的大学生，要去做马贩子？他又拽拽自己的耳朵。我是喝醉了没醒酒呢，还是在梦里，这不可能是真的吧？我有点不相信我自己的耳朵。

马姐说：特格喜场长你就别演戏了，你没听错，也没喝多，也没做梦，我和巴拉弟弟就是要去贩马。做马贩子也不丢人，我们要自己挣钱。

我有点怕特格喜场长，胆怯地说：特格喜场长，我们是学生，就是想自己挣一点钱。

特格喜场长火了：狼崽子，你没良心，难道你没有钱花了吗？场部可以再给你们钱，难道我没给过吗？你们别去丢我的脸，说我特格喜当场长连两个大学生都供不起，马老师你不是有工资吗？

马姐见此路不通，就改换思路说：特格喜场长你别生气，我们是中文系的大学生，我们要体验生活，我们要过一下艰难的日子，锻炼自己，这是学校叫我们实习。

特格喜嘲笑我们说：实习也不能去当马贩子，难道你们学的是怎样贩马吗？真是越读书越有出息了，苦日子你们还没过够？人家都往好日子奔，你们干吗却想去找苦日子过？

我和马姐商量了一下，和特格喜场长讲道理是讲不明白的，但是他讲情面，我们就死缠烂打。特格喜场长没办法，就给了我们五匹马，告诉我们：遇上狼群就丢掉马喂狼，自己跑回来保住大学生的命，别让国家白培养了你们，场部损失五匹马是小事，算我白喂养了五匹马，你们的命比马命贵重。

我很兴奋：放心吧，特格喜场长，我们保护马，就像保护自己的身体一样，人在马就在。

特格喜场长：你别像没拉过车的儿马子一样，只会叫，到时候，你驾上车带上夹板就知道啥叫哭了。

我们出发了，凭着一腔激情。

我们走上了从内蒙古去辽宁的百里瀚海。"瀚海"是说得好听的词，实际就是荒漠，这是当年奉系军阀张作霖的罪证。这个辽宁的老毛贼，派屯垦军到内蒙古草原来开荒种地，种了一茬庄稼，打下粮食就拉走做军饷去打仗了。结果草地的植被被破坏了，黄沙像从潘多拉的灾祸之匣里放出来的魔鬼一样，开始残害草原，给我们后世留下了百里蔓延的荒漠。为了不让他们开垦草原，我们的民族英雄嘎达梅林跟张作霖曾经狠狠地打了几仗，但是他已不比当年一代天骄先祖成吉思汗的威猛了，他打不过张作霖。现在北京的春天风沙滚滚时，有一半的沙粒是我们这百里瀚海无偿供给的。后来听说，坐在北京治理沙尘暴的环保专家们，呼吁追封嘎达梅林为草原环保之父，我觉得这是一件没有意义的事情。

不过刚刚走进沙漠，我们觉得辽阔、壮观。我们的心房在城市里已经挤压得沉重不堪了，一走回这沙漠上，就有一种控制不住的奔腾感。马姐也是，她心旷神怡，她说如果有一双翅膀，她

真想飞翔。她说这话时，神情专注，两片嘴唇厚厚的，像两只小红鸟一样。我出神地看着她的那两只小红鸟。自从诗会那次，马姐在早晨的火车站吻了我，我总觉得意犹未尽，看见她厚厚的小红嘴，我就有一种要上去吻的感觉。但是马姐总是像忘记了过去一样，不给我机会，我又不敢主动上去吻。草原的男人就是这样，一受到了文化熏陶，斯文起来，本来是一个连狼都不怕的大男人，现在竟然怕一个女人的小红嘴唇。马姐平时的嘴唇是血红鲜嫩的，今天走在沙漠上，风沙一吹，竟然有一些沧桑感。我的心中生出一种无比的疼爱、怜香惜玉之情。我和马姐拉着马走，走在像肚皮一样柔软的沙漠上，很性感，也很累人。

谚语说：

草原上骑马，就像大海里行船；

沙漠上牵马，就像运河里拉纤。

我们骑不动马，就只能像纤夫拉船一样牵着马走。这也正中我的下怀，我可以慢慢悠悠地和马姐边走边调情。

她看我总是蠢蠢欲动的样子，像一只叫春的公狗。马姐似乎什么都明白，她说：巴拉弟弟，你的才华让太阳晒蒸发了，还是让沙漠吸干了，你怎么不写诗？

我说：早就写好了，就是不敢发表？

马姐说：先念出来，让我听听，审审稿。

我说：好，你要先答应我，听完后，给我发表。

马姐说：那得看诗好不好。

我说听着，就充满激情地念了起来。题目是：黑森林想念小红鸟。

我的黑森林

想念你的两只小红鸟

念了两句，我心慌意乱地偷看了马姐一眼，见她停下不走了，一下子躺在沙漠上闭上了眼睛。我吓坏了，跑上去抱住了她。我叫：马姐，你怎么了？

马姐没有睁开眼睛，红红的嘴唇动了动，说：好诗，比喻绝妙！傻弟弟还不马上发表？

我喜出望外，一口就叼住马姐的红嘴唇。她一颤抖轻轻地叫了一声。我知道肯定咬疼了她。

这首诗发表得精彩，很长时间以后，我们上气不接下气地分开了嘴，我觉得不但嘴痛，舌头根也痛，牙根发痒。马姐跟我亲吻时，不断地哼哼着要舌头。马姐的嘴唇又鲜嫩起来了，下巴却

被我的胡子扎得红红的。其实我虽然才十九岁，但是，我却长出了一把浓密的黑胡子，这胡子虽然与我那还有一点幼稚的脸不相称，就好像在秋天的草地里长出一个夏天的西瓜，或者是年画里的那种古人。但是我的胡子却很茂盛、坚硬挺拔，再配上我飘逸的长发，我说我不是诗人，别人都以为我骗他。

马姐是一个很风骚的女人，她不让我吻她了，她开始不停地吻我。她让我按照刚才那首诗的意象继续比喻下去，比喻出一个，她说她就奖励给我一个吻。我灵感大发、文思泉涌、滔滔不绝。

我的黑森林
想念你的小红鸟
就像黑夜
想念星星

一阵奖励，一阵销魂狂吻。

就像蓝天
想念白云

又是一阵奖励，一阵销魂狂吻。

就像草地

想念阳光

一阵又一阵。

就像奶牛

想念牛犊

就像我

想念小红骒马

……

我比喻不下去了，我开始摸马姐。她全身柔软嫩滑，两只乳房真是硕大无比呀，我想，如果马姐是奶牛，也一定是那种产奶量第一的，劳动模范型的奶牛。马姐的腰细长，屁股却大得和乳房上下呼应。我像牛犊一样吃她的奶子，她脸上红晕乱滚，兴奋得嗷嗷吟叫。我又扒下了她的裤子，她的裤裆里像发了水一样浸泡上了她的黄色沼泽地。马姐是正宗的蒙古血统，身上的毛包括头发都是黄色的，而且带卷儿。我太性急了，莽莽撞撞地一头扎了进去，可能是撞在了墙壁上或者呛了水，反正还没进去，我就痛哭流涕起来，然后马上就偃旗息鼓了。风骚放浪的马姐很难受地呻吟着怪我：你害死人。

我和马姐都口干舌燥，都全身疲软，都烈火燃烧。她让我给她拿水喝，我摇了摇水壶，带的水已经没有了。我们草原上到处是河流，没想到，这沙漠里我们走了将近一天了，竟然没有见到一滴水。

我站了起来，高天苍苍，荒漠茫茫。这是午后正热的时光，我们像进了一个大火炉里被蒸烤着，空气里连一丝清凉的风影都没有。我到哪里去找水？

马姐说：巴拉不要找水了，这荒漠上没有河流。她指着身下说，从这里往下挖沙土。我和马姐的关系就是这样，一到了紧急关头，她就是老师，我就是学生。果然，我在干燥的沙土下挖出了湿土。我继续挖，在湿土下，挖出了芦苇根。我惊喜得大叫，我真是学生，老师就是老师。我怎么没想到，小时我们也常常到沙漠里来挖芦苇根吃，这东西又甜又脆，水分很多。可能以前我们这沙漠是芦苇荡，让张作霖给开垦了之后，芦苇长不出来了，它的根没死，就开始在沙土里，以另一种生命的形式生长。我今天挖出的芦根特别粗，特别长，特别甜，水分也特别多。我和马姐吃得很饱，也很解渴，我又来劲了，扑向马姐。她推开了我说：别骚了，保留身上的水分别蒸发掉。然后，把我拉进我挖开的湿土坑里，她说：凉快一会儿赶快赶路，要尽快走出沙漠。

我们拉着马，继续向前走，继续渴着。我先是边挖着芦苇根边解着渴。但是并不是每片沙漠的下面都有芦苇根，我们已经走了很远了，我还没有挖到芦苇根。这片地方，沙化前就一定没有芦苇，可能是生长别的草类。

　　我总是情不自禁，用干干的嘴唇，去吻马姐也是干干的嘴唇，我想滋润她。我们有一点神情恍惚了，走着走着，拉马的绳子就从手里掉了下来。我偶尔清醒一下，闭上眼睛走路，怕马跑丢了，就想了一个男人的主意，把马互相之间都拴了起来，然后把绳子拴在我的腰上，把绳子的另一头拴在马姐的腰上。那几匹马虽然也渴了，但是它们的耐力毕竟比人强，还显得很精神，很有力量。

　　正恍恍惚惚往前走着，突然就是几声清脆嘹亮的乌鸦叫声，把我和马姐唤醒了。我们发现，前面竟然是一片绿油油的草地和白亮亮的河流，鸟儿们在上下飞旋着。我和马姐解开腰上的绳子就向前扑了过去。眼前突然就不见了草原和河流，我们扑向一口已经废弃的土井，浅浅的井底竟然有一汪泥水，里面蝌蚪在游动着。我不顾一切捧起水，伸出舌头就要喝。马姐拦住我，脱下衣服铺在了井里的水面上，我们趴在衣服上就喝了起来。被我们惊起的乌鸦，在身边恨恨地叫着，控诉着人类的强权。喝着喝着，我们就……我们就走进了一片碧绿的草地里，那里鸟语花香，到处是河流，到处是牛羊。我们一路欢声笑语，我拉着马姐走着走着，好像又走进了白雪皑皑的冬季，马姐突然消失了，我到处去找马姐，我觉得身上很冷，睁开眼，见满天的星斗，身上湿漉漉

的，被露水打湿了。我突然想到马姐，在星光下离我两米的地方找到了她。

我叫醒了马姐，我们从迷糊中清醒过来，我们一起想到了那五匹马，爬起来就去寻找。茫茫的夜色里，哪里还有马的踪影？沙漠上，万籁俱寂，一点声息都没有。我们放弃了去寻找马，我和马姐紧紧地拥吻在一起，感到很亲很亲。好像我们经历了一场生离死别一样，丢掉了马，却让我们得到了生命中更珍贵的东西。

第二十五章

嫉 妒 一 个 叫 野 马 的 诗 人

野马是一个以写草原题材，在诗坛上声名卓著的大诗人。野马的诗雄浑豪放，读起来气势恢宏，风格独树一帜。但是，他不是蒙古人，是天津知青。刚开始认识他的时候，是在马姐的诗会上。那时我很敬仰他，尤其是他打破传统座次，竟然在《荒原》诗刊上，头条刊发我的组诗。我又加进了一分知遇的感激，就像千里马感激伯乐那样。马姐也很敬重他，但是，不是我的那种崇拜，而是尊重。马姐就是野马在《荒原》上推出来的诗人。

我们常常聚会，大小诗会，几乎都有我。这并不能说明我是天才，不能说我的诗是最好的，可是，我谁也不怕，诗人是无法谦虚的。我要感激野马给我的机会，给了我走捷径的梯子，否则，诗神的天堂也不是那么好攀登上的。我当时并没有意识到这一点的重要性，只是觉得自己的名声和影响力在逐渐地攀升。我了不起，我当时很感激自己的才华。可是，按道理我应该感激野马，当时，我不但没有感激，而且还很混蛋。有一天，我发现了野马竟然和马姐在谈恋爱，我开始嫉妒野马，甚至在内心里，对野马有了刻骨的仇视。本来我和野马的关系就很奇怪，既不是师生，也不是朋友，这回一下子变成了情敌。我是那种爱情至上的男人，有时女人比我的生命还重要。我特别厌恶和痛恨，把女人比做身外之物的男人。我觉得男人面对女人的母体，生来就要感恩、崇拜、视为神圣。可是那个慌乱的时代，人们竟然都把诗歌视为神圣。我觉得我当时很清醒，我在写诗，但是，我还没堕落到把诗歌抬高到女人之上的位置。在我的生命结构中，女人之上，没有任何位置来摆放其他的东西。

野马并没有发现这一点，因为他不知道我和马姐的感情。但是敏感的马姐发现了。那次是在诗歌研讨会上，野马的一组诗在诗刊上发表，在社会上引起很大的反响，几乎人人叫好，一片颂歌。当地文联为此开了专题研讨会。我是一个学生，本来没份参加，但是野马却叫我来了。他想加重我的分量，我却在另外一方面，出乎他的意料，显示了分量。当然，那一天马姐也来了，而且是和野马一起坐在主席台上。当时还没有引起我的嫉妒，因为我还蒙在鼓里。我当时的心情是想为野马唱赞歌的。可是当文联主席，那个没有才华的民歌收集者，做了一番总结讲话之后，一下子把话题引到了野马和马姐身上。他很幽默地说出了摧毁我情感大厦的话，这个可恨的家伙说：我在野马这组诗里，看到了马兰花的情绪。应该说，这组诗不是野马一个人创作的，至少可以说是你们爱情的结晶。主席台上，野马站起来很激动地，也很骄傲地，向文联主席表示感谢。我这时已经晕了，感到我的感情大厦正在倾斜、崩塌。我内心里的感激、敬佩的情绪，即刻一扫而光。

我很冲动地站了起来：我不同意这种说法，文学创作是极其私人化的情绪，怎么可以联合代替呢？再说，我觉得这组诗的整个情绪很虚假，很做作。野马你是外地来的汉族人，怎么可以把自己当成成吉思汗的子孙的角色，把成吉思汗当成自己的先祖来歌唱呢？难道民族是可以这么随便来使用的吗？

全场鸦雀无声，一下子被我震住了。没人想到会出现我这种声音，就连我自己都没有想到，就像狼群里发出了一声狼嚎。也应了大兴安岭森林里的一句话：一鸟入林，百鸟哑音。

野马一开始也被我惊住了，但是在别人，尤其是文联主席要恼羞成怒时，野马马上气定神闲地站了起来。我很气愤，也很嫉妒，他这种天生的大将风度。

野马很有风度地说：我喜欢回答这个问题，看来大学生就是与众不同呵。我先回答后一个问题，就是我的民族问题。是的，我不是蒙古族人，但我是草原上的人。我十五岁，就从天津下乡来到了科尔沁草原，我热爱草原，几乎是草原的乳汁养育了我，她给我灵感，给我激情，为了感激她，我歌颂她、赞美她。我把草原当成了我的亲娘，我知道草原在我来的那一天，就张开了她博大慈爱的母亲胸怀把我当成了亲儿子。没有人规定，内蒙古草原上就一定生活的都是蒙古族人。内蒙古草原不只是蒙古族人的草原，更是中华民族的草原。另外，成吉思汗是蒙古族人的祖先，也是我们中华民族的祖先，他不仅仅是蒙古族人的骄傲，而且是我们整个中华民族的骄傲。我的祖先和民族的概念是大中华的民族和祖先的概念。难道成吉思汗就不是我的祖先吗？我就不能是他的子孙吗？

野马讲到激动处竟然抛洒出了泪水。野马的这种观点确实高明，他的胸怀，他的知识，他纵横历史的高度和跨度，令我望尘莫及。大家鼓掌，就连我也被征服了。在我忘记自己的角色即将为他鼓掌时，他话题一转指向了马姐，我看马姐好像流泪了。他开始回答第一个问题：是的，创作是私人化的东西，但是创作需要激情呀，我的激情就是马兰花给我的，这不是代替，这就是我们爱情的结晶。更加热烈的掌声，只有两个人没有鼓掌，我和马姐。

野马走到我的面前继续幽默：巴拉，你姐嫁给我，你是不是有点舍不得呀?

平时按照我血管里血的性情,我觉得野马向我挑战,我应该出拳揍他。但是我这只野狼已经被学校教育成小绵羊了。我伸出了手,很潇洒,但是声音颤抖地说:祝贺!你的演讲比你的诗还精彩,你的思想比你的演讲更精彩。

回到学校,马姐搂着我使劲地哭。她说:好弟弟,我知道你心里难受,你爱姐姐。但是我比你大十多岁呀,我已经三十岁多了,我马上毕业了,我要成家。你刚二十岁,你还有很远的道路要走呢,咱们不可能成为夫妻,世俗容不了。咱们俩之间不般配。野马也三十多岁了,他也很爱我。没有他,就没有我今天的名声和地位。

我心情很坏地说:那你是用感情和他换来的诗名?

马姐说:我是用诗写出了我的感情,然后用我的感情感动了他的感情。

我恶毒地问:你们不是交易?

马姐恼怒:你把我看成什么人了?我会是那么下贱的人吗?

我不吭声。马姐继续慷慨激昂:我在全国各地发表了那么多诗,好多编辑我都不认识,我凭的是实力和才华。巴拉你简直昏了头,我真不相信会从你嘴里讲出这么掉价的话来。不过,你因为爱我才昏了头,我不怪你。

那一晚，马姐不停地说话，不停地吻我，不停地哭。我像木头一样无动于衷，我无话可说。我的心就像死了一样，心死的人表情也会死，所以古人说：哀莫大于心死。

第二十六章

午夜飘零

　　马姐毕业了，分配到三千里外，自治区首府呼和浩特市，一个叫《北中国诗卷》的杂志社当编辑。那是她自愿去的，她本来可以不去，留校，或者到当地的诗刊《荒原》，都可以有她的重要位置。但是我知道她一定要走的，在两个都爱自己，自己也都爱的男人中选择，善良的马姐，无法给出答案。她知道，她最爱的是我，但是，结婚成家，野马是最合适她的。

　　由于我和马姐年龄上的差异，野马从来就没怀疑过我们的关系。这个关系，也就像一道谜一样，藏在了我和马姐的心里和未来的回忆中。不过，他们现在已过半百之年，我披露出这个秘密，当他们读到以后，不知道对他们是一种残酷的打击，还是一种振奋精神的刺激。

　　马姐走了，我像所有失恋的人一样，开始堕落。我这是一次极其彻底的疯狂堕落。我开始不上课。白天睡觉,晚上出去喝酒,学校里有很多崇拜我的女生，我就约上她们疯狂地喝酒，疯狂地恋爱,让她们疯狂地哭。还是在清醒的时候，我当时很聪明地想，生命中爱的一个女人离去了，就要用另一个爱的女人来填补，否则，那一半的空虚我会受不了。于是在马姐离去的时候，我就开始和女生约会。这些幼稚的女生太嫩了，在她们身上，永远都找不到马姐那种魅力四射的，成熟女人的，母性光辉，再说她们的味道也让我讨厌甚至呕吐。那个我爱的女人，离去的不仅仅是肉体，还有无人可以替代的爱和味道。晚上喝完酒，我就会带上一个女生回宿舍，不管同宿舍的同学张有他们咋说，我就和她钻进蚊帐里去疯狂地做爱。但是，事实证明，仅仅用肉体永远都填补不上马姐留下的那一半情感空虚。我开始不喜欢肉体了，就连我自己，也几乎不回宿舍里去睡了。我喝多了酒，就在夜空下飘荡。

　　一天，我喝多了酒，午夜，正像半仙儿似的在马路上飘零着，在歌舞团门口，一个比我喝得还醉的风度翩翩的老头，陶醉地拉着马头琴，唱着一首忧伤的没有年月的歌谣。

　　我走上前去，抓住老头的琴弦说：你干吗拉得这么忧伤，你是想让我哭吗，我说老头？

老头停止了琴声，用那双浑浊的眼睛，饱经沧桑地看着我的脸说：孩子，你的心病了，你已经没有人气了。是有人把你的魂勾走了吗？

老头一说话，我倒觉得和蔼可亲起来，我对老头说：这么熟悉的声音和面孔，我觉得，前辈子你应该是我的长官，或者是我的父亲。

老头笑了，笑声对我很有震慑力。我恍惚地觉得没有错，前辈子他一定是我这个千夫长的长官，至少是万夫长，或者是我的老丈人。

我要和老头喝酒，老头也要和我喝酒。我们不谋而合地喝了起来。

老头和我喝上了，端起酒杯，我才觉得自己是他妈一个生瓜。老头那张脸就是一张永远都不醒，也永远都醉不了的醉脸。即使，你让六十五度的草原老白干，像滔滔的西拉木伦河水一样流淌，让他进去游泳，他也不会醉，因为他自己就是酒。酒是永远都不能醉酒的。而且，他这坛子老酒，肯定是用岁月的磨难发酵酿出来的。

喝到快天亮的时候，我喝得清醒了。

老头给我讲了一夜他自己的故事。

老头姓包，叫包瀚卿，是一九四六年我们这里刚解放时的第一任文化科科长。后来写剧本《阿盖公主》和郭沫若大打笔墨官司。郭沫若说他的阿盖公主写得太美了，脱离了人的生活，不真实。他却说：阿盖公主就是一个美丽的女神，她本来就不是人，是天上仙女下凡尘。我一听阿盖公主，心灵剧烈颤抖，好像是很熟悉的一个亲人，但是恍惚中我已经不太清楚她到底是谁了，我的脑子里已经灌进酒了，就像一个已经不认识家属的痴呆病人。

　　包瀚卿是从日本早稻田大学毕业回来的。当时，郑家屯有一所日本人办的女子大学。包瀚卿看上了学校里的一个女生，为了追那个女生，包瀚卿围着学校的围墙，跑了三个月，终于有情人成眷属。从结婚那一天开始，他搂着女人泡在被窝里，又是三个月没有出屋。"文化大革命"中，他陷落在那些蝗虫红卫兵的手里，劳动改造，在草地上打草时，一个红卫兵用两齿的木叉子，一下子打在了他的头顶上，给他造成了两个不堪设想的后果。一个是当时他被打得晕头转向，他站稳了脚跟，看准那个暴徒，一拳就把那个红卫兵打倒了。在那个年代，像包瀚卿这种身份的，敢打红卫兵的，恐怕也是天下第一惊奇了。于是后果出现了，他被红卫兵拖回了屋里。义愤填膺的红卫兵小将们，像纳粹一样把烧红了的生铁炉盖，放进了他的裤裆里。他当年结婚时，三个月没出屋，那个阳具已经伤了很大的元气，局部位置已经脱臼了，这次一遇上火红的炉盖，立即被削掉了一半。包瀚卿腾空蹦了起来，炉盖掉进了裤腿里，只听到一阵嗞嗞的烧烤声，人肉黑烟飘香在红卫兵的鼻息之间。这时，被包瀚卿打晕的那个红卫兵苏醒了过来，他满腔怒火地来复仇，用红缨枪一枪刺向了包瀚卿的喉咙，红缨枪从喉咙刺入，从左肩穿出。

包瀚卿当场就死了。红卫兵们把他丢在了荒草甸子上。一夜之间，他就会让狼群和野狗吃得连一滴血迹都不会剩下，毁尸灭迹。

没想到，有佛爷保佑，阎王爷那里不收提前来报到的大命人，在人生的道路上开不成小差，半夜里死了的包瀚卿又复活了。这个属虎的人，灵魂幻化成一只大老虎，守着他的肉体，狼群和野狗吓得四处逃窜。

后来他爬回了家里，爱人承受不了心理压力，却真的上吊死了，女儿不知下落，后来找到了女儿却已经是姓别人家的姓，是别人的女儿了。

包瀚卿摘掉棉帽子，让我看他的另一个后果，木叉打在头上，竟然长出了两个犄角。他又脱掉裤子，让我看他的腿，真是毛骨悚然，他的右大腿竟然是白花花的一块骨头，周边是硬硬的烫死的肉，用手敲，发出咔咔的响声。他的喉咙和左肩也是两块硬硬的死疤。我的佛爷，这真是个从地狱里回来的高人。日后在广州沙面岛或大学城，我常常见到像包大爷一样的木棉和古榕树，一

棵茂盛的老树，主干上却有一大段枯死的部分，和几块硬硬的死疤，敲上去咔咔作响。我就静默着站在树前，猜想这棵坚强的树，曾经遭遇过怎样的不幸。人和树都是生命，生命又都是这般神奇。

我问他：那你没有平反吗？

包瀚卿说：给我平反了，但是平反又有什么意义？给我开平反大会的那一天，他们让我上台讲一些感激的话，我啥也说不出来，我还要感激谁？我急了，就骂了一句，这年头，这社会，我操他祖奶奶的！我转身就走了。"文革"前，我是这个歌舞团的团长，落实政策，我说我家破妻亡，女儿下落不明，我啥东西也不要，啥职务也不要，就要个门房当门卫。我一天就是在这里喝酒等死。小子你这样喝酒，难道你也遇上什么不幸了吗？

我把我和马姐的故事讲给他听，我越讲越清醒，甚至连阿盖公主的故事我也想起来了，我把人生的奇遇都讲给他听，包大爷听得唏嘘感慨，一个劲地惊叹：奇迹！奇观！奇怪！

天亮了，我很清醒。这是马姐走了之后，将近一个学期，我第一次清醒。我很多天没去系里上课了，我今天早早地就进了教室。见教室的门口贴了一张大红纸，我上前一看，头轰的一声大了起来。是关于我的海报。由于我旷课40多节，已经超过了校纪，学校决定将我除名。

我没心上课了，又回到了包大爷的小门卫房里。包大爷正在

煮肉。他一脸喜气洋洋的样子，他说今天女儿回来看他，你说能
不高兴吗？这真是一件高兴的事，但是我能高兴起来吗？我失魂
落魄地坐在那里，包大爷让我喝酒，我心里发堵，一口酒都喝不
进去。

我想，一会儿包大爷的女儿回来，人家高高兴兴的，我就别
留在这里扫人家的兴了。我找个理由正往外走，包大爷的女儿进
来了，是我马姐。

马姐见我在这里很意外。她很疼爱地眼含泪花看着我，她说
你的事情我都知道了，我和系主任已经谈过了，像巴拉这样的奇
才，如果开除了就会毁了他的一生。邵教授也替你说话，他们答
应再给你一次机会。

我很感激马姐，真想上前去拥抱她，狂吻她。但是在包大爷
面前我不敢。

包大爷说：我闺女就是你的马姐？

我说：不好意思，昨天夜里喝酒乱说一通。

马姐说：怎么你们在一起讲我了，都讲了一些啥？

我和包大爷也不忌讳，就把昨天夜里我们相识、喝酒、讲身
世的事都讲给马姐听了。

马姐已经很坦然了，她好像把忧伤已经深深地埋在了心底。
我们几个人，很默契地，都回避开了那些不开心的话题，热情洋

溢地喝起了团圆酒。我主张喝酒，马姐说：你还喝酒？大学不想毕业了吧？我说：今天喝酒是为了从明天开始戒酒。包大爷给我一拳，说：好小子，为你戒酒，今天我陪你喝个痛快。

第二十七章

小 说 界 的 幽 灵

　　毕业的那一年，因为马姐的出现，到系里讲情，我没被学校开除，顺利地毕业，走向了社会。其实一毕业，我就知道有没有毕业证书根本没有意义。毕业十几年来，我的那个毕业证书从来没有拿出来使用过。有一次，回我妈的家里，我在她的老箱子底，见到了我的毕业证书，和我妈我爸从来没有拿出来过的结婚证书放在一起。看到那个粗糙的小红本子上面，一脸幼稚的相片，在得意地微笑，我真想笑。成功的人，有时喜欢，把自己的从前，剪贴成一个从小就伟大的影子，其实，人就是在一段幼稚可笑的历程中走过来的。成熟的人，喜欢忘记自己从前的幼稚，就像果实忘记幼苗。

那次见到马姐，我真激动，我们从来没有分开过那么久。我真想冲上去，抱她、吻她、摸她，想干一切事，那真是一种公牛冲破栏杆的冲动。后来几天，我们俩啥都干过了，但是我就觉得不一样了，似乎是冲淡了的隔夜茶，怎么加热都会显得淡。我们虽然抱得紧紧的，但是我觉得我们的心，像冲进了狼的牧群一样，都正向不同的遥远方向游牧。从前的心是天涯咫尺，现在是咫尺天涯。

马姐回了呼和浩特后，我戒酒戒色，从堕落中走回正道，也就很认真地混到了毕业。像我这样的头脑，混六十分，随便谋杀几个脑细胞就可以了。我曾经见过很多可笑的事，如哪个人在某方面成功了，为了教育别人，那人总会说，小时候自己是好孩子总得一百分。其实这是对青少年的误导。我承认他可能是好孩子，但一定不是我这种聪明的天才少年，因为聪明少年都不用功，很少得一百分。这样心灵不累，长大竞争才有力量。

毕业后，我就不再写诗了。我觉得诗就是马姐；我还喝酒，酒是我自己。每天我的心灵都遭受着痛苦的煎熬。即使睡觉总是有一些故事来找我，它们莽撞地闯进我的梦乡，让我诞生它们。有的时候，有一些故事犯上作乱，竟然搅得我分不清有些情节到底是故事里的，还是现实中的。它们好像是我肚子里怀的孩子一样，我要不分娩它们，不给它们当妈妈，不提前把它们生出来，它们就绝不让我安宁，就像从前我妈肚子里的我。

我想写小说。这本来是我计划四十岁的时候干的事，但是现在必须提前干了。

我一天都泡在阅览室里找感觉，那时是文学期刊大泛滥的年代，几乎所有的文学杂志里，都在飘荡着一个叫马驰的名字。无论多么有名气的大杂志，马驰的名字都傲慢地独居头条。他的故事征服了全国读者，甚至外国人透过他们自己的文字，也都感到灵魂震颤。但是，马驰小说里的故事竟然是我们牧场的故事，甚至都是我想写的故事。所以，这个名字叫我嫉妒、恐惧甚至仇恨。下面我把他的几个故事梗概拿出来，你们看看是不是我的故事。

他那个《特异男孩》写的就是我。他说：我流放的那个蒙古荒原，是一个充满了萨满教烟雾的故乡。那片草地上，像蓝色的马兰花一样，生长着奇异怪诞的故事，生活着一群特异的人。这种怪异我想是和马兰花有关的。马兰花就是一种巫术一样的花朵。草原的六月，本来是白云蓝天绿草的季节，可是在那里，你见不到绿草，草原上开满了蓝色的马兰花，马兰花的蓝色，在阳光下会映照得整个天空都是蓝的，让你看了之后眼睛会痛，让你的大脑不会思考，好像有一种强大的神秘力量，像魔法一样控制住了你的意志。马兰花是一种坚强的植物，在沙漠、荒丘、盐碱地，不长草的地方，它都可以生长得繁荣茂盛。据说，在那个季节出生的孩子都有特异功能。在这个季节出生的，我的房东家的那个男孩会马语，他每天和也是那个季节出生的一匹小红骒马对话。那个男孩说，那匹小红骒马是他前世的老婆。可是，那匹小红骒马由于投胎时错进了马圈，在一个悔恨交加的夜晚死了，从此那个特异男孩的特异功能没有了。他没有死，他可能还有活着的使命。

《啊哈呼》写的是特格喜场长，这是一篇很玄妙的小说。据那些有才华的评论家说，这是中国的意识流小说的开山之作。这篇小说很是折磨读者的阅读神经。故事讲述的是特格喜场长刚来当场长时，这里还没有汉族人，也不讲汉语。那时在牧场会讲汉语的只有一个人，就是特格喜场长。他当过兵，学会了几句汉语，但是都是用词不当。上级第一次流放"地富反坏右"来到他们这里，他很高兴当成好人来欢迎，为了在上级领导面前显示自己的水平，在汉族的上级领导面前，面对着这么多汉族人，他总是想用汉族话说话。领导问他：家里几口人？他回答：九头。马上又改口：不是九头，还有八头，我奶奶刚牺牲。后来我发现他们这些"牛鬼蛇神"来到这里破坏了一个隐世桃源的幽静和平衡。他们没来之前，这里的牧民根本不知道现在到了哪个朝代，上级分给牧场的拖拉机放在特格喜家，牧民就觉得是分给特格喜的，他们觉得新奇用一下，用完又还给特格喜家。这篇基本没有完整故事情节的小说像施了魔法一样令人着迷。

《语录塔》写的是一个叫支离的驼背马倌。这个马倌的形象，是从罗锅乌恩和《庄子·人间世》讲的那个支离破碎的故事演绎来的。那个叫支离的人，在那个朝代很受照顾，征兵时由于身体残疾可以不去当兵，发放救济粮时由于是残疾可以多发一份。"文化大革命"年代的那个支离,情况就完全不同了。他白天当马倌放马,晚上还要喂马,反正他是光棍汉没有家,就住在马号。这个辛苦的支离心地极其善良,人不善待他,天善待他。一个山东来逃荒的漂亮女人偷马料时被他发现了。他不但没有抓她,还每天从墙洞里帮她把马料拿出去。那个女人为了感恩,就献身给支离。支离是一个情欲旺盛而没有受过道德教育的马倌,他想要。那么漂亮的女人从本能上讲他当然想要。可是他是残疾要不了,一着急冲动起来,就见鼻子上充血红起来,那个偷马料的山东女人就用嘴狂吻支离的鼻子,支离就嗷嗷叫充满快感。

有一次,支离偷完马料,爬到语录塔上去,送给躲在上面的山东女人,然后他们又开始用鼻子做爱。突然,语录塔倒了。人们清理废砖石时没有见到支离和山东女人,只是在石头水泥间隐隐地看见有一幅非常美丽的交媾图,像从前喇嘛庙里的欢喜佛。

《蓝幽幽的马兰花》,这个马驰竟然把马姐写成是他的女儿。我真要诅咒他。我总是觉得这个马驰就是马叔。但是马叔是一个光棍汉,马姐怎么会成为他的女儿?如果一定要给他一个女儿,那就一定是二丫。这个恶毒的家伙竟然把马姐写成了六月草原的巫婆。这个故事我不喜欢,我也不想告诉你们他写了一些什么。但是这个故事如果不是写马姐,还真的很精彩。我忍不住就要叙述出来:他写的是六月的草原蓝幽幽的马兰花开,正是动物交配的季节。一个光棍猎人发现了一对正在交配的狼,骚味飘来,这个神枪手猎人就嫉妒了，一枪打死了公狼。在打母狼时，他起了恻隐之心，打偏了，打断了一条狼腿。母狼跑了，这个猎人害怕了，他知道从此与母狼结下了仇恨。他搬迁了牧场，从三千里外游牧来到了我们的牧场，特格喜场长收留了他。这是十年前的事了，这几天，他睡觉总是不安。每年一到六月，马兰花开的交配季节，他就恐惧。他预感那只瘸腿的母狼找来了。草原人都知道，只要狼当时闻到了你的味道，你无论搬到哪里去，他都要在漫长的复仇道路上耐心地找到你。据说你死了，复仇的狼都要刨开你的坟墓，因为飘荡在你的骨头上的灵魂还是那种味道。那时的马兰花只是一个三岁的灵童。她却会讲狼的语言，那个猎人每晚在她的面前跪下，就能听见狼叫的声音。马兰花用咒语和狼对话进行劝慰化解，一天，全牧场的人在夜里都听见了凄惨的痛不欲生的狼嚎，第二天在村口见到了痛苦自杀的那只瘸腿母狼。

　　猎人像对待亲人一样，在六月蓝幽幽的马兰花里，为那只瘸腿母狼举办了隆重的葬礼。

　　我决定马上动手写小说。这个马驰的小说写得确实好，他的技法肯定比我高明。但是他的天分没有我高，我是这个草地的主人，我的灵魂像草根一样扎进了草地。他没有，这个马驰只是一个流放者，一个过客，一个看过热闹的观众，回家之后，给那些没有目睹的人，在讲述自己演绎的故事。

　　我决定，把《想象的天空有一匹马》这首我的著名的诗，写成小说。

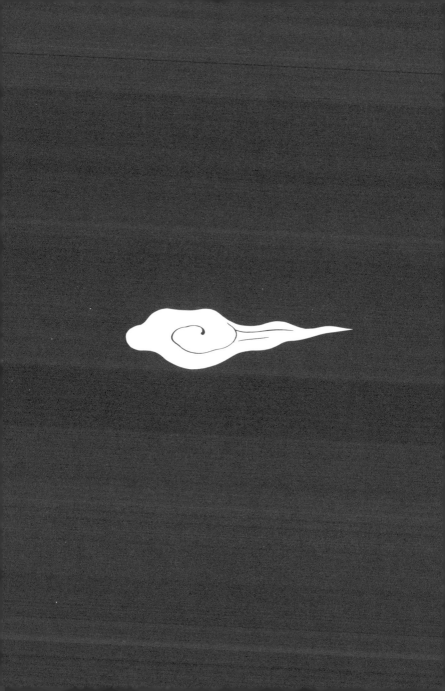

第二十八章

草 地 酋 长

　　一九八六年，我的小说《想象的天空有一匹马》，获得了文学奖，印证了我写作时的那种自信感觉。那一年，不是马年，是虎年，虎年是我的本命年。那一年我真是像一只老虎一样，威风凛凛。我的小说带着我的名声冲出草原，势头猛烈。连小说界的幽灵马驰似乎也显得暗淡无光了。有时，看见他的名字趴在我的名字后面，显得有些委屈、无奈、力不从心的样子，我就扬眉吐气，哈哈地，大笑一场。

　　马驰这个家伙的道行很深，深不见底。我经过了二十几年的煎熬苦炼，仍然望尘莫及。你们可能像我一样，幼稚地猜想，马驰见到我的小说，一定会把我这棵幼苗掐死。因为，我这不是普通题材的小说，是抢他饭碗，夺他优势，向他挑战的小说。但是他没那么干，是马驰第一眼就用目光抓住了我的小说，在他主编的《马兰花》上头条发表，而且还评上了他们的年度文学奖。在小说里，他不但认出那匹小红骒马，还认出了我。他像导师一样指出：这个作者一定就是我写的那个特异男童，不是他，天底下谁也写不出这个故事，包括我自己。当年，我流放时就住在他家，他每天都泡在我的屋里看书，后来我逃走时，我的一千多册书全部留给了他，在他的文字里，我看到了那些书给他的营养。马驰谦虚地说：这个孩子长大了，看来我该金盆洗手退出文坛了，但是我很欣慰我有了后来者。

　　我证据确凿地侦破了这个迷案，马驰就是当年的马叔。这个马叔也够狂妄的，他老人家钦定我做了他的接班人，好像文坛是他家的镖局，他是江湖老大一样。唉，文人一狂妄，谁都没招儿。

　　我这种文人的轻狂和不怀好意的臆想，是当时流行的一种病，现在回想起来，我都感到恶心。马叔好意地栽培我，我却像一朵恶之花一样，恶意地嘲笑园丁。我为这种轻狂和这篇小说，付出了丢掉职业，和几乎丢掉性命的代价。

　　凭借一篇小说，就成了一个大名鼎鼎的小说家。这是文坛上常有的正常的事，不足为怪。但是，我还是觉得这是一件很轻率的事情，尤其是这个好运降临到我的头上。我总觉得我的名声悬在半空中，离地面好像有一段距离，我脚底没有根似的，不踏实。其实，我的现状并不乐观，我已经付出了第一个代价，我被教育局开除了，从此，我丢掉了人民教师这个阳光下最神圣的职业。

其实，这种担心半年前就有了，那时我的小说刚刚发表，就有人来提醒我了。按照教育局宝音副局长的意见，我写小说当然是好事，但是他说：写小说毕竟是你的业余爱好，你的正式职业是旗里的中学语文老师，你为什么不给学生上课？

我说：我为什么不给学生上课？我不是每天在辛苦地写小说，又常常醉酒，我这么忙，哪还有时间给学生上课？

他和蔼地说：你忙也要分主次，先忙完上课，再忙小说还有别的什么，比如说跟实习的女人睡觉。

我恼了：说这样胡扯的话，我真想照你那张大饼子的蒙古脸，打一拳，旗里的学校缺我一个中学语文老师学校照样办，学生照样该考上大学的就考上大学，该考不上的就考不上，该回家放羊的就回家放羊。写小说是我的人生主要使命，给学生上课才是次要的，你这个没有文学修养的家伙明白吗？

宝音说：我明白，但是这里是学校，不是作家协会，看来跟实习的女人睡觉也比给学生上课重要了？她是来给学生上课的，不是来跟你睡觉的，明白吗？

我说：是她主动自愿钻进我被窝的，难道这么好的一个女人

钻进了你的被窝，你舍得把她赶出来吗？

这个宝音副局长很有修养地，慢腾腾地看了我一会儿，宣布说：你顽固不化，被开除了。

我被开除了，这是一件很没有面子的事。我还不能跟他发火，骂他或者揍他，这样人家会说：这个家伙被开除了就骂人打人，这样的混蛋早该开除！但是我也不能求他，说给我一个机会吧，求你，宝音副局长，拜托帮帮忙吧。这样太掉我的价，丢我的面子，显得没有骨气，文人都是讲究风骨的，在教育界我得为文人争光。你看那个家伙正幸灾乐祸地看着我，正等着我求他呢。一张圆圆的大饼子似的蒙古脸，闪着得意忘形的红光。其实，我被开除了，就等于掉进了一个输的公式里，咋做都是输，我的智慧告诉我，啥也别说，啥也别做。其实这次是我的智慧坑了我，由于我啥也没说，就等于我默认了，他们就真的开除了我。这是在我们旗里开天辟地的头一回，一个大学毕业的，才华横溢的，写小说在全国获奖已经有名气的二十三级国家干部，轻描淡写地，就被一个教育局副局长草率地给开除了。

其实，这是一场卑鄙的阴谋和恶性的报复。时光倒流，往回查找原因。当时，我们民族中学的那个高校长，也就是宝音副局长的小舅子，也是一个文学爱好者，跟我结了仇。我刚来学校时他和我很亲密，几乎成了铁哥们儿，天天请我吃清炖鸡喝酒。但是这个没有才华的家伙，由于太庸俗，所以当了校长；由于好吃鸡，得了一个外号叫鸡校长。那时我的《想象的天空有一匹马》还没在全国打响，我甚至还没有写完。但是，他每次见我发表一篇东西，他的脸色就会由于嫉妒变得惨白，后来他几乎不跟我说话，不跟我来往了。别人告诉我之后，我嘲笑他：你当校长我可没嫉妒你呀，我也从来不馋嘴嫉妒你吃鸡。

像导火索一样，学校来了一个叫乌兰的实习老师，就是宝音副局长说的跟我睡觉的那个实习女人。这个乌兰天生是一个祸水。她也是内蒙古民族师范学院中文系的，算我的师妹。本来是高校长让她来实习的，这个别有用心的家伙，我知道他的目的，他对乌兰是有想法的。但是乌兰除了尊重他，对他就没有别的感觉。但跟我不同，乌兰好像知道我的一切，她见我第一面就说：师兄你不认识我吗？我是小红马。因为"乌兰"在蒙古语里也是红的意思。我的心一阵猛跳。眼前这个漂亮的乌兰，马上就很风骚地开始吸引我了。这个乌兰进了我的宿舍，就想脱衣服钻进被窝。后来她不想出屋了，也不想出被窝了，也就不穿衣服了，更不想去给学生上课了。我也不给学生上课了，不穿衣服了，不出被窝了，不出屋了。乌兰是一个像巫师一样充满了灵性的女人，她会背我的那首在大学里流传的诗《想象的天空有一匹马》，而且用她的理解来激发我的激情，我每天就搂着乌兰写小说《想象的天空有一匹马》。写完的那一天，我正和乌兰在被窝里快乐地庆祝呢，高校长领着学校的教研室组长以上的干部，来敲我的门。我从门缝一看，操他妈！来这么多人是要捉奸吗？那天我有了一个很深刻的做人的体会，身边如果有了一个风骚的女人，或者你刚写完一篇小说，有一种兴奋的冲动，马上就有老子天下第一的傲慢感。我当时带着双重的傲慢感，见他们看我不开门竟然去拉我的窗子时，我血气方刚，勃然大怒，抡起一把大斧头就砍了出去，斧头和高校长擦肩而过，顺便就捎走了他的半边黑瘦的耳朵。我这次的名声，在这个旗里的小镇上的影响程度，比发表小说甚至获奖还有影响，也就是说名声更响亮，尽管性质不同。在飞扬的斧头中，那些老师都吓得作鸟兽散了。

乌兰的实习提前结束了，她被赶回了大学。我留在这个中学里却没有课教了。反正我也不想教课，索性就落个清净。但是，高校长却越来越怕我了，因为，旗里的黑道老大和我拜了把兄弟。说来这有点荒诞的喜剧情节，我用斧头砍校长，在社会上一演绎传进了黑道，老大黑龙亲自来找我喝酒。我们本来是两条道上的人，一个须发飘逸，戴着眼镜，一脸斯文；一个板寸头，满脸霸气。我们坐下来，肉还没上来，互相客气，互相佩服，都恭恭敬敬。肉一上来，打开酒瓶开喝，我发现越喝我们越投缘，伪装剥去，简直就是前世的兄弟。黑龙也觉得我够江湖，简直是宋江再世。我受到鼓励，大胆地一想，还真是，如果我不受这几年大学教育，干黑龙这行，我一定是他的大哥。三瓶高度草原老白干下肚，我们俩都跪了下来，拜了把子，黑龙大我两岁，他是大哥。

回到学校，我有点飘飘然了，好像我当上了旗里的领导一样，颇有一种威风凛凛的王爷风度。

第二天，学校正在开会。我不教课，但还是要参加会议的。高校长正在讲话，黑龙来了。这个家家用来吓哄孩子的恐怖人物，竟然拎着一只鸡闯了进来。惊慌失措的高校长很客气地拦住他：请问你找谁？

黑龙很凶地叫：你叫我弟弟出来。

高校长问：你弟弟是谁？

黑龙不耐烦：巴拉老师，快点叫，不知道啊，装啥孙子？

高校长：开会呢。

黑龙更凶：叫不叫？

高校长很胆小地叫我出去，黑龙一招手：老弟，走，跟我喝酒去。我上了他的摩托车扬尘而去。

黑龙说：老弟，我就想让你威风点，今天故意找碴儿，老高不客气我就揍他，他是我从前的班主任。

我对黑龙说：大哥，你害死我了，你这不是帮我。

果然，教育局宝音副局长找我谈话，宣布开除。后来我发现这是一群狡猾的家伙，高校长从此不见我，躲着我，宝音副局长跟我也不谈黑龙。他们真怕惹怒黑龙，但是又不能不开除我。

　　我被开除了，在这个镇上，能找到的唯一的心理平衡，就是和黑龙他们混。我常常出现在那群耀武扬威的黑道群落里，喝酒，像派出所一样制止打斗，为他们平息纠纷。学校的老师们都管我叫草地酋长。后来这个江湖诨号叫响了，我又结交一个铁哥们儿，派出所的所长。派出所所长本来也是黑龙的铁哥们儿，有一天他们喝大酒，喝多了，黑龙拔出蒙古刀，去扎一个向他挑战的新人，所长在中间制止他们。黑龙一刀扎偏了，扎进了所长的大腿里。所长急了，拔出枪就要开枪毙了黑龙。黑龙这叫袭警，所长可以从自卫的角度打死他。黑龙也不是白混的，否则怎么能当成老大。所长开枪不但没有打到他，反而，他把所长的枪给下了。黑龙喝得醉醺醺的，手里拿着枪，平时清醒人见他都怕三分，这个时候发酒疯，谁还敢近前？这时不知道是谁想到了我，跑到学校把我找来。黑龙还真给我面子，把枪给了我，我交给了所长，让人把黑龙领走了。所长一定要和我喝酒，一瓶酒喝下去，我和所长成了哥们儿，他敬佩我见义勇为，也解了他的难，否则一个所长的枪被黑道老大给下了，传出去多丢脸，如果再出点啥事，麻烦就大了。当天一切都平了，就当什么都没发生，都不追究了。我让黑龙来给所长道歉、敬酒。大家又是哥们儿了。

　　我就这样，丢掉了教书的饭碗。我的小说在外面的世界红火着，我却混迹江湖，成了一个游手好闲的人。

第二十九章

生 活 是 一 匹 马

　　我现在要开始过我自己的生活了。我现在已经二十五岁，在我们这里，二十五岁的人，都要坐下来冷静地思考：我用什么走过了二十五年的岁月？往后还有多少个岁月在等待着我？那将是一种什么样的生活呢？

　　我现在要开始过我自己的生活了，我是在医院里想通这个问题的。我来到医院的时候，我自己不知道。医院这个地方就是这样，无论你想不想来，知不知道，让你来时，你就必须得来，一切都由不得你。所以关于我来医院这件事，在所有知情人当中，我是知道最晚的。那已经是我来的第三天了，我睁眼一看，白茫茫的一片。我还以为下雪了，但是又仔细感觉一下，周围温暖如春。

　　我刚要挥手欢呼，有一个细腻、柔媚的女声说：别动。我仔细一看，是一个酒瓶子悬在我的头上，瓶子里还有半瓶白酒。瓶子下边，有一张轮廓模糊的小脸很生动、亲切、温暖。周围还是白茫茫一片。我有气无力地说：这瓶喝完不喝了，整不动了。

　　我说完这句话，就像电影里的革命烈士一样，为了更打动人心，搞了一个悬念又晕了过去。这是守护在我身边的人，在我醒来后告诉我的。不过我比那些烈士坚强，晕过去之后，又醒了。不像他们都永垂不朽了。我知道我已住进了医院，并且已经是第三天了。我正在打点滴，那个酒瓶子还在半空中悬着，不过里面不是酒。黑龙感动地抓着我的手，热泪盈眶地说：兄弟，你醒了，醒了大哥高兴，你第一句话就说喝酒的事儿，咱哥儿俩这点爱好对你多重要呵，你好了咱哥儿俩一定要好好喝点。

　　行了，行了，快走吧，你还想让他喝，你不想让他活了？

　　后来我弄明白了，这个细腻、亲近、温暖的小声音是护士的。这个黑龙太讲感情，每天坐在我的身边拉着我的手，别人不敢近前。只有小护士不怕他，每天跟他斗嘴。小护士这个声音让我感到春意盎然，心情舒畅。后来我对在我之后住进医院的后继者们说：住进医院得了什么病，并不重要，重要的是你将面对一个什么样的小护士，那就看你的运气了。

　　在来看我的人中，我看见了马叔，就是文坛上那个大名鼎鼎的马驰。我想起来我为啥醉酒了。那天，游手好闲的我，和黑龙一帮哥们儿正在黄泥小屋里喝酒。喝得刚刚有点飘，开饭店的小白就领进一个人来，说是找我。这时一个春风得意、受尽恭维的笑脸扑向了我。我差一点激动得傻了，这不是马叔吗？马叔也像见了亲人一样拥抱了我。马叔从包里拿出来一本杂志—是他主编的大型文学月刊《马兰花》，这本杂志是文坛的权威，让谁红，谁就红—我翻开杂志，头条就是我的小说《想象的天空有一匹马》，这期杂志我虽然已经看过很多遍了，但是，我还是喜欢这种翻开杂志就见到自己的名字和小说的感觉。获奖证书是一个硬壳的大红本，显得极其醒目招摇。本来几个月前，我可以亲自去北京领这个红本子，这是一件很体面很光荣的事情，当时我处于被开除的前夕，我拿着杂志和通知找了高校长，被斧头砍过，仍然惊魂未定的独耳龙高校长，突然变得强硬起来。

我说：我要去北京领奖。

他说：你去不了。

我说：为什么？

他说：我不给你报销一分钱。

我说：不报销我没钱去。

他说：即使你有钱去，我也不给你假。

我说：你嫉妒我。

他说：我就是嫉妒你，但是我有权力嫉妒，我是校长。

我说：狗杂种，你不怕后悔？

他说：咱俩会有一个后悔的，但是肯定不是我。

那次没有去成北京，现在想起来都有些伤心，我有点泪眼模糊了。

马叔说：你是我的骄傲。说着他也有点泪眼模糊了。我不知道怎么表示，叫黑龙把酒杯换成了大碗，就干开了。后来他们说我被撂倒了，吐了半盆血。这就是我写小说被开除之后的又一个后果，差一点丢掉性命。

但是当时我没那么痛苦的感觉，因为我又见到了小红骒马。小红骒马跟我拼命地痛哭，她说：为什么要把这个故事写出来，你这样写出来就泄露了天机，我就不能投胎做人了。我本来已经准备好了又要投胎，而且是做人来找你。我做不了人，你也别做人了，我不让你回去了，你就永远和我留在一起吧。

我跟马叔说我当时真的看见小红骒马了，她和我又哭又闹，真真实实。马叔说：那是乌兰，后来乌兰来了你就抱住她，她一开始很感动，你们又亲又闹，痛哭流涕。后来乌兰发现你喝醉了，口里叫的是小红骒马，她自己就猛哭了起来，你已经昏迷不省人事了。

我问马叔：你认识乌兰？马叔说：没有乌兰，我哪知道你写了这篇小说？乌兰毕业后分到了我们《马兰花》杂志社，她带来

了你的这篇《想象的天空有一匹马》。乌兰对你这篇小说顶礼膜
拜。她推荐给我，我一看就被击中了。我当时决定马上在开印的
这期撤下其他已经排好的小说，发你的头条，刚好参加年度评奖。
杂志出来之后又评了奖，发奖时你没来，我就想来看你，来之前，
乌兰不让我告诉你，她想和我一起来见你，给你一个惊喜，没想
到却给你差一点带来灾难。当年我走的时候你还是个小孩呢，但
是当时我把书留给你没有留错。你们的事情我都听说了，当年我
也是在这里流放，但是我感谢那个年代，给我打造出了一种坚强
的心态和与众不同的生命体验。我们去学校找你，一个姓高的说，
找黑道老大草原酋长怎么到学校来找？要到社会上去找。乌兰说，
那个就是你打过的校长。我们在街上随便问了一个人巴拉老师，
他说不认识。乌兰说草原酋长，那个人就很恭敬地把我们领到了
这个黄泥小屋里来了。我当时觉得很惊诧，你的名声不仅仅大，
而且还很有威慑力。

　　我说我当时怎么没见到乌兰，他说：这都是她导演的，让我
先跟你见面，然后她再出现，给你一个惊喜。我想，她见你前是
想化化妆美化一下自己吧，没想到她出现时光彩照人，你却已经
醉得两眼蒙眬不认识她了。

　　我找乌兰，黑龙说：乌兰昨晚给你陪床，现在睡觉呢。正说着，
那个声音细腻的小护士又领进来了一个人。是我马姐。她上来就

很亲昵地摸我的脸,说我喝那么多酒,差一点害了自己的命,傻!
然后她就靠在了马叔的身边, 摸着马叔的手亲昵地说 : 爸, 你也
回去休息一下吧。

　　爸? 我一下成了大头人了, 难道马叔马驰真的就是马姐马兰
花的老爸? 那包大爷呢? 她到底有几个老爸? 我突然脑子明白过
来了, 包大爷的女儿, 在包大爷家破人亡时被马叔领养了。那时
马姐已经十几岁上中学了。

　　下午, 风骚迷人的乌兰来了。她见我身边这么多人, 远远地
隔着床看着我。乌兰的眼睛是我最惧怕的无底深渊。写小说《想
象的天空有一匹马》时, 她每天在被窝里抱着我, 我就在她的眼
睛里挣扎。高校长领着干部们敲我的门, 我不是不开门, 是我出
不来,开不开门。这个流着祸水的红颜魔女, 裸着体紧紧地抱着我,
我挥出斧头, 砍了高校长, 其实也给我自己砍出了一条自救的通
路, 但是没人知道这个真相。我喜欢再次掉进她眼睛的陷阱里去。

　　虚弱的我本来见到这么多人, 尤其是乌兰和马姐, 心里暖洋
洋的, 很幸福。但是我突然想到了一个谚语, 好像不是蒙古族的:
在医院里, 如果自己爱的女人都来到了身边, 不是好的兆头。我
的心情马上又乌云密布起来了。我一下子好像理智起来, 理智是
我生命中很少使用的工具。我想向她们表示亲热, 但是我的身体
器官各自为政, 都不配合。因为我是病人, 没人跟我计较, 好像
每个人都很理解我。他们让我别说太多的话, 别太疲劳了, 好好

养病，多休息，就都纷纷走了。

　　我还要治疗这次喝大酒的丰硕成果，胃溃疡。他们走了，我很忧伤、惆怅，好像有一种被抛弃了的感觉。她们曾经是我的爱人，爱得一刻也离不开的爱人。我目光模糊，有点要潜然泪下了。

　　这时那个小护士帮我送走了他们，又回来了。她那张洁白的小脸和细腻的声音，让我很冲动。见第一面我就觉得熟悉，现在终于想起来了，她太像阿盖公主了。我也终于明白了，我为什么晕了过去，又醒了过来，就是因为眷恋她这张脸。而那些醒不过来的，一定是不愿意看到他们不喜欢看的嘴脸。

　　我觉得这张脸才是小红骝马投胎做人的脸。我第一次睁开眼睛见到这张脸，觉得一点也不陌生，就好像小红骝马还没有走。病房里就我们两个人，我原来那个同室的病友总是嫌我们吵闹，对小护士也不友好，今天被抬去太平间，那个永远寂静的地方，可能永远也不回来了。我觉得他如果有尊严，就不可能再醒过来了，因为滚滚红尘中哪有不吵的地方，想超凡脱世就得进太平间，而如果醒过来了，就不能住进太平间，这是规定。

　　小护士告诉我说，她看过《想象的天空有一匹马》，我写的故事是她从小就做梦梦到的，那天看完我的小说，她恐惧得差一点死了，好像有个神灵在跟她说话，把她人生的秘密全部揭穿了。她说，从小就有一匹很小的小红马，在她的灵魂里奔跑，她不知道那是她的前身。看了我的小说，她一下子就豁然贯通了。她预

感到很快就能见到我。她说：那天有人抬你进来的时候，远远的我就在心里说这个人是他。果然就是你。心里说是你，就真的是你，真把我自己吓死了。

我问她：小朋友，你多大了？

她说：十八岁，不要叫我小朋友。

我在心里想，莫非真的是小红骒马投胎转成了她？

你是哪里人？

江苏镇江。

这么遥远，不会吧？我问自己。但是马上又否定了，那个世界是没有时空概念的。

你怎么会到这里来当护士？

我爸是在这里平反的，落实政策我来接班。

生命中这种宿命姻缘到底是怎么回事？正想着，小护士抓住我的一只没有打针的手，放在她的手里。她用细嫩的小手，玩弄着我的手指，一根一根地玩。她低着头似乎在想着前尘往事，又好像要做出什么重大抉择，一副灵魂远在天边的神态。

突然，她一下子趴在了我身上，纯净的目光飘忽着。这目光就是小红骒马的目光，是那种犯了错误，正在做检讨的目光，让你有无尽的疼爱。她当然没犯错误，也不需要做检讨。我希望她继续进行下去，越深入越好。于是我用目光捉住了她的目光，鼓励她，表扬她，赞美她。

她受到了激励和感动，虽然仍然很羞涩，但却勇敢地，用她那红嫩的小嘴吻住了我干硬的嘴唇，然后又很笨拙地吻我的鼻子、眼睛，咬我的耳朵，像给我吃套餐一样。我估计外面已经天黑了，甚至是深夜了。窗子拉着帘，走廊里静悄悄的，没有喧闹声，也没有脚步声。晚上也不会有人来看我了。我想，这一切都已经被小护士安排好了。太平间的那个家伙真的很有种，终于没有醒过来。

我像躺在草地上，像沐浴着阳光一样。整个人都感到春暖花开。其他的形容词我想在这里就不用了，咋用都感到苍白，比我周围的白色还苍白。我好像有点困了，进入了迷迷糊糊的睡眠状态。小护士好像关了灯，她的脚步声又轻轻地回来了，又趴在了我身上，又吻我，后来她好像用手拉开了我的裤链，手伸进了裤裆，抓住了我那个硬硬的伙计，就放在了嘴里，我感到很热，这是我全身唯一有力量的地方。我想写一首诗，题目叫：生活是一匹马。

既要乘骑

又要鞭打

刚想两句，我就真的睡着了，据说鼾声悠扬。

红马

红马

第三十章

出 门 远 行

我们科尔沁草原，是在国家地理位置上的最北方，但是，我不知道最南方就是海南岛。这是一个常识，不是知识问题。在地理填空题里，没有哪个老师愚蠢得会出这么简单的题。但是很难有人回答准确，尤其是我问的南方之南在哪里。

我这么关心海南岛，是因为我想去那里。我出院之后就没有喝过酒。我反复地叙述过，马姐是诗，我是酒。马姐终于还是离开我了，所以我就不再写诗了，我那时的情怀是不写诗又怎会去喝酒。那天在医院里，我酝酿了像当年写六十首诗的情绪，想写一首诗，结果只写了一个题目，两句诗。我知道我像落魄的江湖高手一样，已经功夫尽失。不写诗的我不喝酒了，当然，不喝酒，

我也就不是我了。

马叔、马姐、乌兰和黑龙他们，都回到他们来的地方了。他们就像机器上的零件一样，终究要拧回他们原来的机器上去，包括黑龙。这个社会是有组织的，黑道人物的机器也是机器。可是我去哪里？我已经被我的机器甩掉了。马叔让我到北京和他一起办《马兰花》，当编辑。我已经没了一点兴致，我觉得我这样的螺丝钉，不像从前，我们受书本教育所说的那样，只要做了一颗螺丝钉，就可以任意拧到国家有用的机器上去。我这个零件，不适合拧到那个一切按部就班的机器上去。乌兰很失望，她又用她魔法师一样的眼睛诱惑我，但是我有小护士，已经修炼成坚强的定力，对她已经无动于衷了。乌兰这种祸水型的妖女，每天跟你在一起，她总是不停地在索取，好像分分钟都要把你身上的油水榨干。所以跟她在一起的男人还没有机会和她白头到老，就黑着浓浓的长发成了干尸。马叔懂我，他说，你这是闲云野鹤，顺其自然吧。马姐也坚持拉我。现在马姐已经不编杂志了，是电视台的编导。她每天带着一伙人，扛着机器，往远点说像过去的武工队，近点说就是一伙强人。据说这伙人像当年的红军一样，到处打土豪分田地拉赞助，所谓的土豪就是效益好的企业家。邓小平讲让一部分人先富起来，在文化界先富起来的就是这伙搞电视的。马姐跟我讲的时候，脸上金光闪闪。我对带电的东西没感觉，坚决不去。

我要过我自己的生活，这是我在医院里思考了三个月的问题。这不是简单的我个人出路的问题，而是我这个年龄的问题，从生命的角度讲，是生命的季节问题。我觉得我要离开文学，我要离开草原。我如果不换土壤，我的生命就要枯竭。我已经不是花盆里养的小花小草了，我要寻找我自己深厚的土壤，去长成参天大树。

晚上草地的风很凉，小护士陪着我散步。我已经不管小护士叫小护士了，她告诉过我她的名字，我不喜欢，就给她起了一个新名字。我叫她"驹儿"。驹儿很听话，是我交往过的女人中最令我心情快乐的，她的一颦一笑，似乎注定要让我这辈子刻骨铭心。她个子高挑，全身的骨骼都很小，裸着体，无论怎样举手投足，都让你见不到她的骨头，这就是古人说的好女。她乳房不是很大，脖子和腰都细长，屁股却很丰满，翘翘的，像一匹永远都在奔跑的小马驹儿。恰恰是这样，她的体位造型，成了和我贴得最近的一个女人，亲密无间。驹儿的嘴真是很美妙，嘴唇厚厚的，不仅讲话好听，唱歌好听，吃东西的声音好听，哭的声音也好听。但是，最令我销魂的是她的嘴代替裤裆里的嘴干活。有时完事了，我会长时间地看她，审视她的嘴，她这是嘴吗？嘴有这么神奇吗？上下都是粉红色的艳丽。

驹儿要跟我走,我也想带驹儿走。每天在草地上吹完了晚风,我们就回到驹儿的小屋里进行梦想。我原来以为,驹儿的家乡是南方就已经很遥远了。驹儿说,海南是他们的南方。我说,那咱们就去南方之南吧,更遥远的海南。

我们终于要走了,驹儿的妈妈爸爸也赶来送我们。她妈妈说:我把女儿交给了你,你要保护好她。

我说:放心吧,如果我们走进了绝路,必须一个人跳海,那一定我跳,把生路留给驹儿。

驹儿的爸妈是开明的过来人,想当年,就是这么来到内蒙古草原的。他们知道驹儿跟定了我,劝没用。因为这事儿当年他们都干过,革命前辈,对于后来者都是充满热情和理解的。

驹儿的老爸说:我喜欢你这种气质,但是不要把我女儿带到绝路去,也不希望你为我女儿去跳海,我希望你们都平平安安,幸福地活着。

上火车前,要跟妈妈分手了,驹儿还是哭了。她是看到妈妈的泪水才哭的,我为了安慰驹儿,由于和妈妈恋恋不舍,而有点忧伤的心情,在她的爱情笔记上写了一首诗给她:

十八的女孩是一朵花儿

十八岁的花朵盼着被人掐

勇敢的是我

浪漫的是她

放心不下的是她的妈

带着这首诗，我们义无反顾地，在北方之北，向着南方之南
出发了。

我领着驹儿，离开了生我养我育我的科尔沁草原。我们坐在
火车上一直向南走。我想，我的心情就像被我们赶上火车，运往
深圳，然后到香港的那群黄牛。我当年看到离开草原的黄牛，被
成群地赶上火车，听说它们要去深圳，然后到香港，我的心里充
满了无限的羡慕和嫉妒。我说我真希望自己是一头黄牛，赶牛的
跟我说：你以为它们去旅游啊，它们去了就被杀了吃肉。后来，
我去香港听说了，我们草原黄牛，一个很神奇的故事，不过那头
黄牛，那时已不叫黄牛，叫蒙古神牛。据说，香港有一个屠夫，
专门宰杀从内蒙古草原运来的黄牛。我们科尔沁是黄牛之乡，他
宰杀的肯定是我们这里的黄牛。话说，有一天，那个屠夫又开始
宰杀黄牛，有一头黄牛死活不肯往屠宰机里走，屠夫就采取强制
措施把它往里赶。你一头已经走进了屠宰场，站在了屠夫面前的
黄牛，还有什么选择？愿不愿意还由得你吗？你以为这里是内蒙
古草原？香港再讲人权，也没有你一头蒙古黄牛的份呀。可能那

头牛不甘心命运给它安排的结局，它要抗拒！于是，我们这头蒙古黄牛经过动脑筋策划，干出了石破天惊的事儿，它给屠夫跪下了，并且流着泪，哀求着屠夫不要杀它。黄牛的举动，让屠夫感到惊心动魄，屠夫也流泪了。他把黄牛留下了。屠夫知道今天不杀它，明天也要杀它，它一头肉乎乎的黄牛，生来落在人的手中，就是给人来杀着吃肉的。但是黄牛知道，今天不被杀，日后就永远不会被杀了。

果然，第二天屠夫家出了大事，当然是好事，屠夫买的六合彩，中了五百万港币。这一下出了大名，成了与香港明星齐名的明星，当然，我说的不是屠夫，是我们的黄牛。黄牛成了明星，还不是一般的明星，是吉利的旺财的明星，你说谁还能杀它？香港是从来不杀明星的，而且它的地位，在香港没有任何明星可以与之媲美，因为它被当成神牛，供到了香火最旺的黄大仙庙里，享受着万千善男信女虔诚的香火，香港任何明星，包括成龙、张曼玉都不可能被供进庙里享受香火，他们只能前来烧香、参拜。

我从来没有离开过这个草原，这回也像黄牛一样离开，但是我们肯定不是被杀了吃肉，我是为了找更好的肉吃，或者更幸运。我相信小红骒马、黄牛和我，虽然在动物形式上不一样，但是我们的灵魂是相通的。

夜里在火车上，外面一望无际的黑暗，我心里一阵阵产生忧伤凄凉的感觉，但是我并不感到孤独。因为我有驹儿。驹儿睡得很香，她红扑扑的脸幸福地钻进我的怀里，我感到很温暖。我已经好久没有这种幸福感了，还是几年前我和马姐贩马被困在沙漠里，马丢了，我们互相拥吻在苍茫的夜空下，虽然孤独无助，但是，马姐身上散发出的母性的光辉，让我的心里很温暖，钻进马姐的胸怀我全身充满了力量和不顾一切的英雄气概。今晚在火车上却有些不同，是驹儿钻进了我的怀里，我是在驹儿爸妈信任的目光中发了誓的，我要信守誓言。今天的我不仅仅要有英雄气概，还要有责任感。男人本来就是要承担责任的，所以我一把责任这个词装进心里，就马上成熟了起来。听老人说，大地里的庄稼，都是在夜里抽穗拔节，一夜之间成熟起来的。我也像庄稼一样，一夜之间成熟了起来。驹儿，你明天醒来看到的我，就是一个有责任感，成熟了的大男人。

驹儿睡得很熟很深，看她的笑容，就知道是在做一个甜美的梦。这真是一个做梦的傻女孩，就是因为在我的小说里找到了自己的梦，就死心塌地地跟定了我。我内心感动、温热，驹儿，我一定要给你一个和梦一样美好的现实。

我醒来时，感到全身发痒，热得难受。驹儿抱着我的头，正用一把大梳子，梳着我那长长的、带着典型民族特色的自来鬈发。鬈发上纷纷扬扬地飘着雪白的头屑。

驹儿说：哥，刚刚过了长江大桥，看你睡得香，我没叫你。

驹儿脸红扑扑地跟我说话，她仰着脸，肉肉的嘴唇红润润的。我心中一阵怜爱，她说的是啥话，我根本没听进耳朵里去。我只觉得热，看到外面绿油油的大地，我想起了家乡的草原。这里的冬天就像咱们草原的夏天一样，我嘲笑自己、逗驹儿开心地说：见到绿草就想起家乡，我真是牲口性格。驹儿真的开心了：我也是牲口，我是你的小红马驹儿。我感动地把驹儿搂在了怀里，很想亲她，但是周围人多，我不敢。我感到更热了，于是，我就从身上开始往下脱衣服。我打开火车的窗子，把脱下的棉袄和棉裤，从车窗口扔了出去。

驹儿见了大叫：哥，你干什么？怎么把衣服扔了？

我又抓起驹儿的棉衣要扔，驹儿紧紧地抱住不肯放手。她很忧伤地说：你为什么要把衣服扔掉？你不穿了吗？

我说：南方天热，挂电线杆子上，给我妈邮回去。火车上的人，都被我愚蠢的傻瓜幽默逗笑了。驹儿也笑了，我把她搂在怀里，贴在她的耳根说：我们不留后路。驹儿很坚定地抓紧了我的手，她自己把棉衣恋恋不舍地从窗口扔了出去。

这是广州躁动的春天，是我们第一次来到广州。

下了火车，在广州火车站，第一眼就被这充满了传说的羊城，和异域的岭南风采，吸引住了。火车站一只硕大的钟在摇摆着悠扬地响着。我想，大概全国也没有比这再大的钟了吧。钟的两侧写着：振兴中华；统一祖国。这八个大红字很敏感地让人清醒过来，马上会想起，台湾和还被别国殖民统治着的香港、澳门来。

几分钟后，我的感觉就变了，广州是一个让人的心灵慌乱、浮躁的地方。我们一下火车，看到匆匆忙忙的人流，盲目地向四面八方狂奔，我就怀疑这是冲进了狼的羊群炸了群。我看慌乱的人群，总是想到冲进了狼的羊群。这个地方叫羊城真是太恰当了。我由衷地佩服，广州的先民这么有才华，起了这么精彩的城市名字。

我虽然是第一次走出草原，第一次来到这个大城市，但是我一点也没有陌生感。我一身汗臭地领着驹儿，边走边给她讲笑话。我不断地提醒她，别踩痛了地下躺着的那些人的脚。

我们搭上的士，来到了广州当时模仿香港集中建的商业街上下九路。我们没想来这里，我们要到码头，买去海南的船票。当时，我们上了的士，并没有说到哪里去，的士司机看我们是北方来的，就直接把我们拉到这里来了。在他们的概念里，你到广州来就是到这里来，否则不到商业街来，你一个外地人还带个女孩，不是倒卖服装到广州来干吗？

我觉得这广州人的思维有些怪，有点像我们那里的一根筋性格的人。

我没有发火，我心平气和地说：我们是路过广州。

司机说：那你们去哪里？

我说：海南。

司机说：去海南明天早晨才有船，刚好在这里玩一下啦。

我觉得这个主意不错，因为我们已经知道了信息，今天走不了，明天才有船。

我们在上下九路的一个小旅馆里住了下来。那时，中国人刚刚发身份证，但是，我没响应号召去领，我还没有那个习惯，我从来没有想到要使用身份证这件事。人们从前出差在外，要凭借当地革命委员会开的介绍信，才能入住。由于没有身份证，不能被验明正身，在小旅馆里，我和驹儿只能在两个房间的两张床上睡。

人就是这样，可能平时对各种规范规矩不满，不断地咒骂，但是当这些规矩规范一来限制你，而你又不能过关时，便只会有一种说不出的哀愁。

我在来广州之前，对广州唯一的认识就是看过电影《羊城暗哨》。给我的印象是，广州是一个特务经常出没的地方，广州的特务多，是因为香港、澳门的同胞多。那时香港、澳门是一个先进时髦和反动堕落的象征。

在服务员的指导下，我和驹儿在公共厕所里洗了澡，服务员教会了我一个新词叫"冲凉"。接着我又学会了第二个新词，到叫"大排档"的地方去吃饭。驹儿看到别人吃的炒粉眼馋，就当了炒菜来点了吃。广州炒菜放的佐料很大，我们吃得很顺口，我把米酒当成了白酒来喝，由于口味淡，喝起来没有感觉，我三口干尽了三杯，刚好是一瓶，把周围的广州人吓得目瞪口呆。

吃完了，我领着驹儿在夜市里闲逛，我们走到了一个档口前，档口的老板热情洋溢地招呼我们。

我：老板，生意好吧？

老板：多谢你，生意很好。

我觉得好笑，这广州人倒挺文明，挺谦虚的，一说话先感谢。后来在海南住的时间长了，我才发现，这都是在香港人那里染来的病。不管谁求谁，也不管是啥事儿，反正一张口就多谢。如果你是骂过他的、打过他的、骗过他的，他也仍然要多谢你。好坏不分，敌我不分，有点像东郭先生似的，你说这不是病是啥？

现在的我，刚刚和广州人接触上，一切都觉得新鲜，还不认为他们有病。

驹儿很崇拜地跟着我，迈着豪迈的步伐，我们要去买船票。我们在广州虽然语言不通，公共汽车方向搞不懂，但是我们懂得坐的士，虽然贵了点，驹儿这个小当家的有点舍不得，但是，我们还是在冷气中悠闲地到了洲头咀码头买票，我要先看看洲头咀，这个怪名字很吸引我。

第二天早晨，上船像买票一样顺利，当我们躺在了大船的床铺上时，驹儿长长地出了一口气说：哥，我觉得你真了不起，你的风度像一个大将军。

我说：不叫大将军，叫我千夫长。

驹儿：千夫长这个名字好听，我喜欢，是啥意思？

我说：在成吉思汗年代就是大将军的意思。

驹儿：这不还是大将军，相当于现在的啥官？

我说：成吉思汗年代相当于少将，现在降低了，县团级，相当于一个旗长。

驹儿：那也是大官，哥，往后我就叫你千夫长吧？

我说：就叫千夫长。

船行驶在午后的阳光里，从珠江口进了伶仃洋，我们像在历史教科书里穿行。我拉着驹儿的手，站在甲板上，远处墨绿色的海浪汹涌澎湃，像草原上的草浪。船只行驶在海浪上，就像马车行走在草原上。我看得入了神，这大自然怎么有这么神奇的造化。站在船上就像骑在马上，晃晃悠悠中我就像回了家一样。驹儿没有在草地上生活过，她没有我的感受。我就像诗一样给她描绘，她像听神话一样入迷。突然她浑身软软地就不能动了，她软弱地说：哥，我晕，千夫长，快抱我。

我把她抱进船舱里，放在床上。她就像昏过去了一样。

我守在她的身边，不让一个苍蝇来打扰。

夜深了，大海寂寞得像草原上的原始牧场一样。无边无际的空洞。我倚在驹儿的身边打盹。突然一声细腻的叫声惊醒了我：哥，抱抱我。

我抱紧了驹儿，说：你醒了?

她说：我根本就没睡着，见你守在我身边，精心呵护着我，我感动得都想哭，哥，这就是幸福吧? 我这一辈子有这样一天就够了。现在死了，我都不白活了，满足了。

我说：不要胡说，我给你的幸福是长期存折，你永远也支取不完，透支不了。我们现在一起活，今后要一起去死，选一个好世道，再一起去投胎转世。

驹儿用牙狠狠地咬着我的嘴唇，给我一种痒痛的快感。她又用手去拉我的裤链，我按住她的手，贴着她的耳朵说：保住元气，养精蓄锐，先和大海斗争。

驹儿嘎嘎地开心笑了起来：这是你第一次怕我。

我说：驹儿，傻孩子，我永远怕你。你知道吗? 在我的词典里，怕你就是爱你，爱你就是怕你。

驹儿说：你一个大男人这么爱女人，不怕人家笑话?

我勇敢地说：怕什么? 女人就是给男人爱的；不但要爱，还要崇拜，崇拜女人身上散发出的母性光辉；不但要崇拜，还要感

激，哪个男人不是从母体里诞生的。

　　我面对女人说出这样的豪情壮语的时候，常常令我自己感动，又令我自己惊诧。我知道，我并不是永远能这样伟大地对待女人，但是正在说的时候，也是我正在做的时候，而且一点也不要怀疑我的真诚。虽然不是地老天荒，但是我给予的，对方曾经拥有的，就是我绝对的真诚，我不相信永恒，但是我相信真诚的每一瞬间，每一瞬间的真诚，才是难能可贵的真诚。

　　驹儿说：哥，你这么伟大，我要先感激你，崇拜你，爱你。

　　在甲板上，迎着习习的凉爽海风，她旁若无人地抱着我的脖子吻我。

　　天亮了，我们一夜没睡。海口的阳光已经照在了船身上，明亮亮地，表示着对我们这些远来陌生人的热烈欢迎。

　　我们也看到了一片绿色的云彩似的椰子树，婆娑着身姿，一副很好客的姿态。驹儿也有了精神，对不断闯入眼帘的海南岛美妙的自然景致，不断地发出惊喜的欢叫声。

　　她说：哥，这就是咱们要来的海南岛吗？咱们会长住这里吗？我说：会，永远！只要你喜欢。

　　我们就像草原马背上的疲劳骑者看见了牧村的炊烟和马圈一样，一起呼喊：海南岛，我们来了！我们真的来了！

第三十一章

南 方 之 南

岛上的海南人，见到我们先是惊慌，然后又充满好奇。这是一种很奇怪的感觉，就像猴子在森林里见到了人类一样，觉得我们这种动物像自己又跟自己不一样，不知道如何相处，反正不太相容。不仅仅我们这一艘客轮，大海上很多轮船，都在川流不息紧张奔波地运作着，船上那些兴致勃勃的，闯海南的人，就像旺季收网的渔民，一船船拉回打捞上来的鱼虾一样，拥上海南岛的码头。

海口人头攒动。我领着驹儿，拥入了那些鱼虾一样活蹦乱跳的人流。我们像志愿者一样，是来给海南建省的。海南这样一个孤岛，竟然要建省了。而我们当时有一种愚蠢的兴奋，这种兴奋超过建省，就像是建国一样。海口人，先是像旁观者一样，木然地看着我们，好像我们建的省与他们无关，他们用深陷在眼窝里的冷静目光看着我，我觉得有点受到了嘲笑。我每天都觉得我们这群大陆来的人荒唐。我喜欢用大陆这样的字眼来称呼自己，这样我就感觉到不是在海南岛，而是到了台湾。我们这些大陆人就好像在台上表演，而下面虽然有观众，却没有掌声，场面总是剃头挑子一头热，尴尬。看完表演之后，他们马上就醒悟过来了，天赐良机要发财了，于是他们又慌乱起来，原来一元钱一斤也没人要的臭鱿鱼，他们很迷茫，不知道该涨价到几元钱好，涨少了怕亏了，涨高了又怕卖不出去，看那可怜样儿，似乎伤透了这些渔民的很少使用的脑筋。

　　经过一番比海南人还伤脑筋的周折，我和驹儿终于住进了海军招待所，交完押金，我只剩下五十九元钱，在广州超出预算地住了一晚，让我有点经济紧张了，其实不住那一晚，省出一百元来，也解决不了什么事情。不过我的心理压力不大，反而很快乐，这里和大陆不同，我和驹儿住在一起不用任何证件。下船的当天，我就发现了一个真理，从草原来到海南的人，没有那种晕船效应。下了船，我就像下了马一样，虽然疲劳一点，但那只是像骑马的长途疲劳，灌了一瓶啤酒，也就马上头脑清醒、四肢松弛、协调了。所以选择住宿时，虽然伤脑筋，但是我却显示出了精明的头脑。我们先进标示着海南名称的海口宾馆，进去一看价格，身上带的钱不够住到半夜，再去望海楼大酒店，更贵，可能只能住一个钟头零十五分钟。尽管如此，里面人都住满了。看他们的衣着和神情，男人们的腋下几乎都夹了一个光亮的小皮包，女人们都穿着很迷人的裙子，都是我们草原没有见过的高人。驹儿很善解人意地看我表演。其实刚进门时，我有点心慌，门口竟然写着：衣冠不整，谢绝入内。我假装视而不见，摆出一副不掉价的样子，领着驹儿进进出出。我虽然来自内蒙古草原，但我不是牧民，大学生、诗人、老师、作家，这些内容早已泡进了我的生命里，形成了我与众不同的气质。但是，这住一晚上就要几百或者一千元的房价，我不是孤陋寡闻之人，虽然听说过，但是第一次遭遇，并且是在我只有五十九元的时候，有点难为我了。这种生活方式离我的生命体验太远，令我惊叹不已，在这炎热的天气里，他们竟然用冷气制造出了秋天的凉意。我心里发狠，请相信，我很快就会住进来的。

我领着驹儿回到了客运站，我当时不知道，这里已经被香港记者报道成了著名的人才角。人才角的下面是著名的地下室，一张床每晚五元钱。床挨床，没有冷气，热浪滚滚，臭气熏天。我说这里连草原上的羊圈都不如，但是住这里的人大多戴着眼镜，澎湃着一种指点江山、激扬文字的激情和一种自找苦吃的乐观主义精神。

我领驹儿走出地下室，外面灿烂的阳光，照亮了我的心，也照亮了我的眼睛。我不能委屈驹儿，也不能委屈自己。我看到了对面的海军三所，领驹儿走了进去。这里太适合我口袋里的钱给我规定的这个阶层了。这也是没办法的事情，或者叫知识分子的无可奈何的尴尬吧。我的智慧和理想超过了我的钱包，但是，我的钱包就是那样不争气地拉我的后腿。尽管如此，我对我当时的选择还是满意的。我们住进的房间，阳光明媚，没有空调，有风扇。房间里没有秋意，但是有春风。住下后，我们疲惫不堪，就像飘了一天的风筝，终于收了线。我要好好地洗洗澡，好好地躺一躺。不过，在这些活动之前，我要先好好地亲亲驹儿，她正噘着嘴呢，小女孩一定要哄。我躺在又凉又白的床上，任由她摆布，随意闹。

驹儿把我爱够了，没有睡意，竟然说饿了。我们出去，夜里两点，似乎比白天还热闹，阴阳颠倒。回来时，我对驹儿说：驹儿我给你考试，看你到海南智商降低了还是提高了。她兴致勃勃地响应说：好，老师别出太难的题。

我说：填空题。一、来海南的有几种人？二、来海南的人干几件事？

驹儿说：来海南的有两种人，男人和女人。来海南的人干两件事，睡觉和吃饭。

驹儿就是驹儿，这孩子的那种灵性，好像就是为我生的。我不管别人有多少种答案，这就是我的标准答案。今晚出去，我好像被财神给附体了，脑袋里忽悠一下就想到了赚钱。

我说：这是我的标准答案，驹儿，你知道我为啥要给你出了这个题吗？

驹儿说：哥，你不是为了好玩，你是想要赚钱。

我说：对，我想赚钱，你知道我赚啥钱吗？

驹儿说：你在我手心写一个字，我在你手心写一个字，看看咱俩的心是不是相通的。

我们在两只手上都写了一个字，然后两只手合到了一起，两个人闭上眼睛，嘴吻到了一起，一松嘴同时说：揭开谜底。我的佛爷，原来都是一个"吃"字。我感觉周围有一些灵光在闪现。

我问她：你怎么知道我要做吃的生意？

驹儿说：你忘了我是谁了？我不是你的小红骒马吗？我和你是心灵相通的呀。

我相信了，相爱的男女心灵是有通道的。我感慨了一番生命里这种令人匪夷所思的奇妙。

驹儿问我：为啥要在吃上赚钱？怎么个赚法？

我说：你不是跟我心灵相通吗？我现在正在想，你应该知道。

驹儿认真地说：哥，吃饭时，我见你那么认真地问人家开饭摊的情况，我就知道你的意思了。你今天下午说了，到海南不是找不到工作，而是海南根本就没有工作，我就知道你要想办法赚钱来养咱俩了。

我说：你猜对了，刚才，在外面吃饭，我见路边的一些大排档和小吃摊都是大陆人摆的。我就心动了，大陆来的这些帮助海南建省的人，很少有政府派来的，省还没建起来呢，这些男男女女的志愿者，每天面临的问题就是吃住。在住上赚钱，咱还没那机遇，吃上倒是可以。

我在进入梦乡前，还感叹今天的五十九元，二十五元一晚，交了两晚上的住宿钱，去掉五十元，剩下九元刚刚还消夜吃掉了五元，剩四元能开个小饭摊吗？

驹儿用细腻的小手捏着我的嘴唇，又用细腻的声音说：睡觉吧，别把这事带进梦里。你是有神助的人，没准儿明天一起床，地上就会出现你想要的东西。

第二天，上午很晚我才自然睡醒。这是我在海南岛睡的第一夜，这一觉睡得我舒心快乐，一点也没有不适应的感觉。看来海南岛我是来对了，这地方养我。海风很鲁莽地冲进阳台，吹开了我的蚊帐，这海风的风格真像草原风，总想揭露人的秘密。

草原是岸上的大海，

大海是水里的草原。

　　我莫名其妙地脑子里就蹦出了这么两句话，有点像诗，我嘲笑自己，也上来了一股酒瘾，然后也就清醒了，结束了胡思乱想，要起床了。我想起了驹儿，身边驹儿不见了。跑出去玩了，我猜，这海南岛真适合她。我正在厕所里撒尿，厕所里很宽敞，铺满了瓷砖，白白的很让人赏心悦目。正尿着呢，驹儿敲门：哥，开门。我拖着淋漓的尿迹，打开门，一下子想起了中学语文课本里的一句名言：简直不敢相信自己的眼睛。驹儿一身大汗，提着两只大红塑料桶，站在门口喘着香气。我把塑料桶拎进来，一个里面装满了锅碗瓢盆勺，一个里面装的是油盐酱醋和辣椒。

　　我不知道，我在那个年代为什么那么容易受感动，为了掩盖眼中即将流出来的不争气的"热水"，我装得很男人、很坚强的样子，像警察审小偷似的问她：驹儿，你从哪里来的钱？

　　驹儿交代说：是我自己带来的一千块钱，我没告诉你，就是想在你有危机的时候美女救英雄。

　　我装不下去了：傻孩子，看你累的，为啥不叫我一起去呢？

　　驹儿：我想给你一个惊喜，让你一睁眼就看到地上有了你想要的东西，像神话一样。

　　我控制不住了。泪，我也不掩藏地叫它水了。泪很不给我面子地流了下来，我抱起在风扇下流汗的驹儿：小马驹儿，来，我给你洗澡。

我的泪流在驹儿光滑的皮肤上，驹儿用柔软温热的舌头舔我的泪。

在淋浴时，我紧紧地抱着驹儿，动情地说：我的小公主，你知道吗，你是美丽的公主在救落难的书生。

驹儿还剩六百多块钱，我领她出去，买了一台二手的三轮车，一台煤气炉和一盏汽灯。几乎把钱花得一文不剩。我对驹儿说：咱们置之死地而后生，不留退路，今天开业，今天一定要赚钱。

驹儿在帮男人做事上，宽容豁达、善解人意，我一辈子都没见过第二个这样的女人。她纵容男人，我买东西花钱，她不阻拦，任由我随意妄为，只是看着我娇娇地笑。我总觉得她的心把草原都装来了，要不为什么那么宽广？

半夜两点钟，我们收摊。销售额为三百六十九元，这样卖四天就回本。为了庆祝，驹儿也陪我喝了啤酒。

驹儿洋溢在幸福当中：哥，你长胡子长头发配着红 T 恤，这种扮相真帅呀，我有几次，看着你挽着袖子在那炒菜的样子，都迷得忘记招呼客人了。我很冲动地就想上去吻你。

我得意忘形地说：别夸我，那样我会骄傲，不过你想干啥就干啥。

驹儿：哥，你怎么啥都会，我真没想到你会炒菜。

我说：我没炒过菜，反正有了锅和菜，一起放在火上我就炒了，其实这个世界的事，只要实践，就都比理论说的简单。还是毛主席当年教导我的好呵：实践出真知。可惜那时你小，没赶上毛主席时代。

驹儿说：哥，我真崇拜你，我愿意让你骄傲，有了你，我啥都想干，不过，现在我只想干一件事，你应该知道是啥事。

我说：明白，出发，马上回家。

我蹬着三轮车，驹儿雄赳赳地挑着汽灯坐在车上。其实我们路上根本不用点这个汽灯，但是驹儿喜欢，她觉得这好像是在张扬着她的一个梦想。从这次我才发现，驹儿对时尚的东西和那些另类或者复古的玩意儿特别有天分，感觉特别好，我在心里发誓，我一定要把她送进大学的服装或者工艺美术系里去读书，让她内心的梦想长上翅膀放飞出来。

我想着想着，两条蹬三轮车的腿就充满了责任和力量，斗志昂扬地加快了速度。

回到海军三招，在床上自然又是一番热烈的庆祝。我疲惫不堪还没休战，趴在驹儿的身上，就迷迷糊糊地进入了梦乡。

鼻孔一阵奇痒，我一个喷嚏坐了起来。驹儿睡不着，我的睡意也跑了，她用头发梢痒我的鼻孔。

驹儿叹了一口气，很忧伤的样子，好像很不开心。

我说：驹儿，傻孩子，咋不睡觉，想家了？

她说：没有，你是我的家，你在哪里我的家就在哪里。

我说：既然在家里，那怎么不睡觉？

她说：我在担心，我这个家有一天会丢失了，让我找不到你，我很害怕你被别人给抢走了。

我说：不要胡说，咱俩是从上辈子求缘来的，我跟别人没这个缘分。

驹儿突然爬起来，趴在我的身上说：哥，你说今天咱们的客人中是男人多还是女人多。

我假装酸酸地说：肯定男人多，还不是都被我的驹儿吸引来的。

驹儿说：错了，是女人多，我见了那么多漂亮的女人，觉得自己真是没法比，我看她们看你的眼神，我就心慌，就嫉妒，你还答应让她们来帮忙，我都有点害怕。

我明白了，这个小鬼东西，原来是为这个睡不着觉。

我说：咱们生意好，忙不过来，找人帮忙有什么不好？开大了你可以当老板娘呵，别胡思乱想，睡觉吧，我白天还在心里表扬你心胸宽阔呢。

驹儿狠狠地咬了我一口，很严厉地大叫：不行！

我说：你这个小心眼，咋这么复杂？我在黑夜里炒菜油烟滚滚，我根本看不清男女。

驹儿说：你别装傻，我看你越是漂亮的女孩，你就越炒得来劲儿，像打足了气似的在那里表演。

看来女人在对待男人的事情上，用无边无际的母爱，真是无所不包，无所不容。但是一遇上对待女人的事情上，就显得狭路相逢，仇人相见分外眼红了，眼里不揉沙子，心里不容人。这个驹儿呀，也不能免俗。

我见说服不了她，也没有必要再说服了，因为这心病是无法用语言的药治愈的，索性就强制性地咬住她的嘴，搂紧她的身体，一动不动，睡着了。

第三十二章

海 南 咨 询 报

　　海南马上就要建省了。我有时候站在海口,眺望周围的大海,就自己问自己：这个海岛真的就要成立一个省了？我总觉得建省和建国一样，是历史大事，怎么这么和平，这么容易就建起一个省来？而且我还是其中的一员，虽然我是自愿自费来的，对于建省我起的作用微不足道，但是对于我个人的人生,应该是重要的，我是幸运的，历史能就这样被我见证了吗？我总是觉得有一种云里梦里的感觉。我是通过读书认识历史的，上下五千年，总觉得历史事件都离我很遥远，我生来就是历史事件的旁观者、局外人。可是，现在海南建省这重大的历史事件，竟然步步逼近了我。

　　当然，这件事对我有意义，我对这件事没啥意义，我说过我的存在微不足道。我只是海口客运站人才角一个临时饭摊的，说大一点是老板，说实际一点就是炒菜摆小摊的，而且无证经营。我发现我当时陷进了一个无证的圈套，海南还没建省，属无证经营，我和驹儿也没结婚，也是无证经营，我好像一下子走进了极其自由状态的社会。

命运给了我这样的人生，给我这种体重，就不是让我受轻视的。我不但回避驹儿说的那些漂亮女人，对驹儿的小心眼也更要小心翼翼，女人你要爱她，就要迁就她，站在她的角度为她着想，关于对错的标准，只要你站在她的角度就是对的标准。对刚上岛的大陆人热情的咨询，我还是热情地回答的。这些刚上岛的大陆人，随着建省的广告在大陆猛烈地轰炸，比几个月前的我们更加兴致勃勃地来淘金了。他们走到饭摊前，可能看出我是一个有文化的人，就都来向我咨询。我给他们回答问题，驹儿就忙着点菜。我挥舞着大勺，给他们描绘着海南省大特区的，特别大的，美好前景，至于大到什么程度，我是用听说加想象来组合的。这就是我的头脑的过人之处，道听途说的信息，加上我浮想联翩的判断，放在海南要建省这个大的历史背景下，我就很从容地，产生一套离事实相差不是很远的、能够自圆其说的说法。

一天夜里，筋疲力尽的驹儿，躺在被窝里对筋疲力尽的我说：哥，我真佩服你，你以前也没来过海南，咱们就在这里刚摆几天饭摊,你就像海口的市长一样啥都知道。咱们对那些咨询你的人,真应该收咨询费。

我本来打算请人帮忙,驹儿那晚一闹,也就算了。驹儿像做错了事一样,赎罪般地拼命干活。我每天都安慰她说:驹儿你这么在乎我,我不但不怪你,我还更喜欢你了。你知道吗,男人的自信都是女人给的。今晚,我看着驹儿累瘦了,面部肌肉有一些松弛憔悴,心里有一些愧疚。但是她那惹人疼爱的小脸上,厚厚的小嘴,说出的话竟然一语惊醒梦中人。

我说:是呀,驹儿咱们干脆办一张报纸,就叫海南咨询报。

驹儿欢呼,积极响应。

我们俩来了精神,觉也不睡了,爬起来就干。我把这么多天别人咨询我的问题,都列出了目录,分成要闻、大事记,以及海南包括历史、地理常识和民俗风情在内的投资大环境编成了三个版,第四版是副刊,刊登我和驹儿联合写的上岛日记。我们干到天亮,就跑出去找印刷厂。海口当时的印刷厂很少,价格吓得我的钱包直颤抖。

驹儿很失望地说:哥,咋办? 不行用手写吧,你的字那么漂亮。

我说:用手写能写几张报纸? 干脆用油印机。这是我的长项,在大学办诗刊,教书给学生印卷子,我已经是刻钢板的熟练技工。

在驹儿崇拜和恭维中,我们买来了铁笔、铁板、蜡纸、油墨、

油印机，回房间就开工了。

临到中午，我们具有划时代意义的报纸《海南咨询》就出版了。

现在建省临近，白天不让出摊了。晚上出摊的时候，我们的报纸《海南咨询》像印好的十六开的考试卷一样开始发行了，发行量一千份。一块钱一份，驹儿把它们庄严地摆在了饭摊上。大陆来的人越来越多了，他们来咨询，我根本不理，埋头炒菜。驹儿就向他们推销报纸。我模仿着卖耗子药的腔调，写了一段广告词，让驹儿边喊边卖：

看一看，

瞧一瞧。

海南咨询。

大陆人刚上岛，

海南知识不可少。

海南要建大特区，

要闻政策话你知。

不看不知道，

一看全知道。

　　过了一会儿，买报纸的人越来越多了，带动吃饭的人也越来越多了。原来买了《海南咨询》的人，在大街上边走边看，惹得别人眼红，问清楚是我们这里卖的，就都跑来买，买完顺便也就在我这摊上吃点东西。驹儿越卖越起劲儿，干脆不管饭摊了，我一个人更加忙碌了。

　　很快，一千份卖完了。我们收入一千元。我和驹儿拿着钱傻了,这钱这么好挣? 比在草原上拣牛粪都容易。一张纸才几分钱，附加我们的劳动就变成了一块钱，这简直是暴利。

　　当晚，我和驹儿召开了重要的紧急会议。我们俩一致认可，全票通过卖掉饭摊，脱离伺候人的下等苦力活，转向斯文的报纸出版发行工作，明天加印一千份，发行量第二天就翻一番的，这在出版界也算是奇迹。从前我们革命的报纸是为了斗争的需要，才像我这样创办的，我今天也好像不仅仅是为了钱，虽然我当初是为了钱，但现在我总觉得有一种力量在鼓舞着我，激发着我，我好像在干着一份事业，有着一种朦胧的使命感。

　　我和驹儿夜里编写刻印《海南咨询》，早晨我们洗一个豪华的热水澡，穿得干干净净的，出去卖报。我蹬着三轮车，驹儿坐在车上招呼，很熟练地叫着卖报的广告词。在海南即将建立的大特区里，我们一天一天地正在变成有钱人。我们的《海南咨询》，不仅给我们带来了财源，还带来了名声。海南的党报《海口日报》和新锐报纸《海南开发报》（就在我们的六楼）都转载了我们的消息。据一个新华社的记者说，北京的什么报刊，还刊登了我们办报的事，上面刊登了我蹬着三轮车拉着驹儿卖报的彩色照片。

　　我们被挣钱的胜利冲昏了头脑，不知道麻烦和危险正迈步向我们跑来。

　　《海南咨询》已经扩大发行量，达到了三千份。几乎当天的报纸，当天都卖完。当然，我也不怕卖不完，这不像我们开饭摊，买来的鱼肉卖不完，没有冰箱，第二天就坏了。报纸第二天照样卖。带着前一夜的疲倦，我蹬着三轮车，带着驹儿沐浴在海风中，沉浸在劳动带来的成就感和收获金钱的喜悦当中。从海甸岛的秀英码头回到人才角，有几个怪怪的人，只看不买，还不断地向我问这问那。

　　一个人拿出一本杂志，打开其中的一页，问我：这是你们？

　　我拿过杂志，一看是北京办的，里面的照片是我蹬着三轮车拉着驹儿在卖报。照片拍得有点模糊，我很遗憾地把杂志递过去说：是我们。然后我很不满意地说：这照片拍得不好。

　　另一个人说：你们这《海南咨询》办得不错呀，现在很有名气了，多少期了？

驹儿抢着表扬我说：二十一期了，他是作家，当然办的好了。

呵，是作家呀，真了不起，就你们两个人办吗？

驹儿又敬佩地夸我：就他一个人，我给他打下手，帮帮忙，但是写文章刻字帮不上，全是他一个人干。

他们又问：每期印多少？

我谦虚地说：现在刚到三千份。

本来很傲慢的我们刚刚变得谦虚，那帮本来谦虚的家伙，却突然傲慢起来了。

他们马上变脸说：你知道我们是干什么的吗？

我一下醒悟了，但是已经来不及了。我明白了他们肯定是来查我们的。但是我不知道他们是公安局、文化局、宣传部、出版局、工商局还是哪里的什么局或部，反正这些应该管事的局，我一下都想起来了，但是确定不了我们这个事谁来管。

看来海南要从无证状态走出来了，尤其是不允许无证办报。果然我猜对了。

他们说：你们这是非法出版印刷，你还是作家，这个道理该懂吧。

我啥都跟人家说了，再辩解也没用了，挺着吧，看他们咋处理。非法出版印刷，我操，这不是犯罪了吗？

一个瘦一点的、领导模样的人说：明天正式建省，今天卖完这些，明天不准再印刷这份《海南咨询》了。把你的才华用到正道上，为海南省做贡献吧。

他们走了，就这样走了，很宽容的，对我们没有进行任何的处理。我们傻了，怔怔地、傻傻地，呆在那里。我越想越后怕，幸亏是建省之前，一切都是无证的无序状态，否则麻烦就大了。可能那个时候人的心情都特别好，也就特别宽容，而且我是为海南建省做宣传，虽然方法不得当，同时也为自己捞了好处，但是爱国不分方式，念及我没有功劳有苦劳，也就不追究我了。古代或者外国，遇上这喜庆的日子，不还把抓起来的人都赦免了吗？我站在政府的角度来考虑我的问题，也就轻松了许多。

我说：驹儿，钱呢？

驹儿拍拍包说：全在这里，一共三万六千块，哥，我全背着呢。

我们那时就这么傻，把钱放在房间里怕丢，存在银行又不放心。驹儿干脆就每天背在身上。

我和驹儿回到房间，把钱从包里全拿出来，又数了一遍，还是三万六千块。

驹儿还是兴奋地说：哥，咱们发了！

咱们发了，像空谷回音震颤在我的生命里。我们刚赚到一万块钱的时候，驹儿就是这样跟我说的：哥，咱们是万元户了，咱们发了！

万元户，这在当时是多么了不起的富豪阶层呀。我们学校的李老师因为用熨斗做塑料袋成了万元户，这个民办教师的社会地位比旗长都尊贵，像王爷似的很快转成了公办教师。而我们现在的三万六千钱，是比三个半万元户还多呀！这次的三万六千块钱，不，追根溯源，应该是驹儿的一千块钱，奠定了我日后人生所有经营的经济基础。

我：从明天开始停刊。

驹儿：哥，明天的建省专刊白编了，有那么多精彩的内容，费了我们多少心血呀。

我：建省了，咱们也该换一条路了，再往前走，就走进监狱里去了。

驹儿：今天这还卖吗？

我：不卖了，送。驹儿，你把剩下的这一千多份《海南咨询》，放在人才角的那个花坛上去。

我写了一个牌：迎接建省，免费阅读。

红 马

第三十三章

一 夜 囚 徒

　　驹儿刚出门，又传来了轻轻的敲门声。我问是谁？他们很熟悉又很客气地说：开门。虽然声音陌生，但是我想可能也是熟人吧。我一开门，就像电影里的镜头一样，张牙舞爪地冲进来了七八个人。上来两个人按住我的手脚，其他人封锁了厕所窗户等能逃跑，或者有可能会冲进同伙的地方，然后开始搜索。我刚想喊有贼，抢劫了！他们却抢先喊了起来：别动，别乱喊乱叫，我们是公安局的，希望你配合我们。

　　我们今天在卖报时虽然遇上人查，放了我们，但在潜意识里还有一种预感，可能还会有麻烦，公安局的要来找我们，但是没想到他们这么快就来了。他们来之前，我心里就有一种恐惧感，他们来了我就更加恐惧了。我本来想等驹儿回来就撤退，我不想把心里的这种不祥和恐惧告诉驹儿，我怕她害怕。我望着这些公安人员，心里觉得好笑，似乎他们警匪录像片看多了，一个个都像表演似的，那动作语言充满了戏剧色彩。于是我就镇定了，不再恐惧了，甚至挺冷静地说：别这么紧地按着我，很痛，让我看看你们的证件。

一个一脸官相的胖子从口袋里掏出了警察的证件，在我的眼前晃了一下，他没让我看清楚，我也不想看清楚，不用证明，我也知道他们是警察。这些警察和电影上的演员学的，让人一看就知道是警察。

房间里的气氛缓和了很多，他们没有搜出来他们想要的东西，虽然有一些失望，但是他们放心了，可能因为感觉到我不是一个危险人物。我也平静，抱歉地说：对不起，海南要建省了，很混乱，各种贼很多，你们真的是警察我就放心了。

胖警察说：没关系，我们应该给你看证件，海南要建省了，确实很乱。我看你是个有文化的人，还好像搞艺术的，我们希望你能配合我们。

我说：没有问题，你们想让我干什么尽管说，别客气。

胖警察说：咱们换一个地方去说吧。

一帮人拥着我，一个挨一个，在外人看来，就像几个哥们儿，很亲密友好的样子，就这样下楼了。他们没有给我戴手铐脚镣，我心情很失落，我感觉到了他们对我的一种轻视。在电影里，被捕的人都是戴着手铐脚镣，被威严的警察押着，一种大义凛然的英雄气概。现在我遇上了这样一个机会，却被几个便衣像哥们儿一样给请走了，运气真是太差了。下了楼我真怕碰上驹儿，她见我上车跟人走了，一冲动也要跟我来，那不是自投罗网？另外，我这副模样也不想让她看见，好不容易被警察抓了一次，一点英雄气概都没表现出来，多让驹儿嘲笑，将来回忆人生时我都没有自豪感。

驹儿的运气真好，在警车路过人才角时，我看见她还在摆放《海南咨询》，和我写的那个免费阅读的牌子呢。我们在警车上，那些人对驹儿理都没理就开了过去。

警车停下时，警察让我下车，我对来的这个地方很不满意。电影里的常识告诉我，警察抓人都要关进监狱，可我们来的这个地方叫拘留所。其实这是我有些过于挑剔了，拘留所和监狱在国外都是一个概念，我们国家词汇量丰富，才这么叫的。你被派出所的片警给逮住了，跟国外被警察局的警察给抓住了，效果一样，都得坐牢。下了车，我看也没看就在一张他们给我的纸上，在他们指定的地方签上了自己的名字。这是一种很方便的形式，不用签字人动脑筋。后来到了现在的网络时代，申请注册电子邮箱，采用的都是这种在公安局学来的模式。签完字，他们很客气地没收了我的眼镜、手表、裤腰带、鞋带和鞋子底的铁条。我抗拒他们这样做，他们给我解释说：你是文化人，要明白这个道理，这些东西都是危险工具，你想不开都可以用来自杀的。我说我不想自杀，他们说：你现在不想，不等于过几天不想，另外你不想别人还想，别人想用这些工具自杀或者杀人。我用手提着裤子，狼狈不堪地被他们带领着，三道铁门，很威严地开了又关上，我就进了一个黑洞洞的小屋里。进了小屋，待眼睛适应一下之后，我看见了六双期盼、好奇、孤独苦闷而又幸灾乐祸的眼睛，兴奋地盯着我。

他们在角落里蹲着。看守走了，后来我明白了应该叫管教。两个家伙站起来走到我身边，前后左右地看着我，好像到我们科尔沁草原上赶集买马的汉族人在选马。我有点无所适从，我天生就不适合来这个鬼地方，这些人让我害怕、恐惧。我见了他们比见了警察还恐惧。

一个很瘦、讲话西北口音的老头问我：犯了啥事进来的？

我说：啥事也没犯。

马上引起一场哄堂大笑，觉得我很有趣儿。他们互相叫骂着，好像更加兴奋：操你妈的，没犯事公安局会抓你进来？你这个傻瓜！

老头说：说实话吧，咱们都是天涯同命人。

这老头有文才，一句话感动了我。

我说：出版报纸。

老头很老到、很确定地说：你是文化人，大学生。

那些犯人，后来老头给我纠正说：还没审判的人叫人犯，相当于犯罪嫌疑人，不叫犯人。那些人犯说：仓头，今天咱村子来新人了，要加餐，看看给他吃鱼头汤，还是吃红焖排骨？是咱们给他上，还是他自己点？

老头说：他是大学生就免了吧，和你们这些社会上的地痞小偷不同。

我听老头这么一说，对老头很有意见。大家叫他仓头，我已经明白了他是这里的老大，但是他的兄弟们这么热情地欢迎我，他却很吝啬。

老头看出了我的不满，给我解释说：刚进来的人，都要被打一顿，叫杀威风。给你吃鱼头汤，就是把你的头按进便池里去泡，吃红焖排骨就是用被子蒙上你，大家一起拳打脚踢。但是根据犯事的性质打的轻重程度也不同，强奸犯那种用鸡巴犯罪的人挨的打最重，但是随着改革开放，发廊桑拿夜总会越来越多，这种人犯越来越少了。最轻的是诈骗犯，有时我们都不打他，三十六行诈骗为王，人人都敬佩用头脑犯罪的人。你这种文化人我们很少见，也属于是用头脑犯罪吧，跟我们不是同类，我们是用手犯罪。

我恍然大悟，心中对老头充满了感激。

老头又继续告诉我：一看你就是第一次进局子，到这里来，这里没有什么可怕的，有的人来过一次就再也不怕了，有的人一辈子都没来过一次，一辈子都怕这里。一会儿你提审，有一些"礼仪"你要注意，无论对方是警察还是法官都叫政府，见面先蹲下，说话喊报告。

老头叫马老八，是从西北来的。他长了一张精瘦的脸，上面挂着一双浓厚的吊脚八字眉，看了让人心惊肉跳；八字眉包裹着一双细小的鼠眼，眼珠在眼眶里一点都没有安分守己的样子。

我也很客气地问他：你是怎么进来的？

他回答问题像脑筋急转弯一样：我跟你一样是被公安局抓进来的，这里谁能自己愿意主动进来？

我说：是什么原因抓你进来的？

马老八说：你看我像干什么的？

我心一动想都没想就说：你应该是梁山好汉鼓上蚤时迁的后代。

马老八开心地大笑：还是你大学生说话有水平，同样一件事，放在你嘴里说就不一样。一辈子别人都说我是贼、小偷，只有你把我和梁山好汉相媲美，你夸我的话我爱听。我真后悔把四个儿子都培养成了小偷，要不有一个上大学的也好改换一下门庭，走走人间正道。

　　我很好奇：你四个儿子都干这个？

　　马老八很骄傲地说：是呀，我的四个儿子在家里被我培养得个个是开天窗、打荷包、杀死猪、拖棺材的高手，尤其是我们老二马虎达到了出神入化、风过无痕的境界，四个儿子，在我们这一行里也算是有出息的，出类拔萃。

　　我很谦虚地请教说：这些术语啥意思？我不懂。

　　马老八耐心地给我讲解说：开天窗、打荷包就是从人的兜里往外偷钱包，这样的工作一般一个人就可以干了，适合单独作业；杀死猪、拖棺材就是在火车站或者码头人多的地方，那些等车船的人，疲劳困乏了躺在地上睡觉，我们用刀片割开他们的口袋，把他们身上的钱偷走，然后再把他们的包拖走，这种工作一般一个人做不了，要至少两个人合作，东西一到手，马上传给下一家，如果来的人多，多传几家，第一手还可以留下看热闹，或者故意引错方向，阻止他们追赶，看丢东西的人哭天喊地地找东西，很过瘾，很刺激，很有成就感。他妈的就那一阵觉得自己特别了不起。马老八讲到最后激动了起来。

　　我心里想，这个人渣，真他妈可恶，但是表面上，还表现出来很敬佩他的样子。我可不是傻瓜。在这样的狼群中，谁还迂腐逞呆子英雄。

　　我问他：你不是一个人来的海南吧？

　　马老八：不是，海南开放要建大特区，深圳那一拨没赶上，这一拨不能再落下了。我跟儿子们说：海南建大特区需要人才，咱们这一行也不能缺少，去海南的人都是有钱的，这对咱们也是一个发财致富的千载难逢的好机遇。于是我就领着四个儿子马龙、马虎、马豹和马熊，毅然决然地含泪告别他们慈爱的妈妈，来闯海南了。儿子们年轻有为，都很顺利，几乎都是眼到手到，手到功成。我这个主帅没想到看走了眼，失了手，看来哪一行都是一个理儿呀，到老了就得退休，人不服老不行呀。好在我后继有人，值得安慰。不过我这次真的应该听老伴儿和儿子们的话，不来就好了。在家演习时，孩子她妈兜里揣上钱，我和儿子们轮流偷，属我出手速度慢，眼睛反应也迟钝，目光就像个小偷似的，我对我的目光很不满意，其实，做小偷这行最高境界的目光，应该像个警察。

　　到了黑天，我闷在监仓里睡不着。大概只有五平方米的地方，还有一个洗澡和大小便用的水池，剩下的地方挤了我们七个人。监仓里没有风扇，身上不停地流汗，我穿着一个裤头，那些老犯，都光着屁股，轮流着，一会儿进到水池里冲洗一下，便凉爽一会儿。我们七个人仰脸睡不开，只能前胸靠后背像罐头里装的沙丁鱼。那天，刚好有一个香港贩毒的被判了死刑，戴着手铐脚镣被锁在床板上，他受到了优待，可以仰脸躺着，这样我们就有两个人不能睡觉，值班轮流看着他，怕他自杀。那时我才知道，人一旦被判了死刑，连自杀的权利都没有了。

寂寞难耐，那几个家伙，玩起了一个叫我至今想起来都恶心的游戏。一阵响铃之后，监仓里的灯熄灭了。一束细细的探照灯光飘飘忽忽地照在了天花板上。监仓里没有窗户，只有一个透明的天窗，上面巡逻的武警常常把脚踏在天窗上，我们就有一种被他踩在脚下的感觉。我们像一窝躲在洞里的老鼠，武警的大脚就像一只猫爪子一样，威严恐怖。

那些老犯开始了游戏。他们就用手打自己的飞机，然后追赶那移动的探照灯光，向着天花板搞射精比赛。马老八没有搞，可能他老了没有那么多的货了，但他熟视无睹。我不好意思看，看着他们笑，我笑不起来，这人一堕落怎么连畜生都不如了，一点羞耻感都没了。至今我都搞不明白，是这些人因为没有羞耻感才犯罪，还是犯了罪之后，进了监狱才没有了羞耻感？反正现在他们是一群没有羞耻感的家伙。

夜深了，监仓打开一个小窗子，叫我的名字。马老八叫我喊"到"，赶快穿衣服，政府要提我的堂。

审问我的是一个马脸的高个女人。本来我很喜欢高个女人那种飘逸的气质，但是这个警花的脸太长了，整个头，很像一只四十四码的鞋底子，不小心踩上了几根猪毛，尤其在底部还拐了一个弯，更加形象逼真。另一个是一个戴眼镜、和我年龄差不多的很温和的男警。

我喊着"报告政府"，进去靠墙根就蹲下了。我总觉得这种称呼不伦不类，有点搞笑。本来那就是警察，直接喊"报告警察"还威风一些，这样拐着弯地喊报告政府，还不如说"报告党"直接。因为警察是政府领导的，政府是党领导的嘛。我不知道，到现在也不知道，这种称呼是留下来的革命传统，是这里的规定，还是那些人犯的发明。

那个女警无动于衷。那个男警示意我站起来，坐到他们对面的一个椅子里。然后他又拿出一支烟，问我：抽吗？

我很感激，接过来，他就给我点上了。看他那熟练的动作，一定是在领导身边工作久了，已经练出来的本事。

女警铁面无私地开始跟我搞心理战术：你知道为啥抓你进来吗？

我揣摩着她的话回答：不知道。

女警：看你是个有文化的人，你应该知道党的政策，希望你坦白交代，跟我们好好配合。

我说：我知道政策，我也一定好好配合。

她说：那好，你交代吧。

我说：我不知道交代什么。

女警大怒：你不老实，你知道抗拒的后果吗？

我心平气和：我没有抗拒，只是不知道交代什么。

那个女警站起身来出去了。男警又给我像伺候领导一样点了一支烟，说：你就说了吧，你的同伙已经说了，其实我们一切情况都掌握了，就是要你的一个态度。

我一听有点慌了，同伙都说了，谁是同伙？难道他们也抓了驹儿？说他们掌握情况我相信，因为下午我和驹儿都跟那帮人讲了。既然他们都掌握了，干吗要跟我兜圈子，难道真是要我的态度？那我就说吧。

我刚要说，男警就说：干脆不要兜圈子了，我给你提示一下，你就老老实实地，把你们卖假证的事情，从头到尾都交代清楚吧，我给你一次立功的机会。

我一听蒙了，心里忽的一下，有底了，他们是抓卖假证的，肯定是弄错了。

我猛抽了一口烟，镇定了一下，说：报告政府，你们弄错了。

这时那个马脸女警又回来了，用嘴凑近那个男警的耳根，在悄悄地讲着什么，看嘴型，我判断出他们抓错了，他们要抓的那些卖假证的已经一网打尽了，看看想个办法怎么处理我。

讲完了，那个男警很尴尬地看了我一眼，突然他两眼放光，

像突然见到了熟人一样：你不是人才角开饭摊，卖《海南咨询》的那个艺术家吗？

我每天长胡子长发飘逸着，又穿着一件大红 T 恤，他们就都认定我这个符号是艺术家。

我一下像落水的人抓住了救命稻草，说：你认识我！对，我就是在人才角开饭摊的那个艺术家，我们那个报纸《海南咨询》是送的不是卖的，做好事，为吃饭的人提供方便。

那马脸女警说：很对不起，先生，我们这次是抓制作倒卖海南工作证的团伙，他们到处造谣制造混乱，说海南建省要清岛、封岛，没有证件的人要被遣送出岛，然后趁机制作假工作证，进行高价倒卖。咱们都是解放牌的，生在新中国，长在红旗下，希望你能理解我们今天的失误。

我说：没有问题，我能理解，就算我为即将成立的海南省做点贡献吧，现在弄明白了，那你们可以放我回去了吧？

她说：现在还不能走，得天亮上班办了手续才能出去。

我心里有一些热乎乎的感觉，真想和这个马脸大姐多聊几句，我觉得这个大姐很亲切，我责怪自己不该给这个马脸大姐起这个马脸外号。但是我又比较理智，我不知道眼前这些事情是真是假，还是他们在唱双簧，我聪明地想绝对不能多说，或许他们让我放松警惕，说漏了嘴，把驹儿也扯进来。

快天亮了，我又回了监仓。

马老八还没睡，我感觉他真的很关心我。看他对我那关切的样子,我心里有时怀疑他是不是看上我了,要我入他的山门当弟子。

我跟马老八说：他们找我谈的是别人干的事，抓错我了，不是我出版报纸的事。

马老八替我骂他们说：操他妈的，这些草包净干这样的蠢事。

我问他：常有抓错人的事吗?

马老八说：有，冤屈的事多着呢。我在西北坐牢的时候，有过一个天大的荒唐冤枉事。那是"文化大革命"的时候，有一个山村老汉去部队看他的儿子。老汉的儿子是看监狱的，在父亲走时，刚好有一批犯人，要从监狱里送去劳改场劳改。那个儿子就让父亲搭便车一起走了。到了劳改场，老汉下了车要走，劳改场的看守不让他走，把他和犯人一起编上号，进行劳改。一干就是十年,家里人以为他失踪十年,早就没了,老婆已经跟别人结了婚。他又回来了。原来监狱里平反冤假错案，找不到他的档案，也不知道他犯的啥罪。问他，他说自己就根本没犯罪。没犯罪你怎么进了监狱？他把前因后果一说，经过核实就把他放了。后来他要求平反，人家问他犯了啥罪，他说没犯罪，人家说没犯罪咋平反。就这样在监狱里白干十年。

天亮了，外面的院子里，响起了口令和发动汽车的声音。马

老八暗示我那个死刑犯到钟了。果然，一会儿监仓门大开，一队全副武装的武警进来，押走了那个毒贩子。毒贩子留下的东西被监仓里的人犯一抢而光。马老八说：用死刑犯留下的东西吉利，他把死运带走了，留下了好运气。

我的心不安地乱跳，人进到这里一切都听天由命了。

一会儿仓门又打开了，叫我出去。

马老八说：兄弟，你肯定没事了，记住我告诉你的地址，你去看看我儿子们，和他们交交朋友，他们都是很讲交情的好孩子，他们就是缺少你这样的哥们儿，转告他们我在这里很好，不要惦记我，好好干活，常给他妈打电话报平安，拜托了。

我走了出去，他们把我的东西都还给了我。只是鞋上的铁条放不回去了。我走在路上软软的，像穿舞蹈鞋一样。

我们一帮人上了车，"政府"向我们宣布说：海南今天已经建省了，你们身上什么证件都没有的，属于清岛对象。你们不能留在海南岛上，今天全部被遣送回大陆。

我一下子像晕了一样，他妈的抓错了还要把我送走，我被遣送回大陆，驹儿咋办？我想辩白，他们不给我说话的机会，当时即使给我说话的机会，我也没证件。我不吭声了，于是也打消了找马脸警察的念头。

虽然着急，但是我的心里还是有了一种轻松感。轻松的是被抓进了监狱里，只是一夜就被遣送走了，这应该是最轻的发落了，不知道多少犯人都希望有这个结果。我虽然不是犯人了，但进这里就吉凶难卜，今天有了结论，我已经没有了昨天刚进去时的那种恐慌和紧张了。马老八昨夜给我讲的那个故事，给我很大的自我安慰作用。我现在着急的是驹儿不知道怎么样了。她一夜没见我了，现在是啥情况？我不停地胡思乱想。她是不是也被抓了？在审问的时候，他们没问驹儿的情况？看来他们不知道驹儿，可能也没有抓她。她不知道我去哪里了，她将怎么办？她还在那里住吗？会不会出去找我？会不会碰上坏人？她从来没有离开过我，找不见我了，她会怎么想？她会着急？她会哭？

我越想越着急，在着急中我们就被押到了秀英码头。我们像一群猪一样被赶到了五等舱的货舱里。我发现看守不是很严，我就举手报告说我拉肚子要上厕所。看守很友好地让我去了。我到了厕所门口，见门上挂了一个锁，里面没人，就灵机一动，用锁锁上了门，然后顺着楼梯上了四等舱。看守叫我回来，我说这个厕所门锁住了，我肚子痛要拉稀，憋不住了。看守不耐烦地说：快点回来。

我上了四等舱就卷进慌乱的人流里去了。我又很机警狡猾地上到了甲板上，装做送人的样子，就下了船。

我几乎是一口气跑回了海军三招。虽然天已经亮了，但远远

地，在楼下我就见我们的房间还开着灯。我进了屋，见驹儿眼睛红红地坐在床上，失神地望着我，像傻了一样。我上去就抱住她，她恼恨地拼命在我的怀里挣扎。我咬住她的嘴狂吻了起来，她放声大哭，哭声中充满了委屈和哀怨。

她红肿着眼睛，可怜巴巴地颤着声说：哥，你去了哪里？你不要我了吗？

我本来不想告诉她被公安局抓的事，一看不说清楚是不行了，于是就把这一夜的故事叙述给她听。她看我衣服皱皱的，身上脏兮兮的，整个人一副失魂落魄的样子，不像去搞什么风流韵事，马上同情心包裹着爱心就冲向了我。

驹儿紧紧地抱着我，又哭了：哥，对不起，你受了这么多的苦，我还冤枉你。

她又不停地咬我、吻我。

过了很长时间，我们在被窝里情绪基本稳定了，驹儿从包里拿出两个工作证，是海南的一家什么公司的。驹儿说：昨天送完报纸，有人问我办不办海南的工作证，如果不办，明天建省，就要清岛，没找到工作的全部要遣送回大陆，然后封岛就再也进不来了，将来进海南岛比进深圳还难，和去香港、台湾差不多。我回来找你，你不在，我很着急，就花一千元买了两个工作证。

我操他妈，这些卖假证的，我替他们坐了牢，他们还以这么高的价格卖给驹儿假证，一点优惠都没有。这个世界到底是怎么回事？我对驹儿说：没有那么严重，海南是建省，不是搞独立，咱们每天办报纸，你还没理解这个精神。建省搞开发，他们不让人进来，谁给他们开发？都是那些卖假证的在害人。

　　我洗了澡换了衣服，精神状态马上恢复了。事情基本已经过去了，我突然像获得了一个大的解脱和超越。我的内心显得特别舒畅，也有一种特别勇敢的感觉。好像一场突如其来的暴风雨，淋得我晕头转向之后，突然白云蓝天，阳光普照，我行走在绿油油的大地上，新鲜的泥土味和野草味满足得我想痛快地哭，想快乐地飞，想大声地笑。像一切雨后的生命一样，该开花的开花，该抽穗的抽穗，该结果的结果，都成熟到了一个崭新的境界。

　　我豪迈地说：驹儿，今天太热了，我们退房，到望海楼大酒店去住，享受一下秋凉的快感。我还要买一个包，给你买一条裙子，咱们要奖励自己，装备自己。驹儿热烈响应，一脸扬眉吐气的笑容。这个孩子也好像一夜之间长大了。

　　外面，海南岛彩花纷飞，礼炮隆隆，海南终于建省了。海南省有证了，我们也要去做有证的事情了。海口到处贴满了各种喜气洋洋的标语：庆祝建省，严防小偷。

　　看来马老八和他四个儿子的生意不太好做了。

红马

第三十四章

红 马 大 厦

　　我二十六岁这一年，我命运中注定的财神，李政委闪亮登场。我在海军招待所办油印小报《海南咨询》的时候，李政委在我们的斜对面一间很大的房间里办公，模糊地记得，他是海军一个什么后勤的政委。那时他常常到我的房间来，拿几张《海南咨询》回去看。他每次都用河南口音赞美我几句：你真中，要是在过去，肯定是个了不起的地下党。你有才华呀，来海南就来着了，你这样的才子，只有到了海南这样的地方，英雄才有用武之地。

　　海南已经建省几个月了，新的一年也开始了。我和驹儿从望海楼大酒店搬了出来，在海甸岛，海南大学的校园区，租了一套房安置了下来。古语讲良禽择高枝而栖，我就喜欢在大学校园附近住。我说过，走在海边上表情像鱼，住在大学附近显得头脑有知识。驹儿对这套房特别满意，她跟我要求房间的风格由她来布置。我看着她那欢天喜地的样子，还能说什么，让她尽兴吧。我打下手，每天跟着她出去采购。驹儿几乎把一个女孩的梦想和细密心思，全部托付给了房间的每一个小饰品上了。

躺在驹儿自己布置的房间里，有一次深夜，驹儿在梦中竟然咯咯地笑醒了，笑声很开朗。她紧紧地抱住我，咬着我的嘴唇说：哥，我太幸福了。这种人生我没有想过，我总是怀疑我的命怎么会这么好。我有的时候会觉得不真实，心里害怕，总是担心这种日子不会长久，总怕哪天醒来，就找不到你了，像魔法一样，房子和这一切就都消失了。我知道，那时我就一定会死了。

我激动地说：傻孩子，不要这样讲傻话，你是我的驹儿，命就该这样好，这才刚刚开始。我发誓我会让你更好。我要给你买咱们自己的房子，到时候把你的梦想全部都在房间里装满。

驹儿竟然呜呜地哭了起来，傻傻地说：不要再好了，这样就行了，这样已经是好得不能再好了。

我当然不能这样就行了，我想干的事业还没开始呢，住在望海楼大酒店时，我最大的收获就是明白了，我不需要去找政府给的工作，这里的工作都是老板给的，我要成为给别人创造工作机会的老板。

我和驹儿安了家以后，把身上的衣服，连一条裤头都没留，全部扔掉了。换掉了衣服，其实就是脱胎换骨了。我记得哪个国家的那个干啥的谁说过：人有三个形象，穿着衣服的形象，脱掉衣服的形象和骷髅形象。真是令人毛骨悚然的深刻。驹儿和我有一次回顾火车上扔衣服的情景，驹儿说：哥，你真有先见之明，这买来新东西，扔掉旧东西真让人痛快。

我们在友谊商场，很快就把我们换成了两个我们自己都比较陌生的理想形象。但是化妆品，我却跟驹儿讲一定要买那种苦杏仁味的。我们几乎跑遍了海口的高级化妆品店，都没买到。后来看我跑得有点烦躁了，驹儿很不开心地提醒我，那已经是过时货。果然，在一个小国营供销社里买到了，是一瓶很土气的雪花膏。

闷闷不乐的驹儿说：你在怀念一个人，这个味道，你住院时在来看你的人中，我闻到过。

我给驹儿讲了我和马姐的故事。驹儿很感动，她让我来搽这瓶雪花膏。她说，你出去应酬也要搽一点东西才好。可是我却常常忘搽，突然想起来时，又找不到了，我知道是驹儿做了手脚，也就听之任之了，我不能得陇望蜀，吃着碗里的还想着锅里的，这对驹儿不公平。

我们学着商场上的人，把称呼也改了。出去应酬，我就向别人介绍驹儿：这是我太太。驹儿说我是她的先生。不太严肃的场合，在朋友圈里，就老婆老公地叫。回到家里，就像卸掉了妆，脱掉了衣服一样，再那样叫就都觉得别扭，还是"哥""驹儿"地叫。在外面尤其是介绍驹儿的名字时，总是要戏剧一番。驹儿姓洪，我就说这是我太太洪驹儿。那些南腔北调的人总是叫她红军。待到一写出来洪驹儿，又马上大叫她红马驹儿、红马驹儿。这种起哄倒很让我开心，驹儿也乐。

这不今天吃饭却遇上了李政委。我不想找工作，但是我不知道我做什么样的生意，才能做成让别人给我打工的真正的老板，也就是说像那些开着车，每天在高档酒店请客消费，办公室豪华气派的老板。我觉得那是真正的老板，那种气度让我仰慕。这种人在内蒙古草原稀少得连传说里都没有记载。

我们刚走进海口宾馆的餐厅，就惊喜地见到了李政委。可能是命运之神派他在等我，也可能是命运之神派我来找他。反正我们见面了。李政委正和几个人在喝酒，后来我们喝上了酒，我才知李政委这个河南人喜欢喝酒，并且酒量大得很。我本来约了海南大学艺术系的一个老师，在这里吃饭。我想让驹儿上大学进修学习，这样我单枪匹马在商场上杀，也方便一些。驹儿安静地在大学里读书，我也放心。所以为了显示规格，我选定了海口宾馆这个名流出入的地方。我要给海南大学的那个老师显示一点分量。

我风度翩翩,驹儿时尚高贵。李政委显然已经喝得差不多了,拉着我们上下打量。他向在座的客人们介绍说：这是个能人，建省前那个报纸《海南咨询》很有名气，就是他一个人办的，有才华。我们是邻居，我天天看他在那里写文章。他的报纸印出来，我是第一个读者。他身边这个美人也是有功劳的。他说话的口气，倒没有把我们当成他的什么好朋友，而是当成了自己家的孩子。

我想打个招呼就带海大的符老师去单独开个台，李政委说啥也不同意，一定要让我跟他们一桌吃，否则就是看不起他。佛爷保佑，我和他一桌吃还真吃对了。只是委屈了符老师，他是个当地人，憨厚的大学讲师。大家敬酒他也不能喝，说话和大家对不上路子，口音不对，思维也不对，脸色也不对，在那些棕色的海南人面前，他有点太像我们这些大陆的黄皮肤了。所以就坐在那里静静地，偶尔和驹儿讲几句话，别人一叫他喝酒，他就脸红。

李政委向那些人吹捧我，我飘飘然地很受用。其实那张油印小报《海南咨询》，我自己都快忘记了，在座的可能根本没有人知道，这些人几乎都是本地人，不需要咨询，况且，和他们端起酒杯来，我才发现这里可能没有读报的人。这样也好，让他们既知道我办了报纸，又不知道是违法的油印小报，尤其是当了一夜囚徒的事，连李政委都不能让他知道。这样的事情绝对不可以当成英雄事迹来炫耀，我们说不清楚，别人想象的翅膀可以根据他们的需要，把这件事情无限地夸张，上纲上线复杂化。

这是我和李政委第一次喝酒,他有五十多岁,我们俩很投缘,后来熟了,我和驹儿就叫他李叔。我和李政委用玻璃杯子喝,大概三个回合,就整进去了一瓶五粮液。周围的海南人像受了惊吓一样,被我们给镇住了。其实我知道,他们被我镇住的不是我的酒量,这海南渔民的后代,喝酒也是很厉害的,我总是觉得草原和大海在某些方面是相通的。镇住他们的是我的气度,因为这时我揭开了一个谜底,我是从内蒙古草原来的蒙古族人,连李政委听了,舌头都打了一个转儿,颤了一下。感谢我的先祖,造就了这么一个威震八方的名声。这时我状态上来了,李政委成了我保护的对象,我又打开一瓶五粮液,一对五。也就是说,酒桌上除了李政委,其他人,我跟每人干一杯。李政委一副骄傲自满的神态,好像我是他的儿子,比赛得了冠军,光宗耀祖,为他们李家的门庭争添了光彩。

有一个搞装修的包工头,虽然瘦得只剩下了一把骨头,但是对我不服气,他那瘦弱的身躯在空旷的名牌服装里直摇晃,最后剩的半瓶酒我们俩二一添作五,一人一半干了。这个家伙后来成了我的好搭档。他掉进了桌子底下,还双手握拳来认我做大哥,可能他还比我大。

两天以后,李政委找我。他说:你这小伙子·可中,有才华,酒量也大,人又讲义气,肯定能干成大事。

我说：李叔，这屋就咱爷俩，你就别关起门来夸我了，今天是否还想喝酒？

李政委说：先别忙，酒是要喝的，我有一件事，先看看你能不能干。

我说：啥事李叔就说吧，你的事就是我的事。

李政委说：不是让你为我做事，是别人求我，我都不给他的事。我想给你干。

我说：李叔，说吧，看看我能不能干。

李政委说：好你先跟我去看看。

我们来到在海口公园附近，那里有一栋闲置的营房，四层，四十个房间，现在这栋楼空着。

李政委说：估计近一两年不能拆掉占用。经请示上级领导，可以整栋招商出租。海南建省，现在房产增值，商家云集。但是我这个当兵的，不懂那些经商人的门道，来租的人很多，不了解底细，我不敢租给他们。看看你能不能干这件事。

我说：租金多少？

李政委说：一层楼一万元，一年四万元，租期暂定两年，自己装修，自己招商管理。

我说：好，李叔，我干了，明天跟你签合同，先交一万元定金，给我一个月装修时间，入住当天，另三万元付清。

李政委为我的爽快几乎要激动了。他说好：一言为定，我就知道你中，今晚大喝一场，我请客。

我说：你请客，我买单，帮我请上，上次掉在桌子底下的那个朋友，他很可爱，我要再和他喝一场。

晚上喝酒，我和李叔谁也没谈租房的事，只是开心地喝。那个搞装修的姓黎，大家都叫他阿黎。我和阿黎特别亲切友好，喝到最后，简直喝成了两个脑袋，一个身子，像连体婴儿一样的铁哥们儿。喝完酒，按照礼数，阿黎就请我进了桑拿。

第二天，和李政委签完协议，我又一个人单独约了阿黎。当天夜里，在夜总会，蹂躏完两个小姐，我和阿黎达成了合作协议。那栋楼由阿黎的装修公司带资全面装修，装修完用四楼全层两年的使用权抵装修费。

一个月后，我命名的红马大厦装修结束，招商也结束。把第四层给了阿黎，余下三层，除了在一楼我自己留了一套做物业管理办公室，其他的二十九套全部租出去了，每套一年一万二千元，共计收入三十四万八千元。去掉给李叔的四万租金，一年赚了三十万零八千元。

搞红马大厦时驹儿为了帮我招租，大学也没上成。我和驹儿商量用这三十万元，是先买房子还是先买车。

驹儿说：不买房子，我喜欢咱们现在的房子，不想动。你还是先买车吧，在场面上应酬，你没有车也不好。现在你是老板了，咱们可不能让别人看轻。

我很感激。本来我答应让驹儿上大学实现她的梦想，结果没去成。我心里感到内疚，想用这笔钱给她好好安置一个家，可是她现在房子不想买了，大学也不想去了，她说现在好多大学生毕业连工作都找不到，她要跟我干事业。

我说：好，咱俩就夫唱妇随，笑傲江湖。

那晚在海甸岛的海鲜坊里，我和驹儿吃着海鲜喝着酒，欢笑着。笑着，笑着，我被自己拥有的这一切感动得哭了。我又说：这在海南挣钱，怎么比咱草原上拣牛粪还容易？驹儿，我的命运里怎么会出来个李政委？你说这个李政委，咱们的李叔他是不是属马的？

第三十五章

湛 江 好 人

我正在春风得意地经营着红马大厦，一天晚上，接到了一个从湛江打来的长途电话，是我们家老三。老三说：二哥，我在湛江。

我说：你赶快过来吧，从海安坐飞艇三个小时就到，我去秀英码头接你。

老三说：我过不来，现在身上一分钱都没有了。

我一听着急了：这么晚都没有船了，那咋办?

老三没心没肺地笑着说：你别急，我认识了一个好人，现在在她家吃住，你明天来吧。

既然吃住没问题，我也就不急了。

这个老三现在比我还能折腾。

　　在平时读闲书时，理想主义者老三读到了华人在美国创业的故事，热血沸腾，到书店把华人到美国创业的书籍，能买到的全部买回来，进行了一次全面彻底的美国华人史大扫描。

　　老三决定到美国去。

　　老三为什么没有想到到苏联去呢？苏联曾是一个血腥的国家。那时社会主义苏联正在四分五裂闹解体。黑龙江再过就是苏联。老三当时正在黑龙江倒腾生意，卖那些假冒劣质的旅游鞋给苏联大鼻子。中国改革开放十多年了，物质生活已经很丰富了。于是，富裕了的中国人，便大包小包地把在中国落后了、过时的东西，都像赶大集似的运往苏联。苏联人像当年内地人欢迎香港人一样，欢迎这些中国的时髦人和时髦货。

　　好景不长，老三预言家似的否认这种对苏贸易的发展前途。当年在社会主义阵营中，在苏联面前，我们是一个什么角色？始终处于被动的被施舍地位。但是，那时苏联也确实给了我们一些好东西。他们给予我们机器设备，给予我们科技文化，给予我们军事装备，给予我们文学艺术。别的不详说了，就说文学吧。几乎我们两代作家是靠吃苏联文学的奶长大的。遗憾的是我们虽然吃了奶妈的奶，但是长得一点也不像奶妈。那两代人的文学，就像那两代人一样发育不良。

　　现在我们稍微好了一点，就拿这些垃圾去回报奶娘，岂不丧尽天良？别人做得出，老三也做到了，但是他不想多做。古语讲商人无良。老三由于过于讲良心，在日后的岁月里他常常错失良机。老三曾经跟我说：自己都感到奇怪，一旦良心发现，想做一点有良心的事吧，就肯定赚不上钱，黑着点去做吧，赚钱还真容易。你说这个世界真怪，为啥不让人做好事，当好人呢？

我说：你可以做好事，当好人，没人拦着你。

老三说：不行，试过多少次了，一做好事当好人，就没钱赚。

我说：你又想做好事，又想当好人，又想赚钱，好事都让你想了，世界上哪有这么好的好事。

老三失望了，他觉得中国不行，就想去外国。

老三策划，利用去苏联的方便，转程去美国。那时去苏联办证简单方便，有时去那边的边境城市不用办护照，有了通行证就可以过去。过去之后再花钱买去美国的护照。据说比在中国办护照出国方便多了，而且还省钱，苏联的那个老卢布，现在毛了，没人民币值钱。

那时戈尔巴乔夫政权还没土崩瓦解，苏联和美国，在国际上还是两个代表不同阵营的，对抗的，超级大国。中国人已经没有兴趣搅在苏美之间去充当任何配角。老三这个喜欢玩味历史的人，把这个国际政治格局看得很通透。在他的灵魂里，由于民族的耻辱，带给了他一种深仇大恨。当年日俄战争中，日本人与俄国人

在中国的土地上打架。中国人拖着一根细长、没有营养的辫子，穿着破旧的黑袍子去给外国人当奸细，结果被另一外国人抓到给枪毙了。

复员军人出身的热血青年老三，一想到这个情景就热血涌上心头。其实老三这种热血青年，就是因为当了几年兵，喜欢上了军事题材或跟战争有关的读物，尤其是喜欢读《军事文摘》，其实这是一种病，是一种血顶脑门子，获得激情的病态方式。

老三不想从苏联走了，决定从广东走。

那时中国人到外国去有多种出法。有真假结婚的，有真假留学的，有真假旅游的，反正中国的社会主义公民们，在这真真假假中，绞尽脑汁，想方设法，像上最后一班车似的，奔向资本主义社会。

老三想走捷径，广东的一个朋友便帮他安排了一条道路。这是一条叫做偷渡的真实的路，但是老三并没有搞清楚这个概念，他以为这只是花钱走后门的一种行为。此时在去往广东湛江的路上，老三正在浮想联翩。外国人到中国，想来就来，想走就走，真是来去自由。我们的政府也真是想不开，十几亿人留在国内干吗？让他们都统统出去嘛，挣美元挣英镑寄回来也是强国富家创外汇嘛。老三越想越忿忿然，也就越踌躇满志起来。

他当时还没有弄明白这个道理。后来我告诉他，中国人去外国，不是中国政府不让出去，是人家外国人不让进去。中国作为一个主权国家，必须遵守国际公约，看好自己的公民，别往外乱跑。中国人，在外国人，尤其是在美国人的面前，是一个什么形象？拖着长辫子、喜欢互相之间打斗的扁鼻子扁脸的黄种人，现在虽然形象改了，都穿上了不太合体的西装，辫子连女人都剪了，男人已经多是板寸头了，但是无论怎么讨好，人家老美对我们的看法还是没改，总觉得我们比他们丑陋、龌龊、脏。老美说我们，我们还真别不服气，难道人家说错了吗？难道我们不是那样吗？既然是那样，我们就不要管是谁说的了，也不要气愤，还是心平气和、一如既往地活吧。

我估计老外看我们这种面孔肯定特别烦，而我们自己看不上的那种歪瓜裂枣，老外反倒喜欢。我研究过，大多是他们的鼻子或者眼睛、嘴巴长得很出位，不符合我们审美范畴，进入了丑陋的领域。对那样的人，尤其是女人，老外会很痴迷地说：亲爱的，你真迷人。老三，我希望没有影响你的情绪，就你这样，去了美国，不会太受欢迎，你的形象太蒙古了。

我们还继续说老三，看他到了湛江情况如何。

到了湛江，按照朋友写的电话号码和联络地址，老三像地下党一样几经曲折，和那人接上了头。按照事前的约定，老三把身上带的钱，如数交给了来帮他办事的人。

收到钱后，那人像领导一样开始了向他交代纪律和政策。首先让他把兜里剩余的钱掏出来。到了美国就挣美金花美金了。那个四十多岁、又黑又胖又有点漂亮，但绝不可爱的女人，闻一下钱，对他说。

老三积极响应，把身上的钱都掏给了黑女人。

黑女人又说：把身上所有的有中国字儿的东西，都拿出来，包括身份证。

老三又积极响应。

黑女人把那些带中国字儿的东西，啪的一下，扔进了轰鸣的粉碎机里。老三恍然大悟，马上惊慌失措起来。操他妈！这是偷渡啊！比从前卖猪崽还可怕。把证件毁了，没了身份，成了黑户，这帮家伙收了钱，不送你到美国去，把你宰了丢进海里去喂鲨鱼只能当冤死鬼，把你送到阎王那里去有谁能知道呵。

他和六七个先到的男女被锁进了一间房里。在那些人憧憬美好未来时，老三开始制订逃跑计划。

老三他们毕竟不是公安局抓来的犯人，所以他们住的地方也不是看守所。刚好相反，黑女人们不怕他们逃跑。他们自己花钱来的，怎么还会让自己逃跑？只不过是让这些外地人，不要傻分兮地乱跑，到处张扬暴露目标。

在一个夜不太黑，风声很紧的夜里，老三像机智的地下党员逃出白区一样，逃到了湛江霞山区的大街上。

老三在一条古旧的街道里游荡很久了，碰上戴红胳臂箍的老头老太太和巡逻的警察，他都低着头躲避，他的感受，真的就像刚从监狱里逃出来一样恐慌。天快亮时，飘起了冷雨。老三冻得发抖。刚好他来到了公共汽车站。第一班车刚刚开动他就懵懵懂懂地坐上去了。坐在车上暖了一些，在摇摇晃晃中他睡着了。

梦中，老三走进家里，好像牧场的家里，家里用新报纸糊得亮亮堂堂的，好像过年了一样。屋里，牛粪在炉子里烧得通红，暖洋洋的，很舒服。妈一见他，马上高兴地叫他：老三回来了，赶快洗手吃饺子。老三也高高兴兴地上了炕，拿起筷子，把一个饺子放到嘴里刚要吃，就上来一只手把饺子抢了去。老三刚要喊为什么要抢他的饺子，一下子就醒了。

老三醒来，见有人在拍他的肩：喂，喂，你到哪里下车呀？

老三迷迷瞪瞪：这是哪里？

这里是终点站，你从起点站上车就睡觉，睡了一路。怎么，还不下车？你把这里当宾馆了，北佬？

老三这时才清醒过来。自己上了公共汽车就睡着了。外面雨已经停了，阳光出来了，暖暖地照在他的脸上。售票员的一句北佬，让他弄清楚了自己身在湛江，正在流浪。

售票员：你的票呢？

老三：我没买票。

售票员：你到底要到哪里下车？

老三：哪里也不去。

售票员：你就是来车上睡觉来了，真把车上当宾馆了？快买票下车。

老三在自己的兜里翻了个遍，竟然找到了列车员要的那一块钱票钱。老三下了车，自己忽然想起来都感到莫名其妙，身上不是被那黑女人搜得一文不剩了吗，怎么会出来一块钱，而且刚好是一块钱？

难道真有神灵相助？

一九九〇年，我把受困的老三从湛江接到海南，吃饭时，老三讲起了这段故事。

我跟他说：你应该马上去报警，不但可以抓到这帮可恶的家伙，还可以追回你的钱。

老三说：这样会给自己带来很多的麻烦，如果报警，他们不会放弃对我的追杀，我也就不会安生了，我们是在道上互相之间一个认识一个，形成的连锁。

后来听老三那个广东的朋友讲，那批人顺利到了美国，有的发达了，拿了绿卡已回国，很风光地开始了投资。老三该着人生中没有那么一段，与美国人民没有缘分。

继续老三的故事。中午，又在另一条古旧的街道上游荡的老三，看到前面走过来一个女人。那个女人三十几岁，文化修养很好的模样。

老三上前：请问老师，前面有招待所吗？

那女人奇怪地问：你怎么知道我是老师？

那女人果然是人民教师，老三想。

老三：凭直觉，看气质。

女教师停住了脚步，觉得这个人有趣儿。

老三问她：有没有不用身份证、介绍信就能住宿的招待所？其实老三还想说最好是不用钱，但一想，不用钱的地方可能就是监狱了，所以他没说。

女教师很温和地看了一下老三，她觉得他不像坏人，所以就没用怀疑的目光。

没有这样的招待所，女教师很亲切地告诉老三。

老三后来跟我说：其实招待所能住我也住不成，我已身无分文。那时懵懵懂懂的我，见到那个女老师，下意识地就想这样问话，想找个人说话。

女教师问他：你遇上什么困难了吗？

老三：是的，我来做生意行李被偷了，证件和钱全部丢掉了。

老三显然是用了计策，这应该不叫撒谎。我认为很技巧地不说出真相，对骗子来讲是撒谎，但是对谋略者来讲是计策。同时，他借机聪明地点了一下钱也丢了。

女教师问：那你打算怎么办？

老三：找一个地方住下来，跟我二哥联系上，他在海南，让他来接我，或者给我寄钱来。

女教师说：住我们家吧，海南离我们这里很近，只隔一道琼州海峡。

老三有一些惊诧和感动，不知道组织什么言语来说话，他心里明白遇上好人了。

女教师很善解人意，又用肯定的语气说：住我们家吧，钱可以寄到学校，我替你收，你尽管放心。

已经到了这一步，不能再虚伪地客气了。况且这种大情大义也不是一个谢字能表达的。你对我都能放心，我对你有什么不放心的，老三想，但是啥也不想说，说也是语无伦次。

老三百感交集地来到了女教师的家。

女教师家是一个典型的中国中小城市的平民家庭。她家里有一个不会讲普通话的很普通的老母亲，和一个正念着中学的妹妹。在女教师家一间放杂物的宽阔的房子里，女教师用一扇旧门板给老三搭了一张床。老母亲在上面铺了一张洁净的床单，太阳暖暖地照进来。老三想起了梦，梦中的温暖和梦中的妈妈，还有那个没有吃成的饺子。

内心又是一阵感动。

第二天，女教师从学校给老三带回来一本书，是柏杨的《丑陋的中国人》。这是一本让中国人自醒的书，可是中国人越看，就越感到自己恶心。但是，他遇上的这一家人，心灵却又这么美丽善良。家里只有三个女性，却敢让他这么一个陌生的北方大男人来住。她们不图他一分钱，对他又毫不设防，善良的力量真是伟大呀。

中国普通人的善良，可以和西方文明人的善良接轨。

在老三后来跟我叨咕这些道理时，我觉得老三一落魄，就变得特别有思想。

白天，女教师和妹妹去了学校。老三已经和我联系上了，等待着我去接他。他放心了，不慌不忙地躺在床上看书。老母亲一边洗菜，一边做饭，一边听着老三一句也听不懂的雷州剧。

第二天，我按着老三给我的女教师的地址，越过琼州海峡，花三个小时就找到了老三。我和老三请女教师一家在酒楼里吃一顿鸡煲。女教师带着母亲和妹妹欣然前往，一点也没有像老三所设想的那样，很为难地左请右请。

老三再次被女教师的通情达理所感动。

但是当我要留下一些钱作为感谢时，不等女教师说话，老母亲就将钱推了回来。

女教师说：我妈说不能留钱，粗茶淡饭硬板床不值什么钱，那样她的心里会不舒服的。

老三说：你们这些好人的情义无价呀。

老三跟我到海口住了几天，我本想留下他帮我管理红马大厦，他不感兴趣，走了，又去做他的出国梦去了，后来老三终于成了日本公民。

第三十六章

马 年 开 花

　　这一年是马年，是我的幸运年，几乎是我想开花就开花，想结果就结果的一年。我开着我的 929 原装的马自达轿车，西装领带、板寸平头，在车上挥舞着像砖头一样的大哥大，一副虚伪成功人士的样子。我当上了我想当的那种老板，似乎有一种实现了梦想的幸福感。到现在我都觉得是一个谜，为啥人一有点钱，就总是在演戏，而且总是喜欢当那种很做作的蹩脚演员。就像本来是一只本土的小母鸡，下鸡蛋，学公鸡打鸣，但因为其他什么原因有了一点钱，就买了几根凤凰毛插在自己的尾巴上，然后，向世界展示自己是美丽的凤凰，这种滑稽的表演，得到的奖赏可能就是嘲笑。因为有钱的小母鸡，还是小母鸡，插了凤凰毛的小母

鸡,回去卸了妆也还是小母鸡,咋装扮也装扮不成凤凰。

从海甸岛出来,迎着滚圆的、红彤彤的太阳,在进城的路上沿着海边行走,我开着车,看着茫茫大海滚动的海浪,常常有一种喝醉了酒在草原上骑马的错觉。那个时候,我就一手拿大哥大随便打通一个电话瞎扯,一手开车,嘴上叼一支进口烟,至少是万宝路牌的,那真叫心旷神怡。

后来从香港回来的我的东北哥们儿,郑天马郑老板,看不顺眼我这副德行,慢慢地熟悉后,他跟我说:老弟,你觉得这样很有风度吗?

我说:录像里香港的老板不都是这样。

他说:这太夸张了,只有马仔才会像你这样的扮相。

郑老板以经历过的无数教训,谆谆告诫我:不要太露财,不要太招摇,要踏踏实实地活,对得起自己。

我跟这郑老板也真是有缘。红马大厦还有几个月就要到期了,李叔对我这两年的表现很有信心,他正在帮我争取这块土地的开发权。可能海军到时候要搞一次象征性的招标,我有这两年的信誉,招标夺魁,稳操胜券。尽管海口的房地产,像周边的海浪一样不稳,但我乘风破浪志在必得。周围很多开发商,也很看好我,各种策划思路、合作方式,争先恐后地到我的办公桌上来排队。

我的办公室里，在落地窗前做了一个国际水准的三十层新红马大厦的模型。拉开梦幻般的窗帘，灿烂的阳光照在模型上，像一匹火龙神驹，昂首奋蹄在辽阔的草原上。

每当客人来，我就像战争年代影片里张军长或者李军长那样，傲慢地站在模型前，挥舞着一根白白的原木棒，显出一派运筹帷幄、决胜千里的风度。

一九九〇年，在海口，马年的我真像一颗明星，连我自己都觉得我对这个城市有点重要了。

在众多合作者的合作协议和方案中，我分不出高低，也分不清良莠。我觉得条件都很好，都对我有利。只要李叔把开发权真的落实到我的手里，我跟谁干都是一个精彩的大手笔。

但是也不能说我没有取舍，像我这样的一个人，最后决定问题的不是我的理性，而是我凭直觉和喜恶来选择的情绪。一个叫郑天马的名字让我感到亲切，天马这个名字令我心跳加快。凭直觉我就觉得喜欢这个人。见了这个据说是从香港回来的，一口东北味的人，我的心情就更加快乐。

那天我约郑天马到我的办公室。我见他的方案上写的是香港天马投资公司，就很庄重，装模作样地布置好道具，那时香港还没回归，我们还把香港人当成英国绅士来尊敬，即使谈交情也只能像远房亲戚那样，显得不咸不淡的，没事常问候，有事勤走动。

　　郑天马一个人走了进来，有点摇晃。这倒不是说这郑老板有啥毛病，他个子太高了，目测有一米九，人又太瘦了，像从海南的哪个竹林里刚砍下的新鲜竹竿。从见面我们做了朋友那一天起，我就为他担心，怕海口刮台风，所以我从来不敢陪他在海边走。我倒不怕台风把他整个卷走，我就怕他被风给刮断了身子，你说他一半被刮进海里去了，我留另一半咋安葬？

　　郑老板跟我握手时，我仰望了一下他，说：你应该叫龙马。

　　他说：是不看我太高了，看不清我的脸，神龙见尾不见首？

　　我听了大笑，倒不是被他的自嘲幽默，我笑他那东北口音。

　　我说：你这香港老板怎么一口东北大楂子味儿？

　　他纠正说：标准地说不是大楂子味儿，是高粱花子味儿。我是黑龙江北大荒产高粱的那旮旯出生的。

　　我搞清了这棵东北大高粱的产地之后，就撤掉了面具，和他进酒楼里喝酒去了。

　　这郑老板确实是高人，我说的不仅是他的身高，这根竹竿大家有目共睹，一目了然。我说的是他的人生经历和他非凡的头脑，还有酒量。

　　那个时候，海口的东北白酒相当贫乏，只有黑龙江产的五加白，这虽然也是白酒，但是有一股发甜的中药味。一中午，我和郑老板凑合着喝了两瓶。

郑老板的脸很红，不像没喝酒时那样蜡黄，好像肝出了毛病一样。我们俩不像第一次见面，倒像是一对亲兄弟失散了多年，终于又团聚了。

郑老板拿出香港人进出海关的那种回乡证件，给我开眼界。这让我对人生疑虑重重。多年前就开始有三个问题困惑着我。一是那些农村人，怎么进城当了城里人？二是这些中国人，怎么出国当了外国人？三是穷人，怎么才能成为有钱人？

我对第一个和第三个问题，能够有一个片面的回答。经过近三十年的人生奋斗，我演算出的答案是，考了大学才有了城市户口；到了海南，竟然挣上了钱。但是我知道这绝不是其他人的答案，也不是人生的标准答案。第二个问题由这个香港的东北人郑老板回答。

郑老板是一九五五年出生，属羊的。他其实只大我七岁，怎么会有那么丰富复杂的经历？我还没考大学的时候，他就像马姐一样参加了高考。我大学勉强毕业的那一年，他还没考上大学。据说他后来自学日语，到处求学。由于在中国的大学校园外徘徊得太久了，大学的校门怎么也不向他敞开，显得高傲而又保守。在万般无奈的情况下，他去了日本留学。我们谁都知道，外国的学校应该比中国的难考，可是，在中国考不上大学的又都轻松地考上了外国大学。他怎么就去了日本了呢？郑老板也回答不清楚，有些细节他说他都忘了。反正，郑天马一气之下就去了日本留学。在日本说不清楚的一个学校读书，不知道几年，也不知道啥专业，也不知道是什么学位，反正作为日本留学生郑天马毕业了。毕业之后他就去了香港，在香港成立了投资公司，和日本人做生意。他的实力从哪里来的？外面回来的人都不说，省略细节，可能里面有很多难言之隐，有屈辱也有洗黑钱之类的。日本也有很多竹器爱好者，看见他这根竹竿，显然很喜欢，尤其喜欢他包里的三十万港币。他跟日本老板去看货，验了货在仓库就装车交钱。他跟在车上，去码头装集装箱。路上车坏了，开车的让他下车帮忙推车。这根一米九的竹竿，真是大力士，这次他对自己的力气很满意。因为在他的用力下，货车发动了起来，可能他用力过猛，货车一眨眼就不见了踪影。他正在那里佩服自己并且回味着自己的中国力量，突然觉得不对劲儿，货车走了，自己三十万港币的货还在车上呢。他慌忙回到仓库，人家仓库是租的，已经退了。茫茫的日本岛，车流滚滚，灯红酒绿，到哪里去找？

　　若干年后，这个形象和头脑都很搞笑的东北家伙，竟然来到海南，以香港投资公司董事长的身份，来和我合作投资开发新红马大厦。

　　喝完了酒，郑老板不让我买单，意思是你在海口咋行也只是一个小老板，怎么不自量力，跟香港的大老板抢着买单。我让了他，却给我自己留下了一个病根，以后就是无论啥消费，只要郑老板在场，哪怕这件事与他无关，我也不买单，让他来买。我还由这个病引发一个并发症，就是和香港人在一起，哪怕他是港督，当然也不可能是港督，我也绝不买单。那天中午，我和郑老板喝完了酒，听完了他的故事，就握着手，分手了。谁也没提开发房地产的事，但是我们心里都明白，这件事，肯定我们俩联手干了。

两天后，我又和郑老板坐在了一起。

郑老板说：我给你打进五百万人民币，咱俩共同组建海南新红马大厦房地产开发有限公司，你负责办好土地产权手续，到银行贷款，然后我负责建设，你负责预售楼花。我的楼还没有建好，你的楼花可能就卖完了，这笔大财咱俩是发定了。

这有点像草原上传说中的童话故事，就是故事情节缺少文学性，但是故事吸引我，很多情节都能加进我的美好的想象。

我已经不怕生意大了，也不怕钱的数字大了。这海南的商海真锻炼人呀。以前我在外面没谱的事儿，或者涉及金钱数额太大的事，我回家不跟驹儿讲，我怕吓着她，令她心灵不安。

驹儿跟我出来三年，在她二十一岁的花样年华里，也就是这个马年，她向我宣布了一个提高我档次地位的结果：怀孕了。那是我跟郑老板签订协议的第二天，我心里有控制不住的得意，我决定跟驹儿讲出来，让她跟我一起分享快乐。当我兴奋地说：驹

儿，我有好消息告诉你。驹儿却一口咬住了我的嘴，这么多年了，她这个毛病就是改不了，动不动就用嘴咬我的嘴。她也很兴奋地说：先听我说，我也告诉你一个喜讯。

她也有喜讯，她的喜讯再大，还能有我要进账五百万元大？我同意让她先说，不同意也不行，这几年就养成了这个习惯，家庭呵，一开始不打好底真是不行。

驹儿又咬着自己的嘴说：我先不说，咱俩还用笔写，看谁的喜讯大，谁就赢。

我说：好。

她说：输赢怎么办？

我说：我赢了我要吻你，你输了你要吻我。

其实我说这话的时候，有点心虚。倒不是怕输，我们俩的输赢又能咋样，物质的奖惩已经不重要，我们已经过了贫穷的年代。只是我刚才这招儿是在夜总会跟小姐学的，回来用给老婆，你说是不有点缺德。要说到夜总会找小姐，还真是那个郑老板把我给带坏的。当然，师傅领进门，修行在个人。你说他干吗？把我往那里领，一进了那个门，我就情不自禁地自己主动找着去学坏。郑老板每天泡在夜总会里，他说老婆在香港，我看他一天一个小姐往房间领，不像有老婆的样子。郑老板每晚在夜总会里要喝两三瓶红酒，哪个小姐酒量好他就领哪个回房间，酒量都不好，他就找一个最丑的回去。他说，能喝酒的消了毒，丑的都干净。

有时小姐也求我带她们走，我说带不了，家里的驹儿不让带回去。住在外面更不行，我没在外面住过，我不放心家里的驹儿。

她们就很不开心，用喝酒的输赢来吻我。

我和驹儿亮出纸条。

我得意扬扬，写的是：驹儿，我要进账五百万元。

驹儿写的是：哥，我怀孕了。

我的佛爷，你们说我还能赢吗？就是进账五千万元我也不会赢呵。

我狂吻驹儿，我热泪盈眶地说：宝贝，你赢了。

驹儿也替我高兴，这笔五百万元的大数没有吓着她。后来我才发现，女人在金钱面前胆子比男人大。

今年是马年，驹儿要生下一个小马驹儿了。我说：驹儿，我伟大的宝贝，你怀上的一定是一匹小红骒马。我回想起我在胎中的岁月，我决定每天都找时间和驹儿胎中的小红骒马对话。我要把我每天的经营情况都告诉给她，让她一出世就具备总经理的经营头脑。

驹儿骄傲地摸着肚皮说：哥，你和郑老板这单生意能成。是肚子里的宝贝告诉我的。

我下流地说：今晚我要进去看看宝贝。

果然，一个星期后，郑老板的五百万元打进了我的账户。

我名副其实地成了大老板。

第三十七章

钱 多 的 烦 恼

　　新的一年开始了，万象更新。李叔终于把新红马大厦的土地使用证办妥了。我预感我的人生将迈向高峰。

　　市政协的一个领导打电话给我，邀请我吃饭，他说要给我介绍一个美国朋友，是个银行家。当然，我知道是他请客我买单。其实领导请做生意的人吃饭，都是这个规矩。这里面是个双赢的策略，既显得领导礼贤下士，又使我受到了领导的恩宠，有了一次在领导面前表现的机会。

　　我很隆重地带着孕妇驹儿准时到场了。原来美国的那个银行家朋友是一个女的，领导叫她许小姐。许小姐的名片上印的名字是：许海风。我很失望地发现没有写银行家。许小姐似乎很聪明，马上解释说她哥哥是美国华人银行的总裁。我也聪明地马上赞美说她的名字很大气。因为我没法赞美她的人，看她的年纪有五十多岁了，可是领导一直暗示我们叫她许小姐。其实礼貌一点讲，按照辈分，我应该叫她许阿姨，或者亲近一点，叫姑姑也行。所以我又怀疑，她都这么大年纪了，她哥哥会不会退休了？她在谈话时又很聪明地点给我听，她哥哥是那家银行的大股东，只要身体好，八十岁都可以继续当总裁。不像国内的领导干部到年龄就退休，这是社会制度和体制的不同。我彻底聪明了，不再怀疑，也不再失望了。我觉得这个女人就是如来佛，而我是孙猴子，一晚上就在她的手心里蹦不出去。这个女人道行太深了。但是我不怕挑战，是她投入钱给我，土地在海南岛，她又不能安上轮子推到美国去，又有领导作保，怕啥？干！

她要给我投资一亿元，再扩增一些土地，把红马大厦盖成七十层，亚洲第一高楼。要把盘子做大，许小姐豪迈地说。市政协领导也说：你和许小姐干吧，她有气魄，政府支持你，事业干大了，我介绍你进政协，当老板的也要参政议政，将来还可以多一层政治保护伞。

我回家之后，关上手机，两天没出屋。我的心里在进行着道德斗争。驹儿说我两天没说话，像一个傻子似的发呆。第三天，我想出了一个邪念头。等许小姐的一亿元一到账，我就把郑老板的五百万元退回，由我和许小姐两家单独合作。那天吃饭时，我把和郑老板合作的事介绍了一下，本来是想炫耀一下我的实力，结果许小姐根本看不上眼，她说给我投入一亿元，条件就是让郑老板出局，因为股东太复杂不好合作。

我和许小姐在领导的主持下，签订了合作协议。签完协议，兴奋之余，我感到自己真是有点无耻。郑老板回香港还没有回来，我们也没有解除合作，他那么信任我，我却和许小姐又签了协议。这就像一个已经有了老婆的人，两个人还很相爱，也没有离婚，我却又跟别的女人登记结婚了。我不管法律上的事，也不管所谓活一天快乐一天的幸福的事，在道德上我就觉得很无耻，虽然有人说，我们坚守的那个古老的道德是中国农民的产物。

我虽然不是农民，但至少是牧民的儿子，该坚守的还是要坚守。我甚至有点要打退堂鼓了，心里紧张、害怕。我一想到我的账里要进一亿元，这个数字终于把我给吓坏了。一亿元是多少呢？要数完两个手的手指头，我的佛爷，太大了，可以买下我们牧场所有的牲口，所有的马、牛、羊、高山、小河，还有人口和坟墓。这个数字超越了我的命运，我承受不了。

可是，领导的讲话又激励了我，给我这刚刚瘪下去的轮胎又打足了气。我鼓励自己，当年要是回到内蒙古草原，说有五百万元给我，也会吓死我的。但是现在我的账上不就是有五百万元吗？

有五百万元就应该有一亿元。

我堂堂的一个……一个什么？我也不知道我现在是什么了，反正堂堂的我，怎么也不会那么窝囊，被钱多给吓坏了啊，以前没钱的人贪多，都说钱不咬手，我现在感觉，钱多不是咬手的事，而是咬心。

我坚定了信心，觉得不该被钱多给吓着，我要为祖先争气，做一个不怕钱多的、勇敢的人。当年先祖成吉思汗征服欧亚大陆占领了那么多土地，就是不怕多。多多益善，越多越有斗志。

晚上，我例行陪着驹儿在海边散步。我给她讲了我的灵魂里道德的斗争，最后我战胜了我的道德，我不惧怕钱多了。

驹儿听了笑得很开心，也很成熟。她说：钱多有什么不好？你是我心里勇敢的草原英雄，我以为这个世界没有能吓倒你的东西，没想到你却怕钱。

驹儿的话让我震惊，不过我说过，女人在金钱面前比男人胆大，确实千真万确。许小姐敢给，驹儿就敢要。

路灯下，我看着驹儿的面孔，真的已经是一个成熟的女人面孔了。淡淡的妊娠斑，有点松弛的皮肤，显得更加性感了。嘴唇也不是少女的鲜嫩了，那质感却充满了肥厚的诱惑。从前那个鲜活的少女驹儿，光彩四溢的靓丽倩影渐渐走远了，正步步走进我的，是具有亚光味道的孕妇驹儿。男人真是美丽的刽子手，我没有忏悔，却有一种极其满足的成就感。

我搂过驹儿就吻，海风在我们的唇边徐徐吹拂。

驹儿唱：海风轻轻地吹，海浪轻轻地摇。

我打断开心的驹儿，说：这个美国的许小姐竟然叫许海风，我总觉得这是一种什么征兆。

海风，海风。美国小姐吹来的海风。

协议：一亿元人民币投资款到位，授权给许海风小姐，用土地开发使用证，到国际上去融资贷款。

驹儿有一天很严肃地打电话给我，让我无论如何也要回来吃晚饭，有重要的事情要谈。我安排了一下，下午就赶了回去，因为这是驹儿第一次给我打这种严肃的电话。

驹儿说：我要去美国。

我说：为啥想起了要去美国？

驹儿：许小姐说，我到美国去生孩子，将来长大了孩子就是美国户口。

谁帮你办理？

许小姐全包。

我想了想，虽然有点舍不得，但是自己不能太自私，要为孩子着想。我从内蒙古草原奋斗到这里，已经把内蒙古草原上一个无知的小子奋斗成汉族精英了，已经是顶峰了。美国太遥远，有的时候不是路程和钱的问题，出生的人文环境，决定人一生的品质和格调。

我同意了，心里却有另外的一种疙瘩。

但是我没跟驹儿讲，我觉得，驹儿的目光已经被许小姐的光环和未来美国美好的人生给迷住了。许小姐大话连篇，签了协议这么长时间资金没到位，还要违背协议让我先给她土地使用证的授权。用一句提高革命警惕的话说：我已经对她产生怀疑了，目前正在观察她的动向。

但是我不能给驹儿心理压力，也不能让她不高兴。谁让我爱她呢。爱一个人，就要同时为这个人承受痛苦。这样的事情只能我自己扛。驹儿去美国，反正先是旅游，也花不多少钱，将来一旦移民成功，私事私办，这笔钱我自己也花得起，不会用她许小姐的一分钱。事办成了有人情，我会还她人情的。这件事与我们的合作公私分明，我不会混到一起的。

许小姐大概有一个星期没和我见面了，香港方面郑老板马上就要回来，他正在筹备新红马大厦的开工。每次与他联系，我内心里都充满了惭愧。所以就拼命地跟他讲亲热的好话。我觉得郑老板这个人真是难得，五百万元扔给我，他就那么放心，他相信我，而我正在背叛他。我越来越觉得自己是一个可耻的混蛋，这个世道真没有公理。我也纳闷，这个郑老板就这么为人做事，他还能有钱，真是怪了。

我每天在盼望许小姐的一亿元资金到位的同时，也在希望她的资金干脆到不了位，这样我好尽心尽力地跟郑老板合作，对领导也好交代，也让我早日解除这种烦恼和压力。

许小姐这个女巫师，简直是用她的魔法跟我作对。我想让她的资金不到位，她就偏偏到位。晚上，又是领导请客，这回是许

小姐买单。她声明让我回家把驹儿一起接上吃饭。现在她扮演的角色好像是驹儿的娘家人，看她的地位，似乎仅次于我老丈母娘。

晚餐可以说隆重豪华。我想这一定是许小姐在故意渲染气氛。领导先是像主持会议一样，说了一通官话连篇的开场白，把我和许小姐的合作，上升到了对海口市，对海南省，对中国，都具有重大的划时代意义和深远的历史意义。

到了我讲话，我明确地询问：这笔款什么时间可以到我的账上？

许小姐拿出了三张银行存款证明，在中国银行、建设银行和工商银行是总额将近八千万元的存款。

领导像作动员报告似的说：许小姐的款已经进了银行将近八千万，你们的合作可以开始了。你可以把土地建设使用证授权给许小姐，让她去美国继续融资。

我说：八千万元也可以，钱一到我的账上，我马上开给她。

领导说：钱先不能到你的账上，这么大的资金和项目，政府要介入监管。

我说：钱不到我的账上，我怎么知道这笔钱是给我的？

领导有点火了：钱在银行里，你还不相信银行吗？银行是政府办的，你还不相信政府吗？我是政府的领导，你还不相信我吗？我介绍给你认识许小姐，让你们合作，像许小姐这样的爱国华侨，你更应该信任她。我们做大事的，一定要心胸宽阔，要有装下国际的胸怀，放眼全球的目光。

我没词了。我想想领导的教育也是很对，可能我的胸怀太窄了。人家许小姐拿这么多钱来跟我合作，我竟然如此疑神疑鬼。这样还不把许小姐整跑，把合作整黄？领导的教育真是及时，否则我将犯多大的人生错误？我感激地又举起了酒杯。

许小姐不跟我谈了。在领导跟我发火时，她跟驹儿又热热闹闹起来。我见驹儿拉我的手，一看她的手里已经拿上了去美国的签证。

驹儿兴奋得不得了，比当初从草原来海南还兴奋。我和领导也加入了她们的兴奋行列。大家的话题马上由驹儿转向了美国。

很晚大家才分手，领导最后权威果断地指示说：明天你们把授权办好。

一个星期后，许小姐要带驹儿去美国了。我几乎不干事，在家里陪她。我心里有一种很害怕的感觉，我觉得驹儿一走会把我的灵魂也带走。但是拦着她，让她不走，已是不可能了。驹儿很高兴，但是傻呆呆的，我怀疑许小姐用魔法把驹儿的灵性给消除了，否则，我闹心的时候，驹儿都是有感知的。

明天她们就要起程了，我很晚还在给驹儿反复叮嘱到了美国生活上的注意事项。郑老板打来了电话，他说明天上午回到海口。

　　我一算时间，郑老板先到。他们相差一个钟头。我明天先接郑老板，然后在机场等送她们。驹儿坐许小姐的另一辆车到机场。

　　第二天，我接到了郑老板。我让他在车里等我，我去送驹儿她们。我不想让郑老板见到许小姐。这件事像病一样压在我的心里，我还没有跟他说，我不知道咋说。我接他时的那种神情，就像是一个已经告了密背叛了革命的叛徒，又和组织接上了头一样。

　　半个小时以前通电话，驹儿说还有十分钟就到了。

　　可是现在机场已经停止登机了，她们还没到。打电话竟然关了机，我心里闹成一团，马上有一种不祥的感觉，回到车上加大油门就跑。

　　在离机场不远的地方，道路已经封锁了，前面出了车祸。

　　我扔下车，拼命地跑了起来。到了出事地点，果然是驹儿她们的车。许小姐和司机都已经死了，只有驹儿还在喘气，好像是在等我一样。我把她抱在怀里声嘶力竭地大叫：驹儿，驹儿！驹儿醒了，她安慰地看我一眼，说：哥，海南真美，哥，我要回家。说完她就去追赶许小姐去了，任凭我惊天地泣鬼神地恸哭，她也不醒了，也永远不回来了。我的大脑像死了机的电脑一样，失去了反应。

　　处理完驹儿后事，郑老板陪我在海甸岛的海边大排档喝酒。郑老板已经了解了我的一切背叛行为和悲惨的命运。他像一个宽容的兄长一样，没有说一句责怪我的话。他说许小姐这是一个圈套，而且是一个小儿科的圈套。他说他已经调查清楚了，许小姐先是在海口找了一个朋友，用高额利息挪用了五千万元，存进了中国银行，然后，按照银行的规定，你有存款，就可以按照百分之七十贷出，她用贷出的三千五百万元又存入建设银行，然后如法炮制，又贷出两千四百五十万元，然后存入工商银行，又贷出一千四百万元，不存了，就放进自己腰包里了，她给你看了有八千多万元的存折，就会套走你的土地使用证，拿到国际银行去贷款，贷来款还回那高利挪来的五千万元，人就会消失得无影无踪。整个都是你的土地押在那里承担责任，我们就永无翻身之日了，还要承担法律责任。

我听得倒抽凉气，毛骨悚然。

这个许海风，哪里是徐徐的海风？她就是一个龙卷台风，卷走了驹儿和她肚子里的孩子的性命，也差一点卷走了银行的钱和海口的土地。我用血的代价明白了国土不用装上轮子，也可能被人推走。

这是一个耻辱性的丑闻，政府用最低调的态度处理这个事件。驹儿走了，我已经没有灵魂了。每天像行尸走肉一样坐在海边喝酒，一切事务我都委托郑老板处理了。我们当时没有搞清军队用地是没有产权证的，土地使用证是不许抵押贷款和转让的。

国土保住了，公司保不住了，由于影响太坏，海军收回了那块土地。郑老板投入的五百万元已经被花得所剩无几了。

我愧对郑老板，我说：大哥，兄弟对不起你，我欠你的钱，欠你的情，现在还不了啦，我要走了，回到我的家乡科尔沁草原，我有一天再起来，我一定还清你的人情和债务，哪怕用牛群羊群来还。我要是垮下去了，起不来了，那就下辈子自己变成牛马来还。

郑老板说：傻兄弟不要说熊话，你还会起来的。你什么都不欠我，咱们俩是合作，亏了共同承担，钱是身外之物，去了还可以再来。你的损失比我大，你的驹儿没了，用啥都买不回来呀。弟妹是多么好的人呀，大哥也心里难受。别说了，我明天安排你回你的老家草原休养一下，我还会跟你联系的。咱俩的事过去就过去了，以前骗我的人多了，哪有你这么坦诚对我的。你还是一条汉子，大哥永远把你当好兄弟。

我第二天要回草原了。晚上，我不让郑老板来陪，我说我要一个人祭祀驹儿。我搬出装驹儿骨灰的骨灰盒，我把这个我夜夜抱着睡觉的骨灰盒抱到了海边。我要把驹儿的骨灰，一半撒进大海。她太喜欢海南了，我要让她永远在自由的海浪里，欣赏海南岛美丽的椰子云。我在驹儿的骨灰里拌上了驹儿平时最爱的玫瑰花瓣，搅着我的泪水，一把把撒进大海里去。我要让玫瑰花瓣化作她的美丽衣裳。我轻轻地呼唤着：驹儿，驹儿呀，哥的驹儿……

慢慢地,骨灰和着玫瑰花瓣在大海上幻化成了一匹美丽的小红马,欢乐地向我奔来,她脚下的海浪成了开满马兰花的蓝幽幽的草原。我没有喝酒,我要坚强,因为我要带驹儿回家,连同另一半骨灰,我要带回草原。我要带她回家。我答应过她的爸妈,把她带出去了,也一定要把她带回家。

回到家,我在房间里,一件一件地看驹儿收藏的那些小饰品。这每一件东西里都蕴涵了驹儿多少美丽的梦想呵。我正看着呢,驹儿进来了,她娇娇羞羞地扑进我的怀里,紧紧地咬着我的嘴唇。她说:哥,驹儿为哥干了一件大事,驹儿是很了不起的呀。那个许小姐要害你,我听她打电话给别人讲土地证已到手,她马上开始行动。我心中一颤,她这是要骗你,我心里就着急,宝贝在我肚子里也着急。我们娘儿俩一商量就用命救了你。我们觉得值!哥,你别太忧伤,我还会回来找你的,但是我不想做人,人太坏了,哥,你回草原等着我,我会回去的。我还要做马生生世世都和你在一起。驹儿又走了,缥缥渺渺的似乎没有痛苦,她死前,留给我看的痛苦,已不是她这个灵魂的痛苦了。

我大声叫着,叫醒了自己。一看时间,四点多,清清醒醒,果然是驹儿救了我。我相信这不是梦,就是驹儿来了,这里是她的家,她自己亲自布置的家,这里有我,她的灵魂离不开我,离不开这个家。

我睡不着，也不想睡。我留了一封信给郑老板，连同他给我买的机票。我让他帮我处理车子、公司等一些财产，顶他的损失，我什么都不想要了，我要带着驹儿的骨灰盒和她回家。只是这房子里的东西都是驹儿买的，我不知道如何处理，我舍不得把它们烧掉或者卖掉，我又带不走。天快亮了，我做出决定，一次向房东交三年租金，三年后，时间自然会作出裁决。或许驹儿的灵魂留在海南，可以常回这里看看，我甚至想，她的灵魂应该住在这里，这里是她的家呀。我锁上门带着钥匙走了。办完这件事，我的心里舒畅多了。

我要买船票走，驹儿是跟我坐船来的，我还是希望把她的灵魂带走，我要带她坐船回去，坐飞机她不认路，空中太缥缈，我怕她的灵魂走散。我一路上叫她的名字，我知道她就在我的身边，有时我就看见她在我的身上向我笑，她笑容的气息永远让我迷恋，让我情不自禁，泪眼蒙眬。

回到草原一个月后，我收到了郑老板的一张五十万元的汇款单。郑老板说：兄弟，这是你的车子、财产卖的钱，汇给你，希望你用这笔钱重新振作起来，就是对我最大的报答，我相信你能够！你的本事和运气无人能比。你是一条汉子，遇上大的磨难是天要降大任于你，咱们来日方长，后会有期，相信大哥一句话，你会再起来的。

第三十九章

荒 原 部 落

　　在科尔沁草原，十几年没见，我出生的那个牧村，竟然变得和草原外面辽宁的汉族村庄一个模样了。电视天线,张牙舞爪地,在空中像魔术师一样，为电视接收痛苦、烦恼或者快乐。一片灰蒙蒙的房顶，笼罩着用水泥间隔的一块块质量低劣的红砖。街道上牛粪挤压着猪粪，毫无目标地流淌，一种时代的臭味，让我找不到童年的味道和空气的清新，我没了感觉。偶尔，见到一个残破的可口可乐瓶子，暴露了这里和外面世界联系的气息。

　　早晨，羊群、马群、牛群和猪群，草原上怎么会有这么多的猪？赶着它们的是一些陌生人的面孔，在牲畜拥挤的身体缝隙间时隐时现。那些没睡醒的目光，呆呆地望着我，对我这个不协调

的形象，感到惊诧。

牲畜都被赶出了村庄，安静下来的村庄开始飘起乱七八糟的音乐。有二十世纪七十年代的老歌，有八十年代的流行歌曲，也有九十年代的新歌。这些歌几乎都是在歌唱忧伤和爱情。

村口有一个小吃店，竟然叫香港大饭店。原来的那家小卖店，门面没改，改了一个名字叫超级商场。

这个村庄彻底玩完了，他们在模仿城市和汉族地区，丢掉了自己的民族特色。

我回到生我养我的那个牧村，在我爸妈的家里住了几天就感到烦躁不安。驹儿死了，我本来在海南就丢了灵魂。我妈看到魂不守舍的我走进了家门，惊恐地说：儿子，发生啥大事了？你的魂好像已经没有了？这是祖先有灵，给你引路把你领回了家门，你再留在外面，你的命就会没了。

按照我妈的规矩，我在家里躺了三个月收魂儿。她说，我在这片草地出生，我的灵魂就在这片草地上还阳，三个月之内，一定把我的灵魂找回来。

三个月后，我妈让我出门走走，出门前，她让我照照镜子，回来时土灰色憔悴的脸，变得红润了。我妈说我又恢复了阳气。

我在外面走了一圈，虽然有了阳气找回了灵魂，但是，这个变得乱七八糟的牧村，已经弄丢了我童年的梦。我决定很快离开这里，这里已经不是我童年的牧村了，就像油和水一样，我与这里已经不相融了。

回到家门口，见屋里传出滚滚的香烟，味道浓烈。我想，一定是我妈这个大巫师又在做法事。我的灵魂已经找回来了，她又在找啥？

我妈看见我，目光直直地盯着我，看得我有点恐慌，身上凉飕飕的，发冷，害怕。

她说：儿子，你的房间里，阴气很重，你的包里有东西，告诉妈是啥？

我心一颤，老妈这个大巫师果然了不起，她一定是发现了驹儿的骨灰盒。

为了和驹儿长伴长相依，日夜厮守，我和驹儿的事我没有给我妈讲。我在外面的事也没有跟我妈说，外面的事情他们不懂，说了只能增加一些复杂的故事情节。我也是在外面边学边会、边懂边理解这些为人处世的道理的，但是在我们这个萨满的故乡，什么道理在我妈他们这些通灵的巫师面前，都不灵了。我知道，驹儿的骨灰盒这事跟我妈讲，她是绝对不会让放进家里的，我妈是个阴阳分得很清的人。但是现在被她发现了，我只能实话实说了，我痛苦不堪地讲述了我和驹儿的故事。我们一家人也都被我感动得痛苦不堪。

　　我拿出骨灰盒，我妈先是摆出一种要决斗的姿势。她盯着骨灰盒看了一会儿，怀疑地问我：这里是人是马？突然扔下那些法器抱着骨灰盒就痛哭流涕起来。她说她看清了，是一个美丽的闺女。然后她就带着一种忧伤的唱腔数起了好来宝：

　　　　我的好闺女，

　　　　妈的好儿媳，

　　　　我虽然没有见过你，

　　　　但是你也是我们家里的一分子，

　　　　你死得冤，

　　　　死得屈，

　　　　死得可怜，

　　　　死得值，

　　　　死得了不起，

　　　　你是为了我儿子，

　　　　我们家人感激你。

　　　　你活着是我们家的人，

　　　　死了是我们家的魂，

　　　　我儿娶了你，

　　　　也算好福气，

我要帮你超度重生，

你们这一世的缘分还没有停止……

　　我妈正哭着呢，突然戛然而止，严肃地对我说：必须马上举行葬礼，让驹儿入土为安，否则她的灵魂将在阴阳界里飘荡，进不了阴间，也还不了阳世，得不到超生。

　　我恋恋不舍地和驹儿的骨灰盒永诀了。在我妈的主持下，我们家为驹儿举行了隆重的葬礼。虽然也是选择在我爷爷他们的坟地，但是我妈说由于驹儿没生过孩子，一朵花还没有开放，只能孤零零地把她一个人埋在了一边，叫做孤女坟。我望着驹儿孤零零的坟墓边上，还有一片空地，我想这将来就是我的归宿，到时驹儿就不是孤女了。

　　我感到嘴唇一阵疼痛，然后耳朵就热了起来，一股幽兰入耳，就响起来了话语：你为什么不买下这片牧场？我以为有人在跟我说话，四处望了一下，他们都在那里表演悲痛呢，我知道一个他们没有见过面的女孩，只能凭着想象悲痛，真实具体不起来，他们是在悲痛着我的悲痛，但是我感激他们这种善良的悲痛。

　　身边没有人跟我讲话，话语又响起来了：哥，是我，你傻了，连我的声音都听不出来？我让你把这片牧场买下来，我要和你在一起，我不让你离开草原了，我不想离开你。

是驹儿！我欣喜若狂，笑了起来，吓坏了那些正在哭的人。这回那些参加葬礼表演的人，开始跟我讲话了。他们很恐惧地喊我，我妈说：你们别管他，他在和驹儿那个闺女说话呢。

我妈的话很权威，大家都好奇地看我表演。我妈是在我爷爷去世以后，成为萨满巫师的。好像是继承了我爷爷的家传，我爸爸因为没有灵性，与此无缘，我爷爷就没传授给他，这种方法和江湖上家传武功秘籍一样，但我感觉我妈妈比我爷爷神奇。

我突然转向大家宣布说：我要买下这片牧场，从此就留在家乡，再也不出去了。

我这个决定让两个人特别兴奋。特格喜场长已经老了，他早已不是场长了，但是他还很有权威。他走向我，搂着我的肩膀说：小子，你回来投资我高兴。当年你离开草原出去读大学，我给你三十块钱，就是相信有一天你能来回报草原，我从小就看出你是一匹好马。

我妈没有当过场长，也就没有特格喜场长那么高的政策水平，她听说我不走了，要投资在家乡草原买牧场，很兴奋：孩子不能再出去了，你的魂儿差一点没丢在外头。

老特格喜当天晚上就请我到他家喝酒。他说：看你回来就是一个病人，本来按规矩要给你接风洗尘，你妈不让，说你在外面丢了魂儿，等找回来魂儿再喝酒。我也觉得可能确实找回来了魂儿，我今天的状态确实很好，觉得身上很有力，心情很轻松，有时会有一种情不自禁的快乐感。我自己知道原因，埋下了驹儿，让她入土为安，等于也稳定了我的心，她入土了，安的是我的心。我妈真是一个高明的心理大师，我感激敬佩的泪水在眼里打转。还有一个最主要的原因，就是我知道下一步干什么了，驹儿让我买下草地，和她的坟墓每天相伴，我就好像在迷宫里找到了我生命中的奶酪，前程一片明朗。这里我要讲几句关于相爱的男女，生离死别的，情感心理的话，如果你爱的一个女孩，她死了，留给你的是思念和忧伤；如果她走了，跟了别人，那留给你的不仅仅是思念、忧伤，还有非常强烈的嫉妒，甚至仇恨。死的人会慢慢让你心安、平静，甚至高尚起来；离开你的人却永远让你躁动、嫉妒、痛苦不堪，甚至羞辱。

在老特格喜家，情绪已经安稳的我，显得酒量很好。来陪酒的是老特格喜的接班人，年轻的场长吴六。这吴六，当年向我炫耀我暗恋的那个他家的亲戚女兵，给我留下了深刻的印象。但是印象当中，傻子吴六当年是个黑瘦的家伙，一天嘴里淌着涎水，可是现在的吴六一点也找不到傻子的踪影了，场长吴六竟然白白胖胖，还鼓起来一个官僚的腐败大肚皮。这真是造化成就人呀。

喝酒时我讲起了当年女兵的故事，大家笑得阳光灿烂，口中酒肉横飞。吴六在大笑和吃肉时露出的一口整齐的白牙，显示了他在这片草原高贵的身份。草原上很早就有这个说法，有两种动物牙白，一种是狼，一种是从前的王爷，现在叫干部，因为他们都是每天的食肉者。当然，特格喜虽然人老了，牙却也很整齐，很白。

在特格喜家，我还很惊喜地见到了我小时打架的对手长命。长命的酒量很好，本来一开始特格喜没让长命上桌，我差一点没认出来这个跟我同龄，看上去比我老十岁，一口黄牙的长命。我坚持要拉长命一起喝酒，特格喜很不好意思地看了吴六一眼，吴六也表态说：长命大哥一起来喝吧，你小时候的朋友回来了。

长命三杯酒下肚，就控制不住激情了，摘下帽子让我看他秃头上的疤，他说，因为这个疤，成了秃头，最后连老婆都娶了一个瘸子。他还说：我不是他小时候的朋友，是他的敌人。

我发现吴六和特格喜的脸色都变了，很气愤地看着长命，制止长命不要再往下讲。这人的命运真是难测，小的时候看吴六和长命，谁知道长大了变化这么大。吴六成了场长，长命成了醉鬼。我说没有问题，儿时的小伙伴，见面讲一讲从前的故事，也很好玩。

这时长命自己往嘴里灌了一大杯酒，说：好玩个屁，你看我这个瘸老婆，你今天领到你家去睡一夜，就知道好不好玩了。

长命的媳妇进来了，可能是要劝阻长命不要喝那么多的酒，结果听到长命的话，脸一下就红了。我这时看长命媳妇，左腿走路是瘸了一点，但是人长得很漂亮，比那些四肢健全的人漂亮多了。我还惊诧地发现，她竟然是我少年的偶像马红。

我站起来，端起一杯酒说：长命，我来敬酒给你们，这第一杯敬你，为小时给你带来的伤害，代表老三给你道歉；第二杯酒向特格喜老场长表示感谢；第三杯酒为你媳妇，即使你不是秃子，这么漂亮贤惠的女人能嫁给你，也是你的福气，我向她表示敬意。

三杯酒进了我的肚子里了，也进了三个被我敬酒的人的肚子里了。特格喜和长命的媳妇很高兴也很感激我。长命举起一杯酒来，似乎更高兴：巴拉，还是你有水平，你从小就比我有水平，你能敬我老婆酒，我太感激你了，她虽然腿有点瘸，但是她确实是个美人，你不知道她在被窝里有多骚，瘸子躺在被窝里也看不出瘸了。我今天晚上，不能让她跟你睡了，我是个说话不算数的人，我舍不得了。

我心里在骂，这个傻瓜，倒霉的家伙，你让我睡，以为我不敢睡吗？多骚的女人我都不怕。

特格喜急了：长命，你这个没出息的醉鬼，不要满嘴里跑狼，说出那些恶话，丢我们家的人了，闭上你的臭嘴巴。

往下可能越来越不像话了，吴六带着我离开了特格喜家。

三天后，吴六和特格喜又来找我。

吴六以一亩每年五块钱，租给了我十万亩草地。他说：草

原是国家的，是人民的，不能卖给个人，租给你使用权七十年，七十年不变。我再给你一个特殊政策，十年内大盖帽不进去。我没明白大盖帽啥意思，老特格喜说：就是工商税务不管你。

我没有概念地问：十万亩有多大的面积？

老特格喜说：知道从前王爷时代骑马圈地吗？就是早晨太阳一红就骑马出发，到晚上太阳红了的时候回来，你这一天马蹄子下跑的一圈就是你的十万亩。

吴六说：老王爷，你这话等于没说。十万亩就是十万亩，是用钱算出来的，不是用马蹄子。现在是科学时代，你已经落后了。

我觉得特格喜和吴六都很有趣儿，尤其是吴六一本正经，却是满脑袋糨糊杂烩政治。让他们帮我算吧，七十年太久，我们活的只是朝夕。吴六一再说：反正不会让你吃亏。其实我也不怕吃亏，甚至没有这个想法。那么大一片茫茫的草原谁能看出多和少，我有时会希望缺斤少两一点，那样我心安。我真不希望多占一根草的便宜。

在吴六积极主动的主持下，科尔沁草原上有了在我的名下的十万亩草场，使用期七十年。

我不知道在这片草地上要干什么。春风吹着我散乱的须发，我盲目地在风中行走，我又走向了驹儿的墓地，我要去和她策划一下这十万亩草场如何开发。是她让我搞牧场的，驹儿是个有品位的人，她一定有好的思路。

我坐在驹儿的墓前，阳光明媚。地上的草籽争先恐后地正在发芽吐绿。面向草原，我的心已经春暖花开。

驹儿说：哥，咱的牧场搞得可要有品位，不能只是养一些牛羊，太俗套。牧村里不是弄丢了你的童年的记忆吗？你在这里把童年的梦找寻回来。咱们在牧场里开发民俗文化。

驹儿果然灵性，又一次一语点醒梦中人。对，我搞民俗文化，复古草原原始部落。

我问驹儿：牧场的名字叫"红马驹牧场"好不好？

驹儿说：这个名字好听，我喜欢，有味道，但是不像牧场的名字，像一部电影。

我说：那好，将来我就给你拍这部电影。

我感到嘴唇在动，驹儿感动了：哥，我真幸福，我虽然死了，但是我的魂都比那些活着的人幸福。

我说：驹儿，咱们就叫"荒原部落"吧。我觉得这片草原是咱俩打破阴阳界的地老天荒部落。

驹儿激动：哥，我喜欢"荒原部落"这个名字，哥，你就是有才华。

告别驹儿，我去拜了爷爷的坟。在爷爷的坟边上，是谭大爷和谭大娘的合葬大坟。看着远处炊烟袅袅的牧村，滚滚红尘中的人，一年又一年，不管愿意不愿意，都要搬迁到这里来了。牧村争不过坟墓，牧村里的人早晚都要到这里来。走过春夏秋冬，这就是生命的规律。尤其是谭大爷，我知道他有很多人生的梦想，但是就这样带进了坟墓。他老人家去世的时候，我不在身边，否则他一定会跟我讲的。他几十年前正当春风得意的时候，被发配到这里，他每天都期盼着获得新生，然后再大有作为一番，结果却再也没有走出草原。我离开草原在外面走了十多年，人生的感悟很多，我不知道该为他痛苦还是高兴，因为我们也无法断定他即使很如愿地回去，等待他的很难说是福还是祸。在谭大爷坟的右侧，是我们曾经从井里救出来的张大脑袋的墓地，这个日本翻译官终于还是死了，如果现在还幸运地活着，也是政府的统战对象了，听说小岛马子已经回了日本，或许他还可以跟她去日本。张大脑袋的坟很大，在墓地里显得极其夸张，我猜想可能是那几个在他生前打过他的儿子，为了安抚自己的良心，才把他的坟加高加厚的吧。

我成了荒原部落名副其实的大酋长了。

我的荒原部落围绕旅游，由三大板块构成。

第一部分是扎撒猎场。旅游客人从公路走进我们牧场的土路，在尘土飞扬中，我们派出飞快的马队迎接客人。客人远远地就见到我们的部落旌旗飘扬。在马队的左右护卫下，客人的车队来到我们的部落门口下车，九支十米长的牛角号同时吹响。然后让客人坐上勒勒车，在悠扬的马头琴演奏的蒙古长调中进入部落。勒勒车先拉客人到敖包山上去祭祀敖包。给每个客人送一条彩带，上面写上客人的名字，然后系在敖包的树枝或者石头上。客人沿着敖包跑三圈儿，可以去掉身上的晦气和病痛，获得吉祥的祝福和运气。祭祀完敖包进到订好了的蒙古包里，身着蒙古袍子的姑娘，在门口给每个人敬献一条洁白的哈达。客人喝点奶茶，吃点炒米乌勒莫和奶酪之后，休息一会儿，就开始打猎。

　　如果来的是勇敢的人，我们就给他提供好马、好猎枪，在打猎区放出狼来，让他们围追堵截，纵情杀戮；如果他们马术不好，我们就学边防军，给他们一台大解放汽车追狼；如果他们胆小，或者钱少，因为一只狼五千元，狼以稀为贵，此货短缺，也没办法，我们就放出一只羊，让他们开着车追打猎杀。羊很便宜，五百元一只，打中之后，把羊拉回来，在师傅的指引下，我们教他们给羊剥皮、解体、甚至可以参与制作烤全羊。当天吃不完，剩下的我们为他们做手把肉，全包在五百元之内。蒙古歌手为他们敬酒唱歌献哈达，晚上还要陪他们在篝火旁跳舞。

　　我们的第二个板块是民俗文化雕塑群落。从草原上美丽的传说开始，到先祖成吉思汗、忽必烈征服欧亚大陆创建蒙古帝国、大元王朝的黄金家族的故事，和蒙古人的民俗风情，用雕塑的形

式展示出来，再现历史风云。

　　我们的第三个板块是灵感村。我们和国内所有搞创作的文艺家们签约，灵感村艺术部落里免费为他们提供食宿，派人照顾他们的生活，为了避免他们因为门派相轻在一起掐架，每个艺术家独立使用一套蒙古包别墅。书画也好，雕塑也好，音乐作品也好，文学作品也好，它们像野花一样可以任意生长。我们和作者共同拥有版权。你创作的东西卖不出去或者打不响，我甘心认了亏损；如果火了，那么我就和你平分版税。

　　我这个蒙古部落工程一启动，就热闹起来了。竟然惊动了北京很多食肉者。到这里来的旅游者，千里迢迢，长途跋涉，车水马龙，络绎不绝。有一个旅游报社的记者，是一个脸色苍白的很瘦小的女孩，她给我总结说：从前的旅游概念是看山水看自然，走马看花，蜻蜓点水，浮光掠影；现在人们已不满足这种玩法了，旅游者要参与进去。荒原部落开了先河。

　　这个瘦小的丫头片子真有水平，一下子让我名闻四海。我当然要奖励她。当我把厚厚的红包放进她的手里时，我真困惑，她这么一个瘦小的身体，顶着一颗瘦小的脑袋，怎么会孕育出那么大的智慧来？真是人不可貌相，不可凭脑袋大小论智慧。

　　驹儿的墓地，已经被我用铁丝网圈上，远远地就写着牌子：私家墓地，旅游者不得入内。我越这么写，旅游者越有一种神秘的感觉，就越想偷窥。

　　我有这个想法的时候，征求驹儿的意见，驹儿说：你挡的是活人，我也不喜欢他们来干扰、喧闹，我们没有时空，你们人的障碍，阻挡不住我的飞翔。

　　在荒原部落里，我复活了科尔沁草原上蒙古人往昔的辉煌，也找回了我童年的梦想，并且还开创性地创建了一个兴旺繁荣的旅游牧场。

　　但是，有时我觉得这种繁华热闹，是我给予红尘中的别人，我只是很充实地在干着一件事，有时很满足，得到别人的敬仰，和给我爸妈带来的骄傲，也很幸福。但是我不快乐。我只有走进铁丝网里的墓地，在这个打破阴阳界的荒原部落里，和驹儿讲话，我才真正地快乐起来。这种快乐就像草叶上的露珠，在阳光下很短暂地就消失了。

红 马

第四十章

汉 族 姓 氏 蒙 古 名 字

　　灵感村的酋长是马叔，也就是二十世纪八十年代的大作家马驰。马叔已经老了，按照政府的规定他退休了。他主编的那本《马兰花》文学刊物，已经被市场用金钱改造成了流行时尚的小女人刊物。八十年代那批作家已经没人写小说了。在中国小说史上，二十世纪八十年代，尤其是八十年代初出现的那个作家群落，在艺术成就和才华上都成了那个时代连绵起伏的巅峰。但是在现在这个九十年代，他们却几乎不写小说了。他们这一批人，就像《水浒传》梁山上的那一百多个好汉，在人间打闹一番，就鸣金收兵了，让世人惊奇、赞叹、匪夷所思，视为奇观，无限怀念。

　　马叔曾是一大风格的领军人物，是山峰的巅峰，政府说他老

了，是因为他的年龄超过了终点白线。这只是适合他肉体的规则，他的精神不老，他的生命离终点还很遥远。

马叔不再写小说了，他已经形成模式的叙述风格，就像他的身体一样已经不可改变了，读者看他的小说，就像政府看他的年龄一样，希望他退休。因为他的文字里有太多他们那个年代的思想疙瘩，文字读起来没有张力，叙述节奏没有速度感，语句不诙谐幽默，内容有太多教育人的思想。但是，他的随笔就像他的精神一样，老辣睿智，幽默诙谐，独具风骚。在千字文里，他常常融进长篇小说的丰富博大内涵，用自己一生的感悟功力来进行提炼，就像齐白石晚年的笔墨，几乎篇篇经典，句句精致，字字珠玑。

小说家马驰已经逐渐被读者淡忘，文化大师马驰却受到万人景仰。

我搞荒原部落，请退休了的马叔来帮我策划指点，其实我很谦虚地请他，是因为我听说他退休了，一定是像其他退休的老人一样，晚景凄凉。出于一片好心，让他出来散散心，换换空气。结果一见面就让我大惊失色。马叔是带着我的马婶来的，按规矩应该是我的师娘。但是见了面，我却啥也叫不出来了。他带在身边的那个女人，竟然是二丫。我头昏脑涨，情绪已经失去控制了。七十多岁的老头找一个三十多岁的女人，阴阳互补，本来无可厚非。这无论从生命结构上，还是从人类历史上来说，都是成立的。

有条件的老人都可以这么干的，尤其是我这样荒诞的人，应该很容易接受。但是，当年不是传说二丫是他这个牧场有名的老光棍的女儿吗？这不是乱套了吗？乱伦！畜生！我在心里咒骂。

那天，我跟在北京的马叔约好了来草原的时间。马叔说：我要带你师娘一起去，到时候你把胆放在家里，可别被我给吓破了。

写小说的人的习性我懂，他们就喜欢搞个悬念，意外结局什么的，以为很崇高，其实就是职业思维的毛病。

你老马驰即使娶了一个天仙，还能美过我的驹儿？再不就是别出心裁娶了一个丑八怪。这也吓不倒我，我在草原上每天都跟动物打交道，再丑的人还能丑过牛羊吗？我觉得马叔故弄玄虚，忘记了我是一个见过世面、有过经历的人。

他来的那一天，出于尊重，也是出于好奇，想尽快揭开谜底，我真是在百忙当中亲自开车去车站接他们。

结果下了车，出来的是春心勃发的马叔和成熟风骚的二丫。我一开始还以为二丫是他们的陪伴，就继续往他们身后看。马叔指着二丫说：还看啥，她你不认识吗？我说：当然认识，这不是二丫吗？

马叔很一本正经地说：你们都是成人了，不要叫小名了，她叫谭其木格，是你的师娘。

这个二丫变成了谭其木格，是我的师娘。马叔几句话，像晴

天霹雳，把我打晕了。当然，我还算个勇敢的人，胆没吓破，只是头晕了。

为了显得隆重，我们开了两台车，来了几个人欢迎。我让其他人开着另一台车先走了，让马叔和二丫上了我的车。

我心里堵得发慌，想马上知道这到底是怎么回事。

马叔早看出我的疑虑和不快。

他给我讲了他和二丫的故事。

他说：你一定还记得当年的传说，二丫小的时候，牧场的人都说二丫像我，是我的女儿。那时在牧场只有二丫的爸妈和我心里有数。二丫是她爸妈的，不是我的。但是，我和二丫的爸爸都是管制分子，我们只能沉默，否则只要一辩驳，就将落入红卫兵的圈套，对我们的斗争就要升级。我们要公开不承认，他们就会说我们不老实，对我们进行批斗；我们如果承认，但是莫须有的事情怎么能够承认，即使是确有其事都不能承认，否则因为作风错误，还不斗个死去活来？你不知道，那时很多政治斗争都是由作风问题引发的。所以我们两人只能坐在一起喝酒，让他们无可奈何。那时，红卫兵里也真是有富于想象的人才，硬在二丫的脸上寻找我的痕迹。因为这件事，我回到北京，开始研究心理学和动物学。我发现，人和人之间都有很多相像的地方，不用说一个种族，鼻子、眼睛和脸的轮廓相像，就是不同的种族，你把黑人和白人放在一起，也能找出共同点来。我后来深入研究，发现在猴子的脸上也能和人找到很多共同点。放下人不说，就是在动物和动物之间，马和狗之间，也能找到很多相似的面孔。

我们沉默，我和二丫的爸爸坐在一起喝酒，为了给红卫兵错觉，我们虽然显得挺快活的，但是我们的内心很苦。因为老谭虽然知道二丫是他的，但是别人一说，他再一对照，心里也很难受。当时幸亏有你妈妈这个好房东，你妈妈真是个英雄女人，像守护神一样，连红卫兵都怕她。

在那个夜晚你和你爸送我离开草原之后，我流浪了很久，才回到北京和郭老联系上了，当时郭老已经恢复了工作，就又把我调到了他的身边工作。后来右派平反，我开始主编《马兰花》杂志。有一天，我接到一组诗，诗写得很幼稚，文字功力不高，但是写诗人很有灵性。作者署名叫其木格。我一看是从内蒙古草原来的稿，很重视，再一看地址，竟然是从莫日根牧场寄来的，我就偏爱起来了。

我给其木格回了一封信，谈了我的修改意见，并对作者进行了鼓励和表扬。没想到作者回信时竟然称呼我为马叔。她说她是老谭的女儿二丫，我给她爸爸寄的《马兰花》杂志她每期都看，很喜欢。她说：最近常常有要写诗的冲动，但是不像巴拉那样，读了大学，才华横溢，写得那么好，可是爸爸鼓励我，把想写的

感觉写出来给你投稿。

　　我给二丫发表了几首诗，然后就开始了漫长的书信往来，但是都是长辈对晚辈的关怀教诲。还别说，关于二丫小时候的那个传说，虽然很荒唐，但是却拉近了我和她的距离，很有一种亲近感，似乎弄假成真，我有时情不自禁真的把她当成女儿了。但是，二丫对小时候的事情早已忘记，她不像你那么通灵。慢慢地，她对我由崇拜变成了爱慕。

　　有一年，刚好我们《马兰花》杂志社和北京大学联合搞作家班，我给二丫争取了一个名额，就让她来北大读书了。

　　毕业后，我就把她留在了《马兰花》当编辑。每天在一起工作，感情发展的速度就更快了。我当时很清醒地往父女的关系上拉，二丫根本不干，年轻人的感情力量大，我争不过，就把自己交给了二丫。但是这件事始终让我尴尬，我不知怎么面对老谭夫妇，所以我跟二丫君子协定，不公开。头两年，老谭夫妇相继去世，我感慨人世沧桑和二丫的一片真爱，在同居了几年之后，去年我们正式结了婚。

　　马叔边讲故事边感动得他们自己热泪盈眶，我也感动，但是还是有点别扭。这个二丫当年我也曾虎视眈眈垂涎过，后来我的故事情节就离开她这条线了。为了避免尴尬，我想说点什么，但是能说什么呢，说他们勇敢冲破了什么，但冲破了什么？

我发现马叔这匹老马，还有驰骋千里的志向，有二丫给他补阴，干劲绝对没问题，你看这个老鬼春心荡漾的样子。我决定留下马叔，让他主持他自己起的那个名字叫"灵感村"的艺术创作中心。

灵感村也已经启动很长一段时间了，集聚了一大批全国有名的艺术家。

马叔邀请我今天去灵感村参加他们的一个研讨会。

我下了马就看见灵感村的门口，贴了一张红纸黑字的海报，是今天的研讨题目：汉族姓氏蒙古名字，就是我们这片草地的文化底蕴。

这个题目很古怪，很另类，但是却很贴切。我们这片草地就是这样，是蒙古族和汉族交界，蒙古族和汉族杂居，蒙古文和汉文同时用，蒙古族人和汉族人可以通婚，蒙古族习惯和汉族习惯混淆不清，蒙古族名字和汉族名字混合串串烧……以前没仔细想，现在仔细一想，这个词提炼得太精确了，就是蒙古族和汉族混名用的，几乎都是汉族姓氏，蒙古名字。我是贺巴拉，二丫是谭其木格，马姐是包高娃，也可以叫马高娃，老特格喜场长可能姓李。新场长吴六的大名叫吴舍冷巴雅尔。还有很多……

我问马叔：研究这个有趣儿的话题挺有意义，但是有啥学术价值吗？

这个吃嫩草的老马脸上一副返老还童的景象：太有价值了。科尔沁草原这个地方从清朝就开始蒙古族和满族通婚，后来山东的汉人大量拥入，又蒙古族和汉族通婚，形成了民族与习俗和文化的杂居现象。这是一个民族混血儿的了不起现象。这里出了很多文人、书画家、演员、歌手，都很有分量，尤其是出了很多光彩夺目的美女。

我说：混血儿不就是杂种吗？

马叔说：对，这就是我们研究的课题，文学艺术创作如何出新，中华民族如何提高人种质量，这种由人的混血儿杂居产生文化杂种的现象，给我们昭示了一条民族发展的新道路。

我说：这就是咱们的文化？

马叔：这就是咱们的文化。

这种文化拿出去有市场吗？

我们把它写成畅销书，市场潜力很大，很多学科都能借鉴，这种杂交文化很坚挺，对正在流行的那种拿来的柔软的边缘文化是一个极大的反拨和颠覆。

我说：干吧，马叔你也应该起一个蒙古名字。

他说：我在这里赶过马车，拉过骆驼，就叫马骆托夫司机吧。

第四十一章

我 是 王 爷

　　我作为荒原部落的大酋长，成了社会名流，可能由于税务上的贡献，竟然当上了盟政协副主席。我第一次参加政协会议时，主持会议的政协第一副主席是包瀚卿包大爷。我和包大爷同坐主席台，包大爷说跟我是喜相逢。我问他何喜之有，他说是十五大的春风。

　　我是一个大散仙，对政治风向不敏感，坐在这个庄严的位置上，面对着一个个神圣的面孔和严肃的话题，我觉得我自己有点滑稽可笑。我就搞了荒原部落那么一个好玩儿的地方，就这么受重视，我有点受宠若惊。而且我这个政协副主席有点沽名钓誉，也就是说帽子太大了，这么大的官儿，我不敢当。

　　我知道我自己当初是努力过的。我努力经营，努力缴税，努力捐款，然后我就经历了几次填表，很久之后接到通知就来报到了，来了组织上就庄严地告诉我，选上了，而且是政协副主席。我一听吓坏了，怎么弄了个这么大的官儿当？有点当初在海南许小姐给我投资一亿元的感觉。这个名、权、利为什么总是要超出我的承受能力出现在我的生命中？当初有人提醒我，有了钱，缴了税，也做了慈善的事情，就跟组织靠近一些。我说我不是党员。他们说你做的都是党喜欢的，对党有益的，去争取个政协委员吧，受党保护，有一些腐败人物就不敢来敲诈和收拾你了。

　　来开会的时候，我想我应该是一个委员，连常委都没敢去想，结果竟然是副主席。我表面上当然欢喜，感激组织上的提拔、信任、器重。但我心里虚，我不知道怎么来扮演这个角色。

　　开完会，我陪包大爷到了我住的科尔沁宾馆，包大爷说：你还问我何喜之有？这政协副主席，在从前就是王爷。一会儿电视台的台长要亲自采访你，你可要摆摆副主席的谱儿。

　　包大爷一说王爷，我才找到了感觉，其实我这个大酋长，是自封的，充满了民间色彩。但是我的作风是当作王爷来做的，现在不这么称呼了，我不敢夸张。这回当上了政协副主席，我就是名副其实的王爷了，真抖威风呵！我操，你看我又说出了脏话，这个政协副主席还真难当好。

但是我还是谦虚地说：采访就算了，我一个开牧场的，怎么能让台长来采访，别搞太风光了。

怎么，王爷，官做大了，钱也多了，反倒怕起风光来了？马姐含笑春风地走了进来。

我很亲近地拥抱了一下马姐。我怀疑自己的眼里有泪花儿。马姐好像也很动感情，用手情不自禁地摸了一下我的头发。

我对包副主席说：包大爷，马姐回来了，我请你们一起吃饭吧，别接受什么鬼电视台的什么鬼台长的采访了。咱们今天是全家团圆。

我的一句全家团圆，感动了马姐，感动了包大爷，也感动了我自己。我在感觉上始终把马姐当成亲人，当成一家人。

马姐说：弟弟，我就是那个鬼电视台的鬼台长，你今天又要接受采访，又要请吃饭。

原来马姐已经回到盟里当了电视台台长。我是马姐锅里煮的羊肉，她爱咋吃就咋吃吧。谁让我这两年回来就搞荒原部落，既不出部落，也不和外面联系，好像已经不知道桃花源外是哪朝哪代了。

包大爷说：你让你的司机，回到你的荒原部落里去，把我的那个老伙计接来吧，他来了才叫真正大团圆。

我明知故问：你的老伙计是谁呀？

马姐：是我爸。

我说：你爸不在这里？

马姐说:好弟弟你不要气我了，快去叫司机接我马驰老爸来，我想死他了。

我说：还有你的小妈二丫也一起来吧。

司机开着三菱吉普走了，我们三个人尴尬地互相看着。

尴尬是由我引起的，我说小妈二丫时语气仍然酸酸的。我这种情绪，被常常说比我自己还了解我的马姐给捕捉到了，她说：你怎么这么嫉妒？是不是当年真的和二丫有点啥情况？

我和二丫当年都是马姐的学生，她当然也了解二丫，一个很漂亮的、长得有点南方色彩的聪明女生。世道真是混蛋呀，马姐的学生成了她的小妈。

我逃不过，就坦白交代了。但是这件事儿，当年就是有一些传说，我们之间也是处于一种朦胧状态，可是我在心里就是放不下，甚至耿耿于怀。我耿耿于怀什么呢？是民间常说的盆也想占，锅也想占，属于不属于自己的都想占？我看也不是，但是说不清楚，道不明白。反正就是有一种心里不太舒服的感觉。

造成了尴尬的局面，我本来想掩饰，向包大爷和马姐赞美一番马叔和二丫的伟大爱情，也顺便先泄露一下他们之间的底细。我想，当年二丫和马叔这个事件肯定马姐和包大爷也知道。

马姐却抄小路提前揭了我的底，我也就随便跟他们聊了起来，他们父女显得比我还开通。

包大爷说：这个二丫我早就听说了，我今天真要开开眼界，见识一下这个二丫到底什么样。

他说：这个二丫虽然不是老马的女儿，但是他和二丫她妈确实是有感情。我记得那时我还在歌舞团里，他下放到了你们牧场。他给我来了一封信，诉说他的苦恼。在和他一同住在房东家南北炕的——房东家就是你们家了，有一对也是南方下放来的夫妻，是他的老乡。那个媳妇三十多岁，没有啥文化，人长得高挑白净，气质很好，也很有女人的味道，尤其是说起家乡话来，让他梦绕魂牵。当时那个女人怀孕了，他们每天在一个屋里生活，日久生情。尤其是那个家里的男人，每晚和她在南炕上发出的声音，让他彻夜难眠。但是当时那个环境，那个年代，他们不敢轻举妄动。于是就艰难忍受着。后来那个孩子出生了，他本来想，慢慢等待，机会总会有的。没想到老天故意惩罚他们，那个孩子出生了，竟然长得像他。他为了避免嫌疑，就躲避掩饰，但是越是这样就越好像有鬼一样，整个牧场都知道了那个孩子像他。

他心里明白，虽然他和她之间没有发生任何事，甚至连手都没碰过，但是他们的心里都有对方，因为他们每天用眼睛对话，时间久了，他在她的心目中就形成了印象，这个印象却烙在了她肚子里的孩子脸上。他心里坦荡没用，回避掩饰更没用。他就找老谭喝酒，他想把事情说明白。

老谭是个高人，他的城府深不见底，举起酒杯，拦住他的话说：啥也别说，他自己家的事情他心里明白，咱们不要描了，越描越黑，别给咱们自己增加额外的麻烦了。咱们坚持着平平安安把这个年代度过去。咱们俩兄弟就是兄弟，每天喝酒就是喝酒。

他一个词都不讲他要讲的事，用喝酒两个字，就把问题全解决了。后来他们真的就把那个事情给喝平息了，但是他的心还是不平静，度日如年。他已经有了一种罪恶感，他在这里留不下去了，他要离开这里。

包大爷讲的马叔这个故事，我和马姐都没听过。我们俩听得心里都很乱。但是后来的故事我知道，是我爸和我赶着马车送马叔走的，因为那天红卫兵要没收马叔的书稿。

包大爷说：这个二丫今年多大年龄。

马姐说：和巴拉一样大，都是我的学生。

包大爷说：可能当年二丫她妈就是这个年龄，他们在一起发生了这个事就很自然了。这也算了了老马一段情缘。

我说：这还真提醒了我，二丫长得不但像马叔，还很像她妈。

马姐说：那我老爸，不会把二丫当成她妈来爱吧。

我们三个人都不约而同地互看了一眼，谁也没说，但是却心照不宣。

外面的三菱吉普猛烈鸣叫，像狗的狂吠。

马叔领着二丫到了，我们迎出了门外。

外面阳光普照，空气里充满了快乐。

我们真是一个大团圆。马叔和包大爷像外国人一样，握手拥抱。看得出这老哥儿俩的情义很深。我们年轻的一代，很难有他们那种深厚的交情了，交往得那么久，经历了那么多的人生历练。

包大爷在我和马姐面前显得很德高望重，一本正经。他和马叔见面，竟像两个失态的孩子，一会儿怒骂，一会儿就哭了起来，一会儿又笑了起来。

我和马姐成了配角，就把注意力集中到二丫的身上。二丫把头盘得像宋庆龄一样，她可能以为马叔就是孙中山。从二丫的角度看马叔，马叔可能就那么崇高伟大。

二丫跟我们谈文学。她可能还把我们当作当年写诗写小说的两个文学青年来看呢。看得出文学是二丫的神圣庙宇，马叔就是大活佛。二丫如数家珍般地和我们谈西方的文艺思潮，一大串带后字的主义流派什么的，还有一些古怪的作家名字和代表作，还有国内的一批一批像野韭菜似的疯长起来的作家诗人，都是一些小孩的名字，还有一些另类的小女孩，听着这些幼稚的名字，让人感到文学越来越不文学了。

二丫见我和马姐对她谈的东西显得弱智痴呆，很惊诧，我们怎么不懂这些了？就像当年我和马姐在她面前谈文学，谈西方古典文学，谈中国现代文学，二丫像傻子一样听不懂。现在还是文学，乾坤调转，我们听不懂了。时光真会开玩笑，但是一点都不幽默。

我们两拨人的话题，像走在两条路上失散的羊群一样，又汇合了。

我说：马叔你怎么会成为马姐的老爸，我现在都糊涂了。

马叔语重心长地给我们讲了起来。

我和老包是很早的朋友了。那时我在北京郭老郭沫若的身边工作，老包是内蒙古咱们这个科尔沁草原盟里的文化科长。他写了剧本《阿盖公主》，寄给郭老时是我收到的。他说要和郭老切磋，我看了剧本，写得非常美，我很喜欢，就把剧本交给了郭老。虽然后来他和郭老之间审美的倾向和历史观不一样，出现了郭、包之争。但这是正常的艺术探讨，不但没影响我们的关系，我们还成了好朋友，属于莫逆至交。

反右派那年，组织上让我选一个地方下放到农村去。我当时年轻气盛，想找个创作的地方。老包让我来科尔沁草原，我就来和老友汇合了。到了这里，老包没让我下到草原，而是留在了他们团里做编剧。我们像一家人一样生活，每天探讨文学创作，也很逍遥自在。但是上面有压力，不让我留在城里，要下到底。没过多久，老包自己也不保了，我就下到了牧场。后来"文革"开始，我听说老包一家很凄惨，就跑进城里去看他们。结果听说嫂子已经上吊去世了，老包下落不明。我见到了高娃，这孩子头发散乱，穿着脏破的衣服，学校也不能去上课了，我就把她领回了牧场。但是老包的名气太大了，打了红卫兵。我怕牧场中学知道她是老包的女儿歧视她，就给她改了名字叫马兰花。这是我当时正在写的一篇小说的名字，刚好我也姓马，别人就顺理成章地以为她是我的女儿。

高娃非常聪明，学习成绩也好，在学校读完了高中，就留在学校教书。很巧她后来当了巴拉和二丫的老师。咱们真是一群有缘人呵。

二丫已经抱着马姐哭成了两个呆呆的泪人，过去的苦难让她们伤心不已。我们都变成了静止的蜡像。但我心里就是充满了一种莫名其妙的惆怅。

马叔讲完了，却很舒畅地出了一口气，就像写完了一篇精彩的小说，发泄得淋漓尽致。

我说：马叔，其实你当年来科尔沁草原，今天回想起来，你的人生收获很大呀。

马叔说：是呀，我常常回想，计算人生的得失，我在草原上可以说有三大收获——我的小说，我的女儿，我的二丫。夫复何求？人生足矣。我感谢我的生活经历给予我的生命体验和收获。

第四十二章

宿 命 河 流

我们在科尔沁宾馆红马餐厅的成吉思汗房里，正在热泪盈眶地回想当年，外面怒骂撕打的声音传了进来，让我们感到很扫兴。在内蒙古地区喝酒就是这样，一开始头半场无论多么兴高采烈，也还理性斯文，到了后半场，全都没了人样，哭的，喊的，打的，骂的，闹的，各种节目都开始表演了。好像只有这样，才能让那些喝酒的当事人，永久地记住那个难忘的场面。第二天，或者以后的岁月里，可以刻骨铭心地或者津津乐道地回忆，回忆的人充满了幸福快乐，他们有本事把不快乐全部忘掉，让没参加的人，感到很遗憾，其实如果当时在场，稍微清醒的人，都想要马上逃掉。

外面的酒疯好像从房间里耍到了大厅里，我是一个充满好奇

心的人，我问服务员：是谁喝多了？

服务员说：是忽必烈包房的客人。

我对司机说：胡其图你去看看，忽必烈包房是哪个老爷，这么晚了还在这里胡闹。

过了一会儿，司机胡其图和服务员回来了，都怒气冲冲地骂那个家伙不像话，请一大帮人吃饭，喝多了酒，他请来的那些人把他打了一顿，大家走了，他感到窝囊，就往包房里撒尿。

武警出身的胡其图说：我真想教训一顿这个家伙。

包大爷和马叔他们，都是经历过各种教训的饱经沧桑的人，他们不想叫胡其图惹事，就都说：一个喝醉了酒的人，不要和他一般见识。

在我们草原上就是这么宽宏大量，一个人喝醉了酒，似乎犯了啥错都可以被原谅和饶恕。我倒被胡其图的话激出了兴趣，请人吃饭，喝完酒，人家还打他，然后他感到窝囊就往包里撒尿，这真是有趣儿，我现在已经是这个地方的政协副主席了，反正还不知道权力怎么使用呢，干脆今天就管管闲事，小试一下牛刀。

胡其图领着我来到了忽必烈包房，服务员和经理在外面敲门，门在里面锁上了，醉酒的人在里面就是不开门。胡其图上前敲门说：快开门，有领导来了。门一下就开了，一张醉醺醺的脸，露出很无耻的醉鬼笑容：谁他妈是领导？

胡其图指着我说：这就是领导，盟政协副主席，你不认识他吗？

我说：老兄，我他妈是领导，你在里面干啥？

醉鬼上前抓住我的手就哭了起来：我看你真他妈像领导，你告诉我，我请他们喝酒，喝醉了他们还打我，你说这讲不讲理，你管不管这事？你这个他妈的狗屁领导。

我扳过那张醉醺醺的泪流满面的红脸，感到非常惊喜：道尔基，是你吗？

那双流泪的眼，马上睁得像牛眼睛一样大，看着我：你认识我，你是大学生巴拉？

我说：就是我，道尔基，我已经不是大学生了，咱们二十年没见了，今天见面你可不太光彩。

道尔基马上醒了酒，拉我进了包房里，招呼服务员，马上热菜上酒。

我说：行了，不在这里喝了，去我那成吉思汗包房，这里好像有一股马尿味儿，很臊。

道尔基很不好意思：真对不起，我喝多了。

我们刚走出门口，保安来了，拦住我们：是谁往包房里撒尿了？

我看这事解释起来很麻烦，也很丢我的朋友道尔基的脸，我拦住正要上前认错的道尔基，指着司机胡其图说：是他，让他留

下跟你们处理。

胡其图心领神会地带着保安进了忽必烈房，道尔基说：这不好吧，是我干的，怎么能让那个朋友来顶？

我说：他是我的司机胡其图，武警出身，对付保安和公安，你我都不是对手，让他去处理吧。

我领着道尔基来到了我们的成吉思汗包房，我刚要给大家介绍，马叔站起来说：不用介绍了，这不是道老板吗？

道尔基马上伸出手去：哎哟，马作家，在这里见到您了，咱爷俩真是有缘。

我说：你们认识？

马叔：岂止认识，老熟人了，这锡林郭勒神马涮肉火锅城的道老板，在京城很有名声，谁敢不认识？

道尔基面红耳赤：马作家可别耻笑我了，神马已经停业了。

我把包大爷、马姐都介绍给道尔基，道尔基端起一杯酒来，说：各位都是我敬重的长辈、文化名人，我是个粗人，我现在已经醒酒了，在我喝酒之前，我先给大家赔罪，如果一会儿喝起酒来，我再喝多了有得罪的地方，先请求你们大人大量，原谅我一个文盲的无知和粗鲁，我先罚自己三杯，然后敬大家。

道尔基精彩的开场白一过，我觉得这个家伙在北京开饭店，已经炼出火候来了，弯着腰把大家的路都堵上。他仰了三次脖子，干了三杯。没有到过我们草原的外地读者大可不必为他担心，你们会想，已经喝醉的人，再喝会不会更糟糕，甚至会出事。我告诉你们，请放心好了，绝对不会，喝醉酒的人，如果接着喝就会把自己喝醒了，把一个已经糊里糊涂的人喝得明明白白。在其他地方我不知道有没有这种现象，在我们草原，这种事情从远古就已司空见惯，习以为常。我知道，这种现象在科学上解释不通，但人有时活着，是活得不符合科学道理的。

等道尔基敬完了一圈酒，我说：道尔基，你的饭店不开了，现在做啥？

道尔基：又做回贸易了。

我说：什么贸易，又是贩马？

道尔基：你看你这大老板，净用瞧不起人的眼光看人，我就不兴进步？蒙古人都在进步，我也不能拉民族的后腿呀。

我说：你在北京怎么学得这么贫嘴呀，你现在到底在搞什么贸易？

道尔基：贩羊绒。

我真心地嘲笑他了：还是个贩子，还说进步了，只不过是由一个马贩子变成了一个羊绒贩子。

道尔基：你看又瞧不起人了吧，这羊绒贩子和马贩子可是截然不同的贩子。

我说：有什么不同，不都是贩子吗？

道尔基很狡猾地说：你听我给你讲完，你就知道有啥不同了。在我们锡林郭勒草原，小的时候我们几乎很少吃到蔬菜和水果。有时会有精明人从汉族地区的辽宁拉来一车水果，我们像当时的全国人民一样没有钱，我们就用羊去换，那时的交换条件是一头羊换一筐水果。长大了我跟朋友讲起这件事，北京的朋友就说我们落后愚昧。但是我们当时觉得很划算，吃掉一筐水果比吃掉一头羊还快乐。

后来，可能是一九八一年，那一年我终生难忘，又用易货贸易的形式，我们全村一次性全部看上了电视。虽然是黑白电视，但是我们也和世界接轨了。那时的交换条件是一头牛换一台电视机。关于牛多少钱，电视多少钱，我们都没有概念，但是全村人都积极响应，每家都兴高采烈地牵出一头牛，搬回一台电视机。后来我离开家乡跟汉族人贩马，我才知道，这十四英寸的黑白电视机五百元左右一台，而一头牛的价格是一千多元，当时我们的一只羊可以买十筐苹果。我诅咒自己的懒惰和愚昧，走出草原两百里，就可以用一头牛换回来两台电视机，我们也憎恨汉族商人的狡猾奸诈。

成了商人、喝多了酒的道尔基跟我说，他其实现在就是一个羊绒贩子。每次南方商人来收购羊绒的时候，他都先垄断草原上牧民手里剪下的羊绒，然后掺进粗糙的羊毛和沙土，再转手卖给南方商人，这种叫软白金的羊绒几乎和白金等价，道尔基从中谋取暴利。

道尔基扬眉吐气地说：老弟，现在不比从前的愚昧落后了，我也成了一个狡猾奸诈的商人，咱们草地上的蒙古人这回也进步了。

这就是蒙古人的进步？我看是因果报应。我看大家对道尔基的经商之道已经很反感了，为了避免尴尬，我想换一个话题。

我说：进步的道尔基，你们刚才在忽必烈房里是怎么回事呀？

道尔基说：那些人都是替我收购羊绒的，他妈的，现在咱这蒙人比汉族商人都刁了，我辛辛苦苦押着羊绒车去了南方，又买回来海鲜给他们吃，喝醉了酒一起动手打我。

我说：他们也没疯，不会无缘无故就打你吧？

道尔基说：不瞒你说，他们要我结算羊绒钱，现在做生意，哪有一手交钱，一手交货的？我能帮他们把羊绒卖出去，他们就该烧高香了，他们竟敢打我，我让他们钱货两空。

马姐说：你就是那个马神公司的老板吧？

道尔基喜形于色：马台长，你也知道我？

马姐说：不仅仅我知道，现在公检法都知道你了，你是我弟弟的朋友，我就奉劝你，赶快收手离开这里，你不是帮助他们卖

羊绒，你是害他们，你往羊绒里掺沙土和羊毛的事，南方的客户已经投诉到国家消费者协会去了，我们电视台马上就要拍片曝光。

我觉得再不能往下进行了，再进行非把道尔基整进监狱里去不可，本来刚才我就是想拦住，岔开话题，结果又都兜回来了。我想道尔基生意上肯定是一堆乱事，三言两语讲不清，还是先回避为好，别扫了大家的酒兴。

我说：马姐，今天咱们先不说这些，朋友聚会，求个欢乐。道尔基，我们那个老同学斯琴还好吧？

道尔基气急败坏地说：不好，一点都不好。

我说：怎么不好，出了什么事了？不是听说她成了红歌星了吗？

道尔基：我们早就分开了，红歌星与我无关。

我说：离婚了？

道尔基：离什么婚，我们根本就没结婚。

我说：你们不是有了孩子了吗？

道尔基：别提那个孩子，一提那个孩子我就烦，杀人的心都有！都是那小崽子惹的祸。

道尔基痛苦地讲了他和斯琴的故事，那离奇的故事情节，让我这个写故事的人都感到惊叹、曲折。

原来，当年道尔基带着被学校开除的斯琴和孩子，到了北京，开了一间锡林郭勒涮羊肉火锅城。生意很快红火了起来，小店变成了大饭店。道尔基说：有了钱，斯琴不想跟我守在饭店里，她想当歌手出去唱歌。我想人家一个大学生，为了我让学校给开除了，受了很大的委屈，人家是有理想的人，我也该给她补偿一下，我就同意了，出钱给她灌唱片，拍MTV。斯琴不在家，我一个人带着孩子在家，有时很烦，那孩子不听我的话，也不跟我亲。有的时候我就看这孩子，不像我，也不像斯琴，瞅那个小脸，很熟悉的一张面孔，反正这孩子越往大长，我就越觉得不对劲儿。

斯琴在外面唱歌的事情，从不回来跟我说。有一天，我在她带回来的一张专辑上看到几乎所有的作词者都是一个人，叫张无有。我当时心里很紧张，我说：这个张无有是什么人？是不是当年你那个男朋友张有。斯琴承认了，这个张无有就是张有。我当时心如刀绞一样，但是啥也没说，就让斯琴第二天一定要带张无有来饭店，我请他吃饭，向他表示感谢。

第二天，斯琴真带张有来了。我一见到张有，差一点没昏过去，我儿子那张我很熟悉的小脸，就像从张有的脸上复制下来的，一模一样呵。

斯琴觉得一切都瞒不住了，就和我实话实说了。原来，她跟我让你们抓到的那次做爱，是他们的阴谋，她当时已经怀了张有的孩子。当时他们怕两个人都被学校开除，就嫁祸于我，保住了

张有。那天你又打他，又打我，其实他们就是把你当成了一个证明人。

斯琴讲完求我，说对不起我，要我放她和孩子跟张有走，没有张有，她就没有今天的成就。

我已经气昏了头，声嘶力竭地怒吼：没有我的钱，也没有你的今天。

我只能放他们走了，不想让那个小崽子在我的面前晃来晃去地刺激我。

斯琴走了，我每天喝酒、醉酒，很快就把饭店经营黄了。

道尔基停下了，似乎说不下去了，我看到他那个破碎的耳朵上，鲜艳的伤疤很痛苦地跳动了几下。

我发现道尔基感情的不幸，换来了大家的同情，也冲淡了对他商业上不道德的看法。

马姐说：原来这个张无有，就是你班上的那个同学，他现在是很大牌的音乐人，已经成腕儿了，听说他当年在北京当流浪文化人过得很苦。

道尔基说：他苦什么，我才是真苦，斯琴从来就没有和他断过联系，他有爱情，还有，我辛辛苦苦开饭店赚来的钱，还要拿给他们去玩音乐。

我说：张有，这个无中生有，当年在我的宿舍给你写万元户诗的时候，我就看出他的才华来了。那时流行朦胧诗，他虽然写不出马姐和我们那种意境水准的诗来，但是他给你写得那么通俗直白，我看着就像流行歌曲的歌词，他的风格就对这个路子。道尔基，你能成全他们两个，确实是个男人，一个顶天立地的大男人，我佩服你，来我敬你一杯。

道尔基，你不能再喝酒了。我和道尔基刚端起酒杯，门就打开了，冲进来一个声音，强烈地阻止我们喝酒。

进来袒护道尔基的这个女人，让我无论如何都想不到，竟然是邵小满。

邵小满走到道尔基的身边，抢下道尔基的酒杯，说：老公，你别喝了，我替你喝。来，老同学十几年没见了，大老板我敬你一杯。

邵小满走到我身边，跟我碰杯，一仰脖一大杯酒就干进去了，干净利落。

不用介绍了，这个道尔基现在肯定是已经和邵小满走到一起了，不管是结婚、同居，还是什么方式，现在的人谁还顾及那么多形式。

这杯酒下肚，我有一点口干舌燥，肚子里酸酸的。道尔基和邵小满这两个人，从形象，到文化层次，我怎么都把他们捏不到一起，越想越不合适、不般配。如果我不认识他们两个，让我编

故事，我从前生再带来一倍的才华，恐怕也把他们两个点不到一个鸳鸯谱里去，但是生活就是这样，男人和女人的事情，就是两个当事人自己的事情，其实真正起作用的就是男人和女人的性本能，别人给加多少伦理的色彩，披多少道德的外衣，都是一厢情愿的事情，徒劳无功。

　　面对着他们两个，我不想再谈论他们的事情，我找借口对小满说：小满，我老师的身体还好吧？

　　小满说：老头子真幸运，还劳你这个大老板惦记，他很好。

　　这个小满一点女人味都没有，说话又尖刻，我不想跟她计较，我现在是政协副主席，是王爷，我应该有修养、有风度才行，我有点尴尬，但是还是强作欢颜：老师现在每天干点啥？

　　小满：练书法，你没看满城都挂着老头子的字？

　　我又小心翼翼地问：师娘好吧？我要找个时间去看看他们二老。

　　小满：我妈很好，老太太终于如愿了，和老头子相守到白头，你要去看他们，他们一定很高兴，那个陋室里肯定马上蓬荜生辉。

　　我心里恨恨地想，你父母差一点没让你这个狠心的小妖女给拆散了。

　　小满反过来问我：问完没有？

　　我说：问完了。

　　小满：没有吧，你还没问那米的情况呢。

我说：你不说我都忘了，那米怎么样？

小满：你真虚伪，那米现在可是国际名人了。她现在定居在美国，写了一本畅销书叫《中国宝贝》，据说都获得诺贝尔文学奖提名了，那米永远是那米，无人可以取代。

我说：那真是好事，幸亏她没和老师在一起，否则哪有这国际名望呀。

小满：我家老头子没这个命，那米在美国嫁的也是一个老头子，比我家老头子还老，那米就是嫁老头子的命。不说了，来我敬你老同学三杯酒。

夜深了，大家都要回去休息了。道尔基拉着我的手，恋恋不舍的样子。

我拍着他的肩，很同情地说：道尔基，你一个马贩子，又没有文化，干吗总往女文化人的堆里钻？那些女文化人我们都吃不消，你能扛得住吗？难道你也注定是找女文化人的命？

道尔基说：我们在一起不谈文化，只做爱，她喜欢我的钱和身体，小满这个女人很骚，也很贪财。

草原的午夜，星河灿烂。我睡不着觉，一个人在草地里闲走。我在想道尔基和他的女人们，马叔、邵教授和他们的女人们，以及我和我的女人们。这男人和女人到底是怎么回事？

没有答案，眼前出现了一片迷茫的烟雾，是一条宿命的河流。

第四十三章

红 衣 长 发

　　我已经一个月不出门见人，也没去管理我的荒原部落。我关起门来在写剧本。这是我答应驹儿的，我要把我和驹儿的神奇爱情，拍成电影《红马的童话》。我要让驹儿在电影里再活过来。电影剧本的结构和故事，我几乎是续着我的小说《想象的天空有一匹马》来写的，而整体的情绪是从我的诗里采撷来进行渲染的。

　　每天早晨，我早早就起床，先到驹儿的墓前，坐下和她卿卿我我地讲话。我把我前一天写的内容都讲给她听。驹儿反对我把我们之间亲密的细节写得太多、太详细、太具体、太动作化。我说这是事实，只有这种细节才感人，把人的心抓得慌乱。她说：是事实也不能写，这是咱俩的隐私，不能公开，这样公开，人家有关部门可能不让你拍，别到时候当成流氓电影像三级片似的，把你给抓起来。你别去把人的心抓得慌乱，只要能感动出人的眼泪就行了。我没想到驹儿躺在坟墓里，竟然把国家的政策法规吃得这么通透。她变得这么成熟了，难道说她在那里还在成长吗？看来，墓碑上我给她写的那句话——一个美丽的灵魂，在这里永远年轻——要修改了。应该改成：一个美丽的灵魂，在这里认真学习。躺在大地母亲的怀抱里真是长智慧呀。

　　和驹儿聊完，我就进屋里去写作。下午写累了我还出来和她聊。像唱双簧一样，借着我的手好像是她在写故事。

　　两个月后，我写完了剧本。我开始到处放飞消息，说我要投资拍电影，我已经有了剧本，我要招聘演员和导演。一下子，我就像一块腐烂的臭肉，身上落满了苍蝇。驹儿说我的比喻恶心，但是我却觉得很恰当。如果说那些飞来的导演和演员一定是苍蝇，那我一定就是一块腐烂的臭肉。我不能用太好的肉来抬举那些家伙，我宁可糟践自己。

　　一开始，有导演和演员来，我还是很客气的。我对他们很恭敬，车接车送，报销费用，开高档的套房给他们住，不管是不是夫妻，想住一起我都尽量给安排。我想，这是一群了不起的老师，我尽量按照在电影和电视里看到的镜头，让他们享受待遇。我叫他们老师，把我写的剧本恭恭敬敬地呈上，请他们批阅。

但是很快，这帮家伙在我的心里就开始变质。他们以为我是傻瓜，随意批评我的剧本，批评的水平极其幼稚、小儿科。然后向我狮子大开口，让我这也出钱，那也出钱。好像他们是我的老板，我的钱就是他们的钱，他们以为他们是红军而我是土豪，他们打土豪分田地来了。

他们不知道他们自己已经成了傻瓜。我有钱请你来玩，是因为我有钱，我跟你玩得起，你让我开心。现在好多所谓的文化人或者自称智者的人，他以为从有钱人手里，弄了一点小钱，占点小便宜，就觉得自己了不起了，凭着智慧能赚钱了，别人是傻瓜，他把别人耍了。其实你回去自己想一想，到底谁是傻瓜，到底谁耍了谁？你是不是给人当了道具，充当了一回高级仆役？你占的那个小便宜，是他施舍给你的，那钱比他养宠物小狗，和在夜总会里给小姐的钱少多了。当然，相同的是你们拿的是他相同的一笔预算，一笔寻开心的闲钱罢了。

我以前还真不知道，影视界这个行业有那么多导演和演员。一点不夸张，真的就像一群苍蝇。而且组合相当绝妙，不是女导演带男演员来，就是女演员带男导演来。来了就住在一起，一点机会都不给我留。这我也能忍受，人家认识得比我早，是属于同流合污的。但是他们竟然很轻率地就要改我的剧本,动我的人物，不管他们自吹自擂描绘得多么美妙，只要一谈剧本，就落入到我的优势里来了，我的文学修养他们无人能敌。这些傻瓜可能是拍武打片把脑袋都摔坏了，我的水平像高山一样，他们竟然当成了丘陵。

我像挥舞着农药喷壶一样，赶走了所有苍蝇，连他们给我带来的不愉快，也像阴影一样被埋葬了。

我带着剧本去了广州。

我到广州要拜访一个叫邓建国的高人。在影坛这个大江湖上，邓建国以卓尔不群的怪异招数称雄天下，他是南国巨星影业的掌门人，号称影视大鳄。

在番禺南村的点点山庄里，我这个北国内蒙古草原荒原部落的大酋长，和邓掌门见了面。

邓掌门比我年长，按礼仪我应该叫他大哥。但是他长得很精致，说起话来像一个腼腆清秀的女孩，我总是很冲动地想叫他一声姐。尤其是他一袭素净的白衣和一头温顺的黄发，让很多人对他做出了错误的判断。这是个深藏不露的人，但是仔细倾听，你就会听见他的骨骼在体内咔咔作响，内功深厚。

他只听我讲故事，不看我的剧本。我也不拿剧本给他看，只给他讲故事。

故事讲完了，邓建国说：这个故事好，我投资拍，还是你也投资？

我说：我也投资，我还要参加拍。

邓建国说：我从不参加拍，有了剧本，找到了导演和演员就不管了。

我说：这是我的心血，我要参与进去，从头跟到底。

邓建国说：那你自己干吧，咱俩的角色是一样的。但是要把主演和导演分开请。

别以为邓建国这句话轻描淡写，这是影坛秘籍。如果在一部片子里是由导演和主演很铁的关系组成的剧组，也就是说主演是导演请来的，那么他们演的剧外剧很可能就是吃掉或者卖掉老板。

晚上，邓建国开车带我去电视台一个模特选美大赛上选演员。远远地，我就见一个黑影向我飘来，然后就闻到了一股清新的竹林味道。是我的竹竿大哥郑老板。原来郑老板也早就撤出了海南。今天这场星光灿烂模特大赛就是他投资搞的。

郑老板搞模特大赛，真是发挥了强项。高人和高人在一起，繁荣了我国的高人事业。

邓建国见我和郑老板比他还熟，就目光大放异彩，贪婪而又警觉地盯上了Ｔ字舞台，那些迈着猫步的"猫"们来了。邓建国确实就像老鼠怕猫一样，怕这些美丽的"猫"，她们为了上镜头确实像猫一样地来捉邓建国。邓建国受不了她们，但是又喜欢挑逗她们。

我和郑老板讲起了往事。我边讲，边看着台上，每看到心动一下，驹儿就在我的耳边说：不行，不像我。结束了，也没找到一个有感觉的。

邓建国问郑老板：他原来海南的老婆啥样，这里没有像的吗？

郑老板说：没有，像驹儿的在这个圈子里很难找，这里的女孩都太俗气，没有驹儿那种不食人间烟火、超凡脱俗的纯美和人性的透明，即使有的相貌像了，精神境界也都相差很远。

邓建国说：这样的人，你们到偏远的农村去找吧，我没见过。

郑老板又开始热心地帮我的忙。我们就在女兵、女大学生、女白领、女护士、女服务员的群体中寻找。现在真是有一个好的流行时尚，无论是哪个行业的，你一说是招女演员，她们就积极主动地配合。

无论你采取什么方式，让她们感到受了一点屈辱或尴尬，她们都不在乎，她们只在乎幸运之星能否落在她们的头上。

但是我无法照顾她们，驹儿不同意。

这些女孩，大都很漂亮。有一个女服务员的身材简直是魔鬼身材，丰硕肥大的乳房和臀部，配上细细的腰身和修长的脖子，把郑老板这个色鬼竹竿搞得狼狈不堪。他说自己：我都五十岁的人了，五十岁的男人要什么？不要脸，面孔长啥样不重要，就要这样的身体,就要大屁股。这样的女人不是拿到影视上去表演的,是拿到床上表演的。上天真是偏爱人类,竟然造出这样的精品尤物来。这就是男人活着的理由,或者说劲头。

他如愿地得到了这个女孩。这是郑老板帮我的忙,得到的最大的回报。一个饭店的女服务员,在郑老板这里获得的报酬,每个月,比他们老板开饭店的利润还高。在郑老板的培育下,这个女孩自己也在增值。

我要不是带着驹儿这个模式来,我一定会看上那个女兵。那个女兵已经很超凡脱俗了,但不是很美。她的乳房不是很大,屁股却是翘翘的,洁白的面孔极其生动。驹儿说:你是选演员来了,还是给自己选女人来了?驹儿的声音在我的耳边一出现,我马上羞愧得无地自容。伴着那个女兵的舞步,缘分残酷地溜走了。驹儿不停地嘲笑我。

我和郑老板躺在中山大学的草地上,阳光灿烂地照在我们身上。这根在女服务员身上透支的竹竿正贪婪地补着阳气。下面地气熏着,上面阳气补着,他活了。

一个女学生红衣长发,骑着单车从我们身边飞快地冲了过去。女孩,你是一匹马,我大声地喊叫。

第四十四章

复 制 爱 情

我的电影开拍了，导演竟然是我自己。电影的片名《红马的童话》也改成了《红马》。制片、编剧、主演、导演都让我一个人拳打脚踢地给干了。这样说话好像是骂人似的，人家多少人拼出一腔的热血，干了一辈子，也没干好一样，况且都是科班出身的。我真的不知道，我竟然这么有电影才华。这样真的就好像骂人家那些科班出身的没有电影才华，或者有一些愚蠢，属于公开的挤对人、熊人。那没有办法，拍《红马》电影这件事是我干出来的，不是那些人干出来的。事实胜过雄辩。

那天在中大草地上，当骑着单车走进午后阳光里的红衣长发女孩，飘进我的目光时，一个声音惊喜地喊着：红衣长发，女孩

你是一匹马。我以为是我喊的，被惊起来的郑老板散发着身上蒸腾的阳气，心惊肉跳地左右寻找，他说：好像是驹儿的声音在喊。

我说是我喊的，他说不是，不是你的声调，是驹儿的那种声音。

我又喊了一声，郑老板说，这是你的声音，有点像野驴叫。那个女孩停下，从单车上下来了。

见到女孩，惊慌的不是郑老板一个人了，我也惊慌了。这个世界上真有两个一模一样的人吗？以前我说没有。现在我说有。她不像一个真实的女孩，好像舞台上扮演驹儿的演员在表演。她长长的披肩长发，说话柔柔的，发出软软的声音。尤其是她圆圆的鼻孔，显得鲜嫩，让我心酸。我不知道，别的男人会被女人脸上的什么零件感动，打动我的绝对是圆圆的鼻孔和迷蒙的目光。

驹儿说：我看你们两个笨男人都傻了，是我喊住她，又追上她，把她拉了回来。

这个女生叫司马小娴，是中大中文系的学生，已经实习结束，正在等待毕业分配。

司马小娴后来跟我说，那一天她就像鬼迷了心窍，脑袋里一片空白，我们咋说她咋做，就像有一种神秘的力量牵着她的灵魂走，一直跟我们走进了荒原部落。那一天，我和郑老板在惊诧中缓过神来，有点得意忘形，没太注意，就觉得这个女孩长这么大，在这缘分的天空下，好像就是在等待我。后来，她一说，我恍然大悟，绝对是驹儿搞鬼了。

司马小娴穿着红上衣，飘逸着长发，在草地上走来走去，就像一匹小红马。她有时突然站在我面前，亭亭玉立，她个子高挺，乳房很适度，在露出的修长的脖子和胳膊中，根据在驹儿身上的体验，我感觉她也是一个好抱的女人，尤其是在床上睡觉更舒服。

但是我只是感觉而已，驹儿不给我机会。

由于受不良习气的影响，我觉得我做了投资人，又是编剧导演，又和她配戏演男一号，不用说有这么多的指标，就是其中任何一个条件，根据潮流的游戏规则，她也该对我投怀送抱呀，更何况，我还是发现她的恩人。

在摄制组里，由于我的强大优势，产生了强大的威力。尽管有人垂涎司马小娴，甚至对她蠢蠢欲动，但是都被我的震慑力吓回去了，有贼心没贼胆。

我自己也不能总是犹豫徘徊，随着剧情的发展，我的进步显得非常缓慢。

我不对她动点手脚，别人会不会说我有病，或者是傻瓜？我自己也觉得委屈，这么好的草送到了嘴边，我只是闻味，吃不到嘴里，这对我自己这样的一匹马是多么残酷的现实。

有时我想就干脆当傻瓜算了，别浪费司马小娴的青春感情，她喜欢跟谁配上对，就跟谁干吧。但是她又太像驹儿了，我接受

不了她跟别人在一起的那种感觉，否则我也不会自告奋勇地来演
男一号。当时我心胸狭隘地想：这影视界风气这么污浊，司马小
娴别演完戏就跟演我的那个家伙好上，那种痛苦肯定是像驹儿跟
人家私奔了一样，让我痛不欲生。不过见过我的人都知道，我这
种尊容的人，也不好找，更不好演。

　　这个司马小娴也跟不了别人，她每天像影子一样跟着我。从
在荒原部落搭建影视城开始，我每天都怒火冲天，但见了司马小
娴就是没脾气。所以我一发火，大家就赶紧叫来司马小娴给我灭
火，大家送她外号叫灭火器。有的时候我发起火来，他们找不到
司马小娴，我就火烧连营，把身边看得见的人，想得到的事，都
大骂一顿。

　　我自己有时也纳闷，干吗发这么大的火呀？后来我研究自
己，通过对自己做思想工作，搞明白了，是情绪堵塞，得不到发
泄造成的后果。本来我的情绪通道是走下面的水路，水路不通，
走上面的路就是火路了。水路是快乐的，火路是烦恼的。

　　那么我是什么情绪受到堵塞了？司马小娴。

　　对这个司马小娴，我已经进入角色，把她当成了百分百的驹
儿，但是我知道她只是在演驹儿，在她的心里她不是驹儿，因为
我们做的都是表面文章，没有实际内容。

　　我想错了。在海口，我在海甸岛上租了一大片荒地，搭建了

建省前的客运码头和人才角的布景。好在海甸岛的房子里驹儿的东西还都在，完好无损，只是受了潮湿，我们晾一晾，就派上用处当上了道具。驹儿已经离去三年了，我的痛苦也渐渐地淡了。

我和司马小娴表演着我们当年开小吃摊、卖《海南咨询》的情景，都已经演完了，她还温情地看着我说：哥，我太幸福了，我怀疑这不是真的，这样的人生，过一天就死了，人生也没白来，我也就满足了。

我紧紧地抱着她，感动地说：驹儿宝贝，一直到地老天荒我都给你这样的幸福日子。

我们长吻，我的嘴唇被咬得痒痒地痛。我快乐得要流泪了。我叫着：驹儿，驹儿，我的好驹儿，你终于回来了，哥想你呀！

她叫着：哥，哥，抱我，用力抱我。

她拉我的裤链，我慌乱地解她的纽扣。我们突然分开，四周一片漆黑，摄制组的人都走了。

她说不行，甩下我，就跑了。

我叫着：驹儿，驹儿……突然意识到她是司马小娴，我们是在摄影棚里演戏。

不过我，预感司马小娴虽然不是驹儿，但一个新鲜的驹儿又来到了我身边。

我已经很满足了。回到望海楼酒店，我住在当年我和驹儿有钱了之后第一次住的那间房间里，洗了一个澡，躺在床上，在回味着今晚的美妙。

想着想着，就全身火热，裤裆里就勇猛坚硬了起来。我要找司马小娴。我伸手去拿电话，像《魔鬼词典》说的那样，我要打电话时电话响了起来。软软的声音飘进了我的耳朵：哥，我想到你的房间去。

司马小娴几乎是穿着睡衣冲进了我的房间。她进来就钻进了我的被窝，和我狂吻了起来，吻得我几乎窒息了。她用手抓到了我的下边，就把嘴换了地方。

我更冲动了，从她嘴里拔出来，就要干，她突然推开我，冲出被窝就跑了出去。

我像受大刑一样，躺在那里受煎熬。

我打电话过去，她不接；出去敲门，她不开。

天亮了，我的眼睛黑了一圈。

今天的戏是我已经当上老板了，牛哄哄地开着车，拿着大哥大，拉着竹竿郑老板去夜总会玩。郑老板跟那个胖女孩，又亲又摸地玩到感觉里去了，他们站起来要上楼开房。郑老板和胖女孩像一根竹竿挑着一捆棉花走了。剩下我和陪我的女孩，每次情节到了这里，我就给了小费，买了单，急急地回家见驹儿去了。今天这个女孩有点不同，她就是当年我们摆饭摊时，那个要留下帮我干活的大眼睛女大学生。我很喜欢她的大眼睛，清纯、聪明。由于驹儿嫉妒，不喜欢她来，就再也没见她。现在她竟然沦落风尘，我倒觉得自己没啥责任，也没罪过，但是还是心里有点难受。我想陪她多坐一会儿，喝点酒。但是她的酒量很大，我们竟然杀掉了一打喜力。

那晚我没有回去，上楼和她开了房。

回酒店的路上，司马小娴不理我。我演得很累，洗完刚躺下，门就咚的一下被撞开了。司马小娴冲进来就骑在了我的身上，像训练一匹野马一样，对我进行了一顿暴风雨般的猛打。我的嘴和耳朵都被打得流了血，她又好像不解恨一样，在我的肩上、胸上猛咬。就像开采矿井一样，我身体里一种原始的激素被她开垦了出来，一种痒痒的痛，很温暖地流遍我的全身，我快活得不能自已，像野兽一样。我跳起来，用领带和裤腰带把她的手脚捆了起来，鲁莽地、狠狠地揍她、咬她。她竟然像来高潮一样兴奋地大叫：哥，快来打我！哥，我要你！要你打我！快！

我们快乐地做爱，高潮像海浪一样翻滚、起伏、跌宕，这是给我的一种很新鲜的体验，我清清楚楚地感觉到这是司马小娴，不是驹儿。

我们身下，一道耀眼的红光在闪烁。我从司马小娴的身上滚下来，拉起司马小娴，床单上有一摊红红的血，像一匹红色的小

马在奔腾。

这是司马小娴的处女红。

雨过天晴,司马小娴呜呜地哭了起来。她抽动着肩膀,责骂我:哥,你这个坏男人,到底出去找了小姐,找了那个骚女人。

我又糊涂了,这是驹儿。

司马小娴回了房间。驹儿跟我说:哥,你今天拥有了司马小娴,我知道会有这一天的,我知道嫉妒阻拦都没有用,你以后跟司马小娴在一起我不打搅了,但是你不要把她当司马小娴,你要把她当成驹儿。

我说:每次到了关键时刻,她都跑,是不你在捣乱?

驹儿说:哥,对不起,是我拉她跑的,我嫉妒。

我说:是我应该说对不起,我以后再也不跟她在一起了。

驹儿说:哥,你别傻。这是你们的缘分,咱俩阴阳两界,不能再这样下去了。你的命还很长,我不能拉你来阴间,我要走了,去投胎转世培训班学习快速投胎法,我要早日投胎转世来找你。

驹儿走了。任凭我怎么呼唤,也没有一点音讯。

第二天开始,司马小娴不管走到哪里,都亲亲热热地拉着我的手,有时不管有没有人,冲动了就情不自禁地吻我一下。

我们当然要住在一起了。但是,要我搬到司马小娴的房间里,这是司马小娴要求的,我想也一定是驹儿安排的。有时,夜深人静的时候，司马小娴和我在被窝里，我们裸着、吻着、紧紧地抱着，她说一番感动的话之后，一定要说：我不知道自己以前怎么了，可能是心理障碍，总是放不开，一到关键时刻，像心里有魔一样，就莫名其妙地跑开，回去后马上醒悟，又后悔起来，怕你生气，怕你不理我，我又急着要来找你，我又觉得离不开你。

我心里知道不是什么心理障碍，就是魔，驹儿这个魔，但是我不能告诉她，不用说她，没人会相信。

我转开话题逗她说：你是怕我不理你，就拍不成这个女一号了。

司马小娴认真地说：不演电影我不怕，我学的是中文，从来没有想过当演员拍电影。但是这个驹儿，我确实喜欢，有时我就觉得驹儿就是我，我就是驹儿。有时我又很嫉妒你们那么好，有时我又被感动，心里发誓一定要把这个驹儿演好，但是，我有时心里很怕，怕拍完以后你离开我怎么办？怕我突然惹你生气，你不理我怎么办？

我也感动：司马小娴，你真的爱我，不是爱这个当演员的虚荣？

司马小娴动情地说：哥，我第一天见到你就差一点哭了。你知道吗？一个留胡子的男人，从小就在我的梦里不断地出现，我知道你在找我，所以我就等呀，等呀地等着你，在见到你之前，我没谈过恋爱，没有吻过男生，见到了你我就傻了，就像魂被你牵走了一样，一切行动都听你指挥，我真庆幸大学毕业才见到你，

要不我肯定考不上大学。

我深情地吻着司马小娴，说：你现在还怕吗？

司马小娴幸福地摇了摇头。

电影《红马》拍完了。我又重复了一次和驹儿的情感历程，让我大伤元气。要不是司马小娴用她新鲜的爱，把我从迷情中领出来，我想我一定会牺牲在里面。

竹竿郑老板作为投资人之一，带着影片国内外到处做宣传推广，竞争奖项。在我们开发海南房地产的损失，得到了超级大的回报。这就是他比我高明老到之处。底子穷的人，经历少的人，一般都急功近利，输不起，如果有点耐心，给他个机会，如果你认为他是一块材料再给点帮助，打造一下，将来肯定会赢回来的。如果他不行，最聪明的办法就是算了，认倒霉，保持风度，否则可能连风度也输掉。

这是我在郑老板身上悟出来的，可以一辈子都有用的道理。

在做《红马》的宣传时，我常常要领着司马小娴出场，进行推广。这让我又认清了一群苍蝇，就是那些所谓的娱乐记者。这群苍蝇，可比演员导演那群苍蝇恶心多了，影视业本来就是一个造假产业，这个行业这么繁荣兴旺和混乱不堪，是与这些吹喇叭抬轿子的娱记分不开的。这些娱乐记者想象力奇特，好像在娘胎里就是一个诗人、造谣专家、挨打的对象。这些娱乐记者大都心理有病，他们恨别人比他们强，但是又改变不了现实，就总想用歪曲事实的烂笔，造谣中伤或者问一些出位的问题，以引起别人的注意，从而掩盖自己内心的虚弱，深受其害的香港艺人，都咬牙切齿地叫他们狗仔队。

这帮家伙有本事在我最烦的时候，问我最烦人的事情。他们说：你是蒙古族还是汉族？还是你说的混血杂种？

《红马》这部电影里你和驹儿的故事，是编的吗？还是真的有这个人？片里的你是你吗？

你和驹儿的精神世界真的那么神奇吗？

司马小娴怀孕了，能肯定是你的孩子吗？你能确认吗？

司马小娴在跟你之前有过其他男朋友吗？和你在一起的同时，有跟其他人拍拖吗？有绯闻吗？

拍电影的人，找女主角，一般都是从上床的角度考虑的，你也没能免俗，你怎样看待这种现象？

你会继续拍片吗？还是自编自导自演自投资吗？

你是否从此走进影视界？你的荒原部落咋办？

有一个精瘦、个子矮小、很猥琐的家伙，操着那大舌头的山东口音普通话，不但纠缠着问我，喝多了酒后，还跪到地上抱我的大腿不让我走路，我暴跳如雷，挥起手就啪啪地给了他两个嘴巴子。

　　我给气坏了，把风度和修养全丢掉了。我对那个家伙说：你喝了我的酒，拿了我的红包，还让我把你给揍了。你这不是坑我吗？让我破了钱财，还丢了名声。当然，也可能那根竹竿会高兴，为电影宣传又找了个新的卖点。

　　我端起酒杯，对大家说：电影是什么东西，你们自己知道，故事的真假并不重要，这是你们老师早就应该教会你们的基础知识，我不想再教育你们了，但是我告诉你们，我的故事全是真的，像纪录片一样真实。司马小娴肚子里的孩子肯定是我的，这个我自己明白。她跟我的时候还是处女，你们在影视界肯定没听说过，有这么新鲜的事。我找她的时候是为了演戏，她把戏演真了，为我怀上了孩子，谁能拒绝这样的好事？我以后再也不拍片了，就是因为你们这些记者，我再也不拍片了。否则我会天天打你们这些记者，天天打官司，你们愿意我打你们吗？

　　这些记者真有修养，也真酷，竟然给我鼓起掌来。

　　我很累，也很腻歪了。我带着已经怀孕的司马小娴回到了荒原部落，回到了我的家。

第四十五章

东 方 之 东

老三让我到日本去玩玩。

一九九七年，我决定去一趟日本，我要亲自看看，这个曾经给中国人制造灾难的地方，到底是怎样的一片土地。这片土地培养了我的好友竹竿郑老板，也吸引了我们家老三不要中国国籍，来当日本公民。过去这种做法叫汉奸，现在不这样说了，倒不全是我们老三的缘故我才这么解释，毕竟时代不同了。

见面时，我发现老三已经学会了日本人的经商哲学，没有仇恨，只有忍受，做生意亏了只当交了一次学费，从头再来。老三跟我讲这个道理时，我觉得日本把老三变成不是老三了。

到了日本，我坚决否认在国内多年来一个固有的说法：日本人是经济动物。更准确地说，日本人是精神野兽。动物不等于野兽。有些动物天生就温顺，比如羊、兔子这些可爱的动物。现在看日本人一个个假仁假义表面温驯，其实都是披着羊皮的狼。他们的狼子野心随时都会爆发出来。中国人太君子心肠，即使有人显示出动物般凶猛的样子，也不过是一只披着狼皮的羊。我终于明白了当年中国人为什么不抵抗，一匹狼可以驯服或吃掉一群羊。

一方水土养一方人，生存环境造就人的生存哲学。

千百年来，居住在每天都有火山爆发的日本岛上的日本人，每天都在警告着自己的民族，即将爆发的火山要使日本岛沉没，那时就和二战前的犹太人一样，没有了自己的国土和家园，成为地球流浪汉。为了避免悲剧，现在就要到岛外寻找生存之地，占领地盘，哪怕是别人的，抢也要抢来。

日本岛还在海上坚挺地漂着，大和民族却已造就了一种野兽精神。为了撕扯一块生存的肉，他们随时都可以像豺狼虎豹一般扑将上去，惨无人道。

我们的中华民族就不同了，生活在九百六十万平方公里的土地上，地大物博，优哉游哉。中国的土地永远不会沉进海里，永远牢固地与地球同在。我们的民族就像内蒙古草地上的羊群，在蓝天白云下，幸福地吃着绿草。有时狼来了，有时下起了暴风雪，但一切都会过去的，明年春天小羊生出来，又在蓝天白云下，吃起了绿草。从人性的角度，我们中国人是对的；从兽性的角度，日本人是对的。但是在人与兽的角逐中，受伤害的却常常是我们。有这么容易吃的羊，谁不愿意去当狼。中国后来改革开放，日本人又把这套业务用在了经济上，并且教会了中国人。福建人和浙江人率先受到启蒙，在全国开展了一场轰轰烈烈的狼吃羊的经济游戏。

我讲上面那些话，不是我当了政协副主席有了觉悟，就开始了老生常谈或者危言耸听，每个读者读到这里，都应该停下，认真地思考三分钟或者重读一遍，看看那些文字是否有价值。在中国和日本的民族尊严问题上，上一代很不争气，我们这一代如果无所作为，那么下一代就更不用指望。

在日本东京的一个夜晚，老三带我去洗澡。令我大为惊诧的是，日本人竟然男女在一个澡池子里泡澡，这更加证明了我的关于日本人是野兽的理论。

泡澡时，老三给我讲了一个河南人的故事。

他说：有个河南的老板到了日本，就想找一个日本的妓女来玩，于是，穿着日本古典和服像一只温驯的猫一样的按摩小姐，用日语问候着进来了。小姐的手像侵略者一样进入了河南老板的敏感特区，河南老板迫不及待地翻身将小姐压在了身下。已经习惯麻木了的小姐机械地抱紧了河南老板。这时的河南老板心中的

怒火立刻熊熊燃烧起来。他对日本人的新仇旧恨全部涌上心头。

他边干边骂着：操你妈小日本鬼子·，老子今天操死你，你们把我们欺负苦了，我今天要报仇雪恨，让你们也尝尝被欺压的味道。河南老板汗流浃背，痛快淋漓，大干着、痛骂着。

干完之后，河南老板长长地出一口气，扬眉吐气地说：我尻他娘，真他娘地舒服！

小姐突然很亲切地用河南话问他：太君，您也是河南人？

河南老板一惊：咋？你不是日本人？

小姐说：俺也是河南人。

他问：你怎么不早说？

小姐：你也没问俺。

河南老板大吼一声：你这个婊子，真他妈丢人，滚出去！

老三讲完自己先笑了起来。

又是中国人整中国人。我眼睛发酸，似乎有泪要流淌，脑海里只有一句话：日本鬼子退出了中国国土，我们就真的胜利了吗？

我盯着老三的眼睛说：你笑什么，有那么好笑吗？你真的是日本人了，三郎？

老三说：二哥，你叫我三郎，我很喜欢。你别傻了，你以为当日本人比当中国人丢脸吗？那个河南老板刚来时，发誓说要用一辈子挣来的钱，制造一颗能够炸沉日本的导弹，让狗日的日本鬼子等着瞧吧！结果没过一个月，他就被日本的生活迷上了，他喜欢日本这种丰富的物质生活，成了日本三菱的代理商。

我决定让老三陪我去一趟广岛。

去日本的中国人，只有到了广岛才会感到扬眉吐气。当年美军为了报山本五十六偷袭珍珠港之仇，为了强迫日本投降，为了在整个东方战场上一着棋将死日军，极其残酷地在广岛、长崎投下了两颗原子弹。后来善良的人都说，那一次炸死了很多无辜的老百姓。我不这样认为，在中国的土地上，烧杀抢掠的日军，不也都来自于日本的老百姓吗？这个民族的每一个人都有野兽的心灵。

在去广岛的路上，我在一份日文的杂志里看到一个故事。有一个日本的作家，看到日本兵作为战败国退回本土之后，受苏联、美国的压迫，经济低迷，人人士气低落，整个民族几乎到了精神崩溃的边缘。于是他在电视台每天借用一个频道演讲，呼吁日本人要振作起大和民族的士气来。那时的日本人已经心灰意冷，没有人听他演讲。于是他就在电视的直播中切腹自杀了，这一下日本人的灵魂受到了强烈的震撼。于是作家的书成了畅销，人们纷纷去买他的书，要看一看他的书里到底讲的是什么。

一个作家让日本人的野兽精神又复活了。其实那个时期的日本人在麦克阿瑟的阴影下，是披着羊皮的狼。

我的灵魂也受到了强烈的震撼，中国太缺少这种打造民族精神的作家了。

赶走了狼，羊群就会有和平的日子过吗？永远不会。

到了广岛，在酒店住下后，我下到大堂的商场里，要买一些介绍广岛的书刊，我要了解一下广岛的历史沿革情况。

在商场的书刊柜台上，我见一本杂志的封面是著名的日本老兵东史郎。八十多岁的东史郎经过半个多世纪的反省，灵魂彻底醒悟了。一头掉了牙的老狼终于像羊一样温和了。他到处演讲揭发日军当年侵华的滔天罪行，深受日本政府狼群的反感，但是却受到了中国人民羊群的热烈欢迎。

中国人称东史郎为日本唯一的良心，而不是狼心。这就是像上帝一样的中国人，他们不是喜欢忘记，而是喜欢原谅。

我翻开杂志，里面有一个为东史郎作证的日本慰安妇。我看着这个老妇人有些面熟，再一看下面的介绍，此人叫小岛马子，这不就是我们在牧场时，后院住的那个日本人张大娘吗？我拿给老三看，我们都很惊诧，原来她也是慰安妇。

我把杂志买了，拿到房间里去仔细看了一遍，确定这个老妇人，就是我们牧场当年的那个日本人小岛马子。

我们查看上面说的地址，小岛马子也住在广岛。

我们按着地址找到了小岛马子家。

小岛马子没有在家，是一个五十多岁的男人接待了我们。

我用日语向他问候，那人也用日语回答。

我问：先生，请问您会讲中国话吗？

那人摇了一下头，用日语说：不会。

他的日语讲得像我一样生硬。

然后，那人很不礼貌地，也很不耐烦地，向我们下了逐客令。

他说：我妈很忙，今天可能不回来了，她年龄大了，你们不要打扰她吧，拜托你们了。

原来他是小岛马子的儿子，不过不是在我们牧场时的儿子，她牧场的儿子我们都认识。没办法，我们只好告辞出来了。

不是为了写这本书，我才编这么巧合的故事，而是生活中的故事有了巧合，我才写到了这本书里。

在门口，我们碰上了从外面回来的小岛马子。

老太太认出了我，马上高兴得不得了。

她热情地又请我们回到屋里，并把儿子叫出来给我们介绍。

彼此都很笨拙地用日语问候了一下，显得很尴尬、冷淡。

老太太用中国话说：你们都用中国话讲吧。

我问：你儿子会讲中国话？

老太太：他是我和日本丈夫在中国生的，后来送给了辽宁郑家屯的一户中国农民家庭抚养，三年前才回来，在东北生活了几十年，还不会讲中国话？

我恼火了，说：我问他会讲中国话吧，他说不会。

老太太：大刚，你为什么说不会讲中国话？

大刚：妈，你别问了，我讨厌讲中国话，行了吧。你最好少和这些中国人交往。

我一听一口地道的东北大楂子味儿。

老太太很生气，连忙亲自烧水泡茶招呼我们。

老太太：你到日本怎么想起来看我？真是多谢了！我们二十多年没见了。

我拿出那本杂志说：我看到了这本杂志，觉得很像你，就冒昧地来了，你还能认出我来，我真的很高兴。

老太太：你们是我先生的救命恩人，我怎么会忘记？

老太太一看杂志里的自己，脸腾地一下红了。

她说：巴拉君，我不是有意欺骗你们，我是慰安妇出身，真是对不起了。

我说：不用对不起，我能理解，你何罪之有？你也是受害者，都是战争之罪。

老太太很高兴：你能理解，那太好了，我没想到，中国的年轻人对这半个世纪前的事还这么关心，这么能理解。

我说：这是从前的事，也是关系到未来的事。

老太太：我也是这个观点，所以我为东史郎老兵做证。

大刚进了另一间屋里，始终没有出来。

我觉得古怪。

老人看出来了说：大刚这个人，来了日本像变了一个人一样，性格一天比一天古怪。

老人流出了热泪，脸上的感情很复杂。

我想起一个蒙古寓言故事来了。一个牧羊人在冬天雪地里捡了一只即将冻死的小狼崽儿。牧羊人把它拿到家里养。一年后，狼崽长大了。一天晚上野外一阵狼叫，小狼跑出去就没有回来。几个月后，在狼群里已经恢复了狼性的那只狼带领狼群，在一夜之间咬死了牧羊人的一群羊。

大刚回到日本，恢复了日本人的野兽精神。

小岛马子回国时，张大脑袋已经死了，她把"中日合作"的三个儿子一个女儿留在了中国。据说，政府都给他们在城里安排了工作，他们都离开了牧场。

小岛马子：我想把我的孩子们带到日本来，你看有可能吗？

我：现在应该没问题吧，这样的事情很多都是这样办的。

小岛马子：我知道政府允许了，我是说我的孩子们会跟我来日本吗？

我：应该会吧。

小岛马子：你如果是我的孩子你会跟我来吗？

我：我不知道，因为我不是你的孩子。

小岛马子：如果你是我的孩子，我是你的母亲，你会跟我来吗？

我：如果我是你的孩子我想应该会的，我离不开母亲。

老人脸上露出了一种很欣慰的笑，但是我发现她的内心里还有痛。

回来的路上，老三跟我说：你在骗小岛马子，你是她的儿子，也不会来日本。

我说：我没有骗她，我是她的儿子，就不会像我这样看日本了，我就会来的。

老三说：我不是她的儿子，我也在日本，你不应该用过去的历史仇恨，来保持陈旧的偏见，我们追求的是新生活。

我离开了日本，离开了我们的东方之东，似乎比来时感到轻松。我在心里不停地想着老三的话：我们追求的是新生活。

第四十六章

活 佛 渡 我

  盟里开政协会议，在主席台上，我和活佛坐在一起。我第一次见活佛，对他顶礼膜拜，他却和我谈笑风生。我心里把他看得崇高神圣，还有点恐惧。我总觉得这佛应该不是这种活生生的，而是与我们的距离应该很遥远，扑朔迷离，神秘莫测。

  别看平时我对别人都满不在乎，对谁也不敬畏、不崇拜，而且从来自信，从来都自认为头脑上肉体上经济上都高人一筹。今天，我和活佛平起平坐地坐在一起，觉得很不自在，很自卑，很渺小。活佛跟我说：咱俩是有缘人。

  我说：我很荣幸，能够拜见活佛。

  活佛说：你也是社会栋梁，做了那么多有益的事，你也是佛。

参政议政，都是为人民服务，咱们一样。

这是第一次见面，活佛跟我说的最谦虚的一句话。后来，我们成了朋友，我怎么恭维他、崇敬他，包括来朝拜他的人，他都是默许，然后，以崇高神秘的佛理点化那些执迷不悟的善男信女。我和朝拜的人都觉得这是自然而然的事，很正常，活佛由于接近神明，对肉眼凡胎就该不谦虚。

我却总是很卑微、谦虚。我不知道佛到底是高山还是大河，有时我要仰视，有时我要叩拜。多年来，我像一匹纵横草原的野马，御风踏雪无拘无束。今天见了活佛，就像猛地被套马杆给套住了，我很驯服地感觉到在活佛的面前，我是一匹马。

散了会，活佛请我到他主持的大昭去。草原上说的大昭相当于汉地的庙。就像喇嘛相当于汉地里的和尚一样。

走进大昭就有一种肃然起敬的感觉，那里的气场与众不同，有的人会感到气闷，有的人会感到心情舒畅。不过进了活佛的房间我却亲近起来，我说：好像有一种回家的感觉。活佛说：这里就是你的家，家里是讲烦恼的地方，讲讲你的烦恼吧。

我说：我有一种困惑，也不知道是不是烦恼。我好像总是记得前生的事，连娘胎里的事都记得清清楚楚。小的时候，我以为别人都是这样，长大了才发现别人都不是这样，我很困惑，不知道这是怎么回事。头几年我的妻子驹儿在海南去世了，可是每天我都能跟她讲话。活佛,您说人真的有前生后世,真的有灵魂吗?我觉得我每天就活在这前生后世和灵魂里。

活佛说:我们佛教是相信人有前生后世和灵魂的,前生和后世的变化是肉体的变化,灵魂是永恒的。但是灵魂在转变中要经过忘却,走过无忧河忘记前生的一切痛苦和欢乐,无论你是王侯还是平民,都要忘记自己从前是谁,来到后世由无知走向有知,由欢乐走向痛苦。佛教就是帮助有知的人们减轻痛苦,走向涅槃。

我说:活佛,您记得您的前身吗?

活佛说:我的前身是九世活佛转世,我两岁半的时候,在西藏被寻找为转世灵童,通过金瓶掣签被政府确认为十世转世活佛,千里迢迢来到内蒙古草原,成为科尔沁草原大昭住持活佛。

我问:您还记得您的前世或在娘胎里的事情吗?

活佛:天机不可泄露。

我紧张了:那我说出来的这些是不是也泄露了天机?

活佛:我是活佛,你是凡人。你的天机早就泄露了。你过无忧河,没喝迷魂汤,你只不过是还记着前尘的往事而已,既然这样,说也无妨。

我说还有一个匪夷所思的现象。有一天,我给我的第二个妻子司马小娴讲我的经历,我自己都没意识到,她突然发现在我的经历中,属马的,姓马的,名字里有马字的,还有马年,好像都跟我有缘。我在马年运气最好，赚钱最多。每当我遇上困难或有了麻烦的时候，总是有一个跟马字有关的人出现，帮我扶危解惑，化险为夷。这个发现，一开始几乎摧毁了我的精神，崩溃了我的心灵。我觉得我的一切都已经好像安排好了，我就几乎没有了斗志，就想顺其自然了，什么事都顺其自然，也不想去努力了。真是有缘，我正困惑呢，就遇上了活佛您。

活佛说：人生顺其自然，不去强求，这是至高的境界。但是顺其自然不是任其自然，不强求不等于不求，你虽为凡人但非俗人，你来到人世是有你的使命的。你要多努力，多做好事，多做善事。

至于你和马的缘分，是前世修因，这世果报，马只是一条红线，一种形式罢了。

你应该是出生在咱们这个城市东北方九十里地的莫日根牧场，是一九六二年六月二十八日夜里子时十一点零一分出生。当时文曲星下凡，你家门前，有三棵杨树，三棵柳树，三棵榆树，你出生的时候，你们隔壁牧场的马圈里也正好有一匹红骒马下驹儿。

下生之后，你的左手残疾，手握着拳，掰不开。后来，来了一个喇嘛，他跟你爸喝酒时念咒打开了你的手。你的手不是残疾，你的手里攥着一个血玉红马。喇嘛拿着你的血玉红马走进风雪里，消失了，以后就再也没有了消息。你还记得吗？

　　活佛边讲，我就边像过电影似的回想，如同又身临其境一样。我说：记得，恍如现在。

　　活佛从身上取出一个小黄布包，递给我，让我打开。我打开一看，心怦的一颤，是血玉红马。我觉得那个血玉红马在我的手里跳动，我们就好像灵魂找到了肉体一样，相亲相爱。

　　活佛说：认识吧，是这个吗？

　　我感动得热泪盈眶，亲热地说：您就是那个来我家的喇嘛。

　　活佛说：正是。那天夜里我在大昭观天象，见东北莫日根牧场方向天有异象，好像与佛有缘。但是发现征兆不好，很动荡混乱，不该降临。我赶到时，时辰已晚，我没有露面，叹息一声就走了。你出生了，马圈里也生了一匹小红马。她本来是你的前世姻缘，但是由于你为佛而来，也就缘分人畜。你遇上了十年佛灾，也就是乱了红尘。你本该寿命不长，就转回前世。半年后我又来了，拿走你的血玉红马，就等于收走了小红马的魂儿，让小红马替你消灾解难，使你得以延寿，过上逍遥的凡人生活。如果当时小红马不死，你就一定会死。劫难已过，你戴上吧，这血玉红马是你的护身符，此生马与你缘缘不断、息息相关。

　　我说：这个血玉红马送给我了？谢谢活佛！

　　活佛：谢什么？这叫物归原主，那天开会与你坐在一起，这个血玉红马，在我身上不停地跃动，我就知道是你来了，它和你是血肉相连的一个灵魂。

　　按照我对佛教的常识和一般俗念，我要请活佛出去吃斋饭。

　　活佛说：吃什么斋饭，我有好酒好肉，今天我款待你。

　　我有点不太适应，觉得这是一件新鲜事，但是肯定对我的人生是一个突破。佛说佛有理，佛是普度众生的，不是只管寺庙的。我就听活佛的，无所顾忌地跟佛吃喝了起来，虽然小心翼翼，但是我们俩还是喝了一瓶忽必烈酒。

　　活佛说：你皈依佛门吧。

　　我说：我皈依不了，我有老婆，她已经怀孕。我的性欲很强，清灯木鱼活不了。皈依了佛门，我就不知道怎么拜佛，怎么走路，怎么睡觉，怎么吃饭，怎么做事，怎么说话，怎么思想，怎么赚钱了。

　　活佛说：我们喇嘛教不讲这些清规戒律，我也有佛娘，有佛子。我会去掉你身上的一切挂碍，让你随心所欲。我不让你到大昭里来，在家带发修行，赶上了十年佛灾，你这一辈子与佛就是这个缘分了，入佛门，不住寺庙。

　　我们这里的密宗喇嘛佛教与净土宗禅宗的和尚佛教，在形式上是不同的。佛的本意和终极目的不是从人的生活中让人戒掉酒肉女色，其实有了清规戒律也不一定能成佛。佛修的是心，不是形式。但是对境界低的愚鲁之人，就要定出清规戒律来，就像幼儿园，必须从遵守背着手排排坐、吃果果学起，但是目的是为了让他们长大成人，而不是背手坐在那里。佛教进入中土，历经坎坷形成净土宗和禅宗，有的奥义已经离佛的本意很遥远了。我们密宗从印度翻越雪山直接来到西藏，境界高远纯洁如喜马拉雅山。

我们不拘泥于形式，我们养性顺其自然，我们修心直截了当，我们的灵魂清醒纯净，德行博大，所以有转世活佛。

酒足肉饱，活佛说领我去看欢喜佛，让我开开眼界。

活佛领我进入的是一个闲人免进的密室。密室里香烟缭绕，正面墙上，是一幅彩色的唐卡，一个撩拨人情思的、彩色的动人画面。两个裸体的男女正在交媾，手脚搂抱在一起，充满了动感。女人是正面表情，她用力地搂着男人的脑袋，表情极其夸张快乐，好像是那种来了高潮的快感。这一幅唐卡名字叫《欢喜佛》。墙上是一幅巨大的壁画。一个极其美丽、妖艳、风骚的女人，她风情万种的上身腰姿和鼻孔简直就是驹儿或者司马小娴。那个女人正和一头凶猛的公牛在做爱，那个牛头是一个男人的表情，表现做爱的过程连续有三副面孔：一副凶猛残暴，一副痛苦不堪，一副快乐善良。这一幅壁画名字叫《三娘子和牛魔王》。我曾经照镜子仔细看过自己，我的面孔和披散的长发，如果配上牛角，简直就像是戴上了牛魔王的脸谱。我毛骨悚然，怎么回事？我怎么会像牛魔王？我不敢问活佛。活佛好像看透了我的心机，和善地对我说：这幅画已经有几百年了。

我脸上庄严肃穆，裤裆已经湿了。我大不敬地想：这外面世界红尘滚滚，也要进行扫黄。这佛家净土，怎会有如此惊心动魄的画面？这可是我万万没有想到的，出乎意料的，也令我万分惊诧。我觉得我的大脑已经开始混沌了，我不理解，也理解不了。

活佛开始向我讲法。

这欢喜佛是修炼内心的调心工具，人在万千世界滚滚红尘中，是逃脱不掉色相和情欲的。即使进入空门庙宇，那也是形式上的空，心空不了，性空不了，情空不了。如果这样，我们还不如不要回避，直接面对。不只是真、善、美才有佛性，男欢女爱，放下屠刀，自然界、人世间处处显露佛性。我们直面生命的本性，每天面对欢喜佛习以为常，多见少怪，熟视无睹，时间长了就会从表面看到心里。由物质走进精神，像佛祖说的直指人心。否则回避、躲藏，就会躲不胜躲、藏不胜藏，眼睛看不见，就会在心里想入非非，就会夸大，把一只猫想象成老虎。

我们人的眼睛、肉体和心灵都有一个魔，这个魔就是孽障。我们通过这个色相的勾引，在放纵自己中被感化，从欲壑中超度出来，攀登上佛智的高山。

这幅是三娘子和牛魔王交媾的故事。这个牛魔王在传说中是草原上一个凶狠残暴的魔王。他到处残害百姓，强奸蹂躏妇女，罪恶滔天。我佛为了超度他，转世幻化成三娘子献身给他，三娘子在与牛魔王交媾中，利用全身的柔情魅力和迷人的美貌对他进行渡化。这表现做爱的连续三副面孔，展示的就是三娘子超度牛魔王的交媾过程。一开始牛魔王一副凶猛残暴的嘴脸，三娘子就用尽了人间美色中的妖艳风骚，耗尽了牛魔王的凶残暴戾之气；待他泻尽了阳气，三娘子换成了一副灿烂的慈祥面容，散发着母性的光辉，牛魔王内心里开始生长了慈善、悔恨、愧疚、良心自责的元素，所以就表现出了一副痛苦不堪的自我斗争的样子；第三副是快乐善良的表情，牛魔王内心经过忏悔，开始向善。三娘子对他用尽了柔情和抚爱，一对欢乐美好男女快乐图就这样诞生了。幸福、满足、快乐，这是人们希望的，也是佛所给予的。

　　活佛给我所讲的这两个故事，听得我已经迷失了自己。待我醒悟过来，我突然心里一亮，如醍醐灌顶，我觉得我知道什么叫佛了。

　　我目光盯着欢喜佛，那壁挂上的颜色，越看越鲜亮。我说：活佛，我觉得这壁挂上有灵性。

　　活佛说：这幅壁挂也叫唐卡。这上面的颜色不是平常用的颜料，这色彩都是大自然的颜色，从自然中采撷回来，一种颜色一种颜色地画，每画完一种颜色，就要搞一次敬佛的礼仪活动，一幅画要花上很多年才能完成。布达拉宫的那幅唐卡花了一百多年才完成，每年的晒佛成了重要的宗教盛典。

　　我感慨，人不用说成佛，就是向佛敬佛都要倾注多少心血呀。

　　我说：活佛，我还真没想到，这喇嘛教里信佛还有这么多男欢女爱的事情，那么说两性交媾，不但不是罪过，还可以成佛。

我喜欢用多种姿势性交，看来这也是一种修炼方式。

活佛说：只要你性交可以达到欢喜和快乐，肉体快乐升华到心灵快乐，感觉此生美妙，就是一种解脱。

我说：我接触了很多女性，是不是性太乱了？

活佛说：性的多与寡，不是乱，是缘，但是有的是情缘，有的是孽缘。

我说：我知道佛家为什么这么重视色，面对欢喜佛也好，回避进入空门也好，重视程度是一样的。

活佛说：这你就讲到根本来了，你知道佛座下那朵莲花是象征什么吗？

我说：我就知道莲花跟佛有关，象征什么不明白。

活佛说：那朵莲花象征着女性的生殖器。净土宗和禅宗解释为佛坐在莲花上是从母体诞生出来，纯洁美好；我们密宗认为是从交媾欢喜中解脱出来。

莲花是女阴，也就是女人的生殖器，我的佛爷，对我真是晴天霹雳。

我和活佛的关系拉近了，像两个人一样交谈，或许也可能有人认为，我们像两个佛一样讲法。

反正我和他越来越亲近了，变得像两个交情深厚的哥们儿。他走下了神坛，我当然也不在原地了。

第四十七章

人 马 情 未 了

雪天的草原之夜，夜空清远明亮，一种漫无边际的苍凉，让我感到心烦意乱。

天上的星星，就像等待千年的情人，着急地把万象人间眺望；茫茫的草原就是恋人的情网，掉进来就是一世红尘的沧桑。

我接活佛来我的荒原部落。夜里我开车，边在路上行走，边产生上面那种诗一样的乱七八糟的感受。

今晚，除夕之夜，司马小娴要生孩子，像开天下英雄大会一样，我邀请了很多朋友来我的荒原部落过年。我应该很高兴才对，我表面上也确实很高兴，但是我的内心里，很恐慌。我不知道为什么这么紧张。对我来说，司马小娴生孩子，就是驹儿要投胎转世回来，孩子的出生就等于驹儿回到了家。我觉得这已经是万无一失的事，但是我又很怕万一。万一驹儿没有投胎怎么办？万一真的投胎来了，我怎么面对？我一晚上都是内心慌乱，烦躁不安。

马叔和二丫没有回北京，他们已从灵感村来到我家里，今年要留在荒原部落里过年。包大爷和马姐已经到了，这次马姐不再忌讳，带来了我的姐夫文联主席野马。野马他们是头一天晚上来的，我为他们接风洗尘，为了表示重视，我把我爸妈也接到荒原部落来出席酒会。在酒席上，野马端着酒杯，给我父母敬酒。当时两鬓白发、激情奔放的野马即兴给我妈和我爸各朗诵了一首诗。我妈不知道我曾经也是一个诗人，她从来也没见过诗人朗诵诗。当见到野马闭着眼睛，一脸陶醉，手舞足蹈的样子，我妈就以为见到了她的同行，欣喜地问我：这个孩子咋的了？是不也下来大神了？

我说：妈，他下来的不是你们那种萨满巫神，是诗神。

我妈说：诗神是管啥的？有没有我的巫神能量大？

我说：比你的能量大，人家管的是全盟文人。

我妈很羡慕地说：能管文人，那真了不起。

外面，道尔基开车带着小满，领着他们的亲生儿子和师娘，已经到了。马叔本来已向邵正午教授发出了明年来灵感村创作的邀请，但是一个月前，他醉酒后突然脑血管破裂中风，去世了。

老师给我留下了一个没有解开的谜，他和老谭大爷他们当年在北京到底是啥关系？当年，谭大爷让我给邵教授带信时没有讲，我就匆匆忙忙地回到学校了。邵教授接到信那一晚跟我喝酒喝醉了，也没有讲，我也忘记问了。后来的岁月里，我有时突然就想起来了，很冲动地想知道他们到底是啥关系。那时我已不在他们身边，后来谭大爷就去世了，始终没有答案。一个月前，我给谭大爷上坟又想起了这件事，心情很苍凉，就急不可待地给老师打电话，小满说老师刚刚去世。

由于我的政协副主席的身份，我有资格为老师主持葬礼。当时，我发现道尔基对老丈人的去世好像没有痛苦，他骄傲自满地对我说：这次和小满生的儿子绝对是自己的血肉，小满从怀孕到生孩子他就没离开过。他得意扬扬地说：野种没有机会在小满的身上杂交播种，我有秘籍，我每天都把她干得满足快乐，疲劳不堪。

我说：那个小杂种像你吗？

道尔基拉过儿子，推到我面前：你看这个小杂种这流氓样，不像我难道像你？

今天我又亲自接来了活佛。所有的贵客都到齐了，荒原部落里热闹非凡。老特格喜和场长吴六里里外外地替我张罗。我妈守在司马小娴的身边，寸步不离。

让我烦心的是醉鬼长命，他在门口不断地对我进行谩骂，惹

得狗群对他狂吠不止。他说因为我赞美了他的老婆，他老婆就提高了觉悟，那个骚女人不知羞耻地就跟一个收羊绒的家伙跑了，他让我找到那个从北京来的家伙，把老婆给他还回来。他咒骂那个拐走他老婆的家伙，生孩子肯定没有屁眼。

我看道尔基来到我的荒原部落里很规矩，窝在屋里不出去，好像很怕见到醉鬼长命，心里有鬼。但是他的儿子却是有屁眼的，那小杂种蹲在地上屙了一泡很大的屎，屎的体积很粗，臭气熏天，惹得一群狗抢来抢去。

让我更烦的是道尔基拉住我向我推销他的做爱秘籍——羊眼睛圈。

他说他认识一个风流喇嘛，曾经是俗世高人，给了他一个羊眼睛圈儿。

他吹嘘说，这简直是一个神奇的器物，是从羊的眼睛上割下来的。然后用一种祖传的秘密工艺，泡碱、去油、熟透之后，用一种秘方，把上下睫毛鞣制成了一个似隐似现的毛茸茸的圆圈。用上之后，女人会快乐得失去理智，像小狗一样，让她在地上爬就在地上爬，让她学狗叫就学狗叫。汪、汪、汪……男人女人都幸福地回到了最原始的性本能里去。

我痛恨地说，你留着给小满用吧，你那个狗杂种是不是就是这么干出来的？怪不得小满那个男人婆让你干老实了。

这羊眼圈后来让道尔基传到了社会上，有人说是把羊先杀死再割眼圈，有的说要活着割下来才奇妙，即使羊死了，这个眼圈也是活的。道尔基想模仿产业化生产经营，但是这个东西商业操作根本不行，做出来的，无论是真皮的，还是仿制的，都不好用，不是掉到里头找不到了，就是毛硬，扎得人哇哇叫。

但是行情还是炒上去了。据说黑价炒到了两万块钱一只，相当于一群羊。

我虽然讨厌道尔基，但是对这件事我觉得无可厚非，这毕竟是一件给人们制造欢喜的善事。这件事比任何罪恶，比任何痛苦，比任何烦恼，比任何虚伪的道德，都有公德，这应该是生命的善果。至于市场经济时代，价格高与低，是商品自身的价值决定的，这不是道德问题，也不是宗教问题。价格高说明它是阳春白雪，不入寻常百姓家，谁具备消费条件，谁就可以消费。万千世界，寻找欢乐的法门千千万。每个人的智慧不同，价值不同，就形成了不同的阶层。承认社会的不平等，就是人世间的最大公平。

尽管如此，我不想买来给司马小娴用。我买得起，但是我不需要，无论道尔基怎么讨好我。

活佛见了司马小娴，我问活佛：司马小娴肚子里的孩子会不会是驹儿投胎转世？

活佛说：很难预测，你生命中的变数太大。

但是我心里有一个定数，她跟我商量好了，要投胎转世回来的。驹儿的声音头几天又在我的耳边出现了。

她说：哥，我要回来了。

我欣喜若狂，忙高兴地说：什么叫你要回来了，你这不是回来了吗？

驹儿说：我不能像从前那样跟你阴阳隔两界，我要回到人间来投胎了。

我替她高兴：那好，哥早就等着你回来。你的快速投胎转世培训班毕业了？

驹儿说：毕业了，今年开始不分配，自己寻找投胎的爹娘。今天开供需见面会，我没参加。投胎的人家难找啊。

我说：驹儿，你傻了，你怎么会去等待别人分配或者去找别人家，你要回到咱自己家来呀。

驹儿高兴了：哥，你还欢迎我回来？

我说：当然欢迎，你是我永远的驹儿嘛？

驹儿说：那我回来司马小娴咋办？

我说：什么司马小娴咋办？她还是我老婆，你投胎了就是我的女儿啦。

驹儿：我不想做你的女儿，我还想当你的驹儿。

我说：我的驹儿，你也只能是当我女儿驹儿，别的角色不可能了。你转世投胎到我老婆的肚子里，生出来只能是我的宝贝女儿，我的老婆怎么会再给我生出一个老婆呢？

　　驹儿又回来了，三天两头来找我。在家里，在司马小娴身边我还不敢和她对话，我已经太爱司马小娴了。我不想让她知道我和驹儿还藕断丝连。所以我就总是偷偷摸摸跑进书房跟她对话，做思想工作，就像偷情的人，在接偷情的电话。

　　我心里忐忑不安。明明知道驹儿肯定来投胎，但是还是放心不下。我祈祷她在过无忧河的时候，一定要喝迷魂汤，最好多喝一碗，让她忘却前世的一切情缘，伴我过平凡的天伦之乐。我想，现在是雪天的腊月，白雪皑皑，不是草原上蓝幽幽马兰开花的魔法季节，司马小娴肯定会为我生下一个平平淡淡的孩子。我受够了，再也不想要那种特异的人生了，不要通灵，人越通灵就越聪明，越聪明就越复杂，越复杂就越痛苦，越痛苦就越麻烦，越麻烦就越烦恼，越烦恼就越智慧，越智慧就越通灵……很难走出这个复杂的圈儿。所以我要简单的人生，快乐的人生，宁可付出不聪明的代价。在这个充满了聪明人的世界，人有时傻一点是很幸福的。

　　活佛说：有一颗星，正在向我们这个方向赶来，可能是驹儿的灵魂。

　　活佛坐在那里念平安咒，双唇快速地跳动，满头闪着佛光，大汗淋漓。

除夕之夜到了，电视里春节联欢晚会在主持人的煽动下，万马欢腾。我的荒原部落里更热闹，灯火辉煌。司马小娴正在全力以赴地生孩子。我、马叔和二丫、包大爷和马姐、姐夫野马、师娘、道尔基和小满领着他们那个大屁眼的亲儿子，还有我爸我妈、老特格喜、场长吴六、围着活佛，仰望天空。

我们准备了大量的各种款式的礼花和鞭炮。我们站在草地上等待，就像等待远方来的一个客人。我妈这个草地巫师紧张地忙活着，就像当年我和小红骒马降临的那个夜晚，她严格规定，今晚大家的一切活动都要听她指挥，我们的场面，也好像春节晚会的一个分会场。

远天的夜空中，星群里，像鸟儿一样，有一束亮光向我们飞来。临近上空，突然亮光一转向，落进了马圈，我们都听到了一阵小马明亮的嘶鸣。

我惊呆了，马上醒悟过来，疯狂地向马圈跑去，果然一匹小红骒马降生了。

小红骒马晃晃悠悠地站起来，那双眼睛和鼻孔就是驹儿。她用柔润细嫩的小舌头舔我的脸，吻我的唇。我感觉到我的下唇又痒又痛，快活极了，血合着驹儿的泪在流淌。

我说：驹儿，你喝迷魂汤没有？

驹儿的软软的声音飘进了我的耳朵里：哥，我不想做你的女儿，我还是你的一匹小红骒马，我还是你的驹儿，跟你一辈子，任你骑来任你鞭打。

我说：傻孩子别说了，无论你是人是马，我都生生世世要你，你都永远是我的驹儿。

我从脖子上摘下血玉红马，挂在小红骒马的脖子上，我要让她平平安安伴我到终生。

我觉得心太累了，我不想再折腾了。

这时，我妈叫我赶快回到屋里去，她说：儿子，你媳妇给你生了一个儿子，是个大白胖小子，赶快进屋来看看我的孙子。

我进到屋里，静悄悄的，我说怎么没有听到儿子的哭声。这时我看到司马小娴幸福地抱着怀里的儿子，这小子正咧着个嘴像老熟人一样对我友好地欢笑呢。他额头上有一块红色的胎记，是一匹奔腾的小红马。

图书在版编目（CIP）数据

红马 / 千夫长著 . — 深圳：海天出版社，2016.3
ISBN 978-7-5507-1550-9

Ⅰ．①红… Ⅱ．①千… Ⅲ．①长篇小说－中国－当代
Ⅳ．① I247.5

中国版本图书馆 CIP 数据核字 (2016) 第 015583 号

红 马
The Red Horse

出 品 人：聂雄前
责任编辑：蒋鸿雁
责任技编：梁立新
责任校对：谭万欧
书籍设计：韩湛宁
插图剪纸：赵希岗

出版发行：海天出版社
　　　　地　　址：深圳市彩田南路海天综合大厦(518033)
　　　　网　　址：www.htph.com.cn
　　　　订购电话：0755-83460293(批发)　83460397(邮购)
排版制作：深圳市亚洲铜设计顾问有限公司
印　　刷：深圳市国际彩印有限公司
开　　本：787mm×1092mm　1/32
印　　张：15
字　　数：250千
版　　次：2016年03月第1版
印　　次：2016年10月第2次
定　　价：49.80元